Le Cahier

L'ŒUVRE ROMANESQUE D'HENRI TROYAT

Édition en 34 volumes
établie
et présentée
par Georges Belle

1 *Grimbosq* et *Le Prisonnier nº 1*

2 *Les Eygletière* (tome I. Les Eygletière)

3 *Les Eygletière* (tome II. La Faim des lionceaux)

4 *Les Eygletière* (tome III. La Malandre)

5 *Le Moscovite* (tome I. Le Moscovite. – tome II. Les Désordres secrets. – tome III. Les Feux du matin)

6 *La Tête sur les épaules – La Neige en deuil* et *Anne Prédaille*

7 *Une extrême amitié – La Pierre, la Feuille et les Ciseaux* et *Le Front dans les nuages*

8 *La Lumière des justes* (tome I. Les Compagnons du Coquelicot)

9 *La Lumière des justes* (tome II. La Barynia)

10 *L'Araigne* et *Le mort saisit le vif*

11 *Le Signe du Taureau*

12 *La Lumière des justes* (tome III. La Gloire des vaincus)

13 *La Lumière des justes* (tome IV. Les Dames de Sibérie. – tome V. Sophie ou la Fin des combats)

14 *Faux jour – Le Vivier* et *Grandeur nature*

15 *Viou – À demain, Sylvie* et *Le Troisième Bonheur*

16 *Les Héritiers de l'avenir* (tome I. Le Cahier)

17 *Les Héritiers de l'avenir* (tome II. Cent un coups de canon)

18 *Les Héritiers de l'avenir* (tome III. L'Éléphant blanc)

19 *Le Pain de l'étranger – La Dérision – Toute ma vie sera mensonge* et *La Femme de David*

20 *Tant que la terre durera* (tome I)

21 *Tant que la terre durera* (tome II)

22 *Tant que la terre durera* (tome III)

23 *Les Semailles et les Moissons* (tome I. Les Semailles et les Moissons)

24 *Le Sac et la Cendre* (tome I)

25 *Le Sac et la Cendre* (tome II)

26 *Les Semailles et les Moissons* (tome II. Amélie)

27 *Les Semailles et les Moissons* (tome III. La Grive)

28 *Étrangers sur la terre* (tome I)

29 *Étrangers sur la terre* (tome II)

30 *Les Semailles et les Moissons* (tome IV. Tendre et violente Élisabeth)

31 *Les Semailles et les Moissons* (tome V. La Rencontre)

32 *Marie Karpovna – Le Bruit solitaire du cœur* et *Le Chant des insensés*

33 *La Gouvernante française – Aliocha* et *Youri*

34 *Les Ailes du diable*

HENRI TROYAT
de l'Académie française

Les Héritiers de l'avenir

TOME I

Le Cahier

FRANCE LOISIRS
123, boulevard de Grenelle, Paris

Une édition du Club France Loisirs, Paris,
réalisée avec l'autorisation des Éditions Flammarion

ISBN : 2-7242-7505-5

PRÉFACE

« Mais, au fond d'elle-même, elle savait déjà qu'elle n'aurait pas le courage de vendre ses paysans et qu'elle finirait sa vie à Kachtanovka. » Ainsi se terminait, en l'an 1855, La Lumière des justes. *L'on comprenait que Sophie Ozareff, enfin barynia en titre, revenait pour aider ses serfs à devenir des citoyens libres. C'est à cette date que commence, dans une autre propriété foncière de l'immense et immobile Russie, à Znamenskoïé, la fresque romanesque et historique qu'Henri Troyat a intitulée* Les Héritiers de l'avenir *– la plus sociale et la plus politique, la plus engagée en un certain sens, de ses grandes fresques. Dans le temps réel, ce nouveau cycle, qui met en scène des populistes (jeunes gens, hommes et femmes, qui, après 1870, ont rejoint les masses paysannes dans les villages pour tenter de résoudre les problèmes de base que posait l'action révolutionnaire en milieu rural; ne pas oublier qu'un homme sur trois était serf, en Russie, avant 1861), fait suite à celui des décembristes. Et il s'étend jusqu'au début de la guerre de 1914-1918, c'est-à-dire jusqu'à la veille de la révolution bolchevique.* Les Héritiers de l'avenir *ou, de 1855 à 1915, soixante années de l'histoire de la Russie.*

Au cours d'un long voyage dans le temps, les trois romans-fleuves que sont Le Moscovite, La Lumière des justes *et* Les Héritiers de l'avenir *(à leur propos, on pourrait parler d'œuvres polychromiques et polyphoniques tant s'y répondent les couleurs et les voix) vont ainsi à la rencontre du XIXe siècle russe. Comme dans le sillage des grands Tourguénieff, Dostoïevski et Tolstoï, Henri Troyat a recréé ce siècle, tout ensemble libérateur et réactionnaire, progressiste et décadent, pour donner à voir et à comprendre. Pour partager aussi une amitié en marche qui lui tient à cœur : « À mon sens, tous mes "romans russes", pour employer cette expression commode, forment une seule et même histoire, celle des rapports franco-russes sous des règnes différents. À la limite, je pourrais dire qu'ils constituent une œuvre d'ensemble, dont les parties s'échelonnent dans la durée de* Grimbosq *à* Étrangers sur la terre » (Un si long chemin). *Besoin d'échanges que nombre de Russes et de Français, tels des individus mutuellement fascinés, ont ressenti d'âge en âge. « Nécessité pressante et profonde », a écrit Nina Berberova dans* C'est moi qui souligne, *d'aimer et d'être aimé, sous-tendue par une communion d'esprit, par une volonté créatrice.*

Les Héritiers de l'avenir *dessinent un triptyque dont les volets ont été publiés en 1968* (Le Cahier), *en 1969* (Cent un coups de canon) *et en 1970* (L'Éléphant blanc). *La réalisation de l'ensemble s'est inscrite dans une période de production intensive; années pourtant douloureuses, qui virent la mort du père d'Henri Troyat, Aslan Tarassov, en 1967 (après celle de sa mère, Lydie Tarassov, en 1963). Entre deux biographies importantes,* Tolstoï *en 1965 et* Gogol *en 1971, l'auteur, de 1965 à 1970, publia* Les Eygletière, *puis* Les Héritiers de l'avenir. *Toujours cette singulière alternance d'œuvres, qui semble indiquer le plaisir de varier les genres et l'écriture, mais aussi un besoin de changer de milieu, d'époque, de climat, de « fouille » psychologique, sociale, voire affective. Henri Troyat, tout peintre pointilliste qu'il soit – ses ouvrages fourmillent de notations précises et colorées, très révélatrices –, reste un portraitiste inspiré par des créatures imaginaires ou réelles. D'ailleurs et d'ici, d'hier et d'aujourd'hui, autant de masques et de doubles à chercher en soi ou à découvrir chez les autres. (Lire à ce propos* Le Marchand de masques, *son dernier roman paru en 1994.)*

Héros foudroyés (l'auteur parle dans un article d'un « nuage porteur de foudre » bouchant et menaçant le ciel de la terre russe) que « les héritiers de l'avenir » : des révoltés nihilistes face à la fin prochaine d'un monde féodal, 1855-1859 (Le Cahier), *des révolutionnaires terroristes aux prises avec un obscurantisme sourd et aveugle, 1861-1881* (Cent un coups de canon), *des réfugiés politiques en tête à tête avec eux-mêmes, loin de tout et de tous, 1904-1915* (L'Éléphant blanc). *Voilà, en cette seconde moitié du* XIXe *siècle (dont l'empreinte, d'ailleurs, ne s'est pas effacée dans le monde), l'histoire, les souffrances et le sacrifice d'êtres forgés dans les fours de la « Sainte Russie » – des âmes rebelles et ardentes parmi tant d'autres. Ils se prénomment : Vissarion, qui, dans* Le Cahier, *perd son père, le barine Vassili Pétrovitch, vend ce qui reste du domaine familial de Znamenskoïé et choisit de vivre en homme libre à Moscou (il est bien de la race, gâtée et égarée, du mari de Sophie, Nicolas Ozareff, le héros décembriste de* La Lumière des justes*); Stiopa, un jeune intellectuel doctrinaire et fanatique qui, dans* Cent un coups de canon, *va mener le bal des pérégrinations de la petite bande qu'il a créée pour le bien de la cause; Ida, sa sœur, une femme disgraciée et la seule femme du groupe, qui, s'épuisant à la tâche, s'interdisant toute forme d'existence personnelle, n'oppose nulle résistance à la mauvaise fièvre qui l'abat : elle n'entendra pas le glas, lourd de* Cent un coups de canon, *qui annonce la mort d'Alexandre II, « tsar libérateur » assassiné le dimanche 1er mars 1881; Klim, enfin, « une âme » devenue un citoyen en 1861 (date de la réforme impériale émancipant les serfs), le trop fidèle serviteur de Vissarion, qui, dans* L'Éléphant blanc, *veille encore et toujours sur ses vieux compagnons, s'efforçant de leur rendre l'exil supportable, les aidant à en finir avec cette longue fuite en avant qui a été leur lot. Oui, tous quatre, Vissarion, Stiopa, Ida et Klim, pour reprendre ici deux titres d'Henry de Montherlant souvent remémorés en lisant* Les Héritiers de l'avenir, *sont des* Célibataires *qui n'ont connu, leur vie durant, que* Le Chaos et la Nuit.

Est-il abusif de voir dans Les Héritiers de l'avenir *un roman d'hommes, de combattants virils sans compagnes réelles, aimées et estimées. S'y construisent des amitiés masculines, toutes de révoltes (Vissarion), de luttes (Stiopa) ou d'obéissances (Klim), que les créatures féminines pourront seulement troubler (moments de tentations et de plaisirs) ou accompagner (Ida, femme sans attrait et sans attente); jamais elles n'entreront dans l'écheveau de leurs sentiments pour l'ordonner et l'embellir en tant que mères, épouses ou amantes. Il y a dans cette fresque, comme nulle part dans l'œuvre d'Henri Troyat, un cloisonnement des sexes, voulu sans doute par l'enjeu de la lutte, qui fait de l'ensemble une somme romanesque où la femme, exceptionnellement, brille par son absence. On devine que, dans pareil univers d'aventuriers de l'Histoire, elle n'a pas sa place, ne peut ni la trouver ni la prendre. Non seulement les événements la dépassent, mais ils l'excluent. Et, avec elle, la famille. Ici, à l'encontre de tant de titres, ni espérance ni existence d'une vie familiale. Ces hommes errants et exilés la refusent, comme ils s'interdisent tout repos, tout refuge. Leur seul foyer est l'organisation clandestine à laquelle ils appartiennent, la petite troupe qu'ils composent eux-mêmes. L'amour, la femme, la famille les désarmeraient, entraîneraient une démission qu'ils ressentiraient comme une atteinte mortelle à leur idéal et à leur altérité. Ne sont-ils pas entrés en révolution comme on entre en religion? L'éternelle et absolue mystique de l'engagement...*

Un soleil, cependant, éclaire les tribulations des Héritiers de l'avenir *: le cahier de papiers récupérés et rassemblés que noircit en cachette (et qu'il lui faut parfois détruire) Klim depuis qu'il sait lire et écrire. Ah! « Klim et son grimoire », comme ironise Vissarion, quelles pages sensibles et quelles pages avisées ne leur devons-nous pas! Elles font entendre, loin de tout prophétisme et de toute littérature, une mémoire vivante, un cœur généreux, un esprit droit, que l'auteur rend avec un rare accent de vérité (il suffit de lire, par exemple, le précieux et authentique document d'Yvan Stoliaroff,* Un village russe, 1880-1906, *pour mesurer la justesse et la portée des dires de Klim). Dans* L'Éléphant blanc, *ultime étape des trois hommes à Paris, le récit journal de Klim raconte les années manquantes de leur aventure épique avec une simplicité émouvante (il s'agit de leur déportation en Sibérie et de leur évasion entre 1881 et 1904). Si Klim doit à ces années mouvementées un tour du monde – Russie, Sibérie, Japon, États-Unis, Angleterre, France – dont il se serait bien passé, Vissarion et Stiopa doivent à l'homme à tout faire qu'il est leur survie. Klim ne se glorifie de rien; il rapporte ce qui a été, ce que sa tête de moujik en pensait et, surtout, comment* *ses amis intellectuels voyaient les événements, toujours jugés à l'aune de la révolution en marche. On sent bien, en l'écoutant relire ses pages, qu'il est resté l'enfant trouvé – déniché par « son barine », élu par « son bartchouk » – qu'il était à Znamenskoïé, avant la grande folie des hommes russes. C'est qu'un enfant trouvé ne peut être que vertueux, comme sa chronique, miséricordieuse. Cette dernière reflète aussi le parler pittoresque – elliptique, railleur et fataliste – du peuple des campagnes (« Dieu est trop haut, le tsar est trop loin! ») où semble régner le mystérieux* « nitchevo » *(ça ne fait rien)... L'écrit, par son témoignage, sa réflexion et son offrande, protégerait-il, tel un talisman, Klim? Y transparaît une grâce de vivre qu'il est loin de soupçonner, celle que l'auteur lui a accordée comme à un frère de plume : « Je l'aime bien, ce Klim. Je l'aime tant que je n'ai pu résister à l'envie de lui faire tenir son journal! » Cet homme empêché n'est d'ailleurs pas le seul serf à profiter de la tendresse d'Henri Troyat. En bénéficient aussi Nikita dans* La Lumière des justes *et Kouzma dans* Marie Karpovna. *Tous, des moujiks aux grands cœurs.*

Si Klim possède quelque chose de Sancho Pança dans son rôle de double inférieur (ami mais serviteur), et même du Brave Soldat Chveik (en moins goguenard, bien sûr) pour l'invulnérabilité que lui valent sa simplicité et son obéissance, Vissarion Vassiliévitch n'est pas sans refléter Don Quichotte de la Manche. Comme le fier hidalgo, redresseur de torts obstiné, il finit, de mésaventure en mésaventure, par devenir l'instrument de son propre emportement. N'ayant plus de chez-soi, interdit de séjour, lui ne pourra jamais, en revanche, revenir à la maison, et devra se contenter, pour alimenter ses rêves, d'une bibliothèque ambulante – non pas chevaleresque mais révolutionnaire. Tous deux, Vissarion et Klim, y vont donc de leur voyage et de leur duo-duel. S'insurgeant pour une fois, Klim ne finit-il pas par jeter à la figure de Vissarion : « Cesse de jouer. Sois simple. Je sais tout de toi. » Il en va de même entre Vissarion et Stiopa; ce dernier, meneur et prêcheur devenu apôtre bilieux, dans une « guerre d'idées » qui réactive leurs visions militantes, lui reproche de ne pas admettre qu'il est un hobereau « qui joue au révolutionnaire ». Comprenons que Vissarion, enfant perdu, enfant qui a tout abandonné, est un bâtard qui veut plaire : joueur peu calculateur (en amour il perd ses femmes comme au jeu il perd son bien), il est resté un indéracinable aristocrate en s'improvisant révolutionnaire. Nageant entre deux eaux (Stiopa lui tient la tête et Klim l'aide à ne pas flancher), Vissarion n'a, pour ne point couler, que son arrogance (il porte beau) et ses rêves (sa baignoire de courtisane). Au fond, c'est plus un homme d'honneur que de conviction : sincère, il joue le jeu; loyal, il ne bat pas en retraite. Mais à quoi croit-il vraiment? Espère-t-il, lui qui demeure en secret le même, changer le monde? Le vrai est qu'entre un passé qui ne peut plus être et un avenir qui se fait attendre le présent lui échappe inexorablement. « Homme de trop »? oui. « Homme nouveau »? non. Stiopa le ricaneur ne se leurre pas en les dénommant, eux les libéraux-nihilistes-populistes-socialistes, « les héritiers de l'avenir ». Nés trop tôt ou trop tard, ils sont voués, tel Vissarion le révolté romantique, à habiller leurs jours actuels de lendemains qui chantent. Très vite et sans rien y pouvoir, ils sont devenus « honorables et inutiles », des anciens combattants « doublement exilés dans l'espace et dans le temps ». Klim, qui n'a pas « l'âme d'un chef », qui n'a jamais cru aux combats vengeurs et aux perspectives radieuses, qui a appris à voir clair dans les bizarreries de Stiopa l'utilitariste et de Vissarion l'esthète, pourrait écrire dans son cahier, ainsi que l'a fait Anton Tchekhov dans ses Carnets *: « Nous ne voyons pas et n'entendons pas ceux qui souffrent, et tout ce qui est effrayant dans la vie se déroule quelque part dans les coulisses. » Mais Klim se contente, pour leur survie matérielle à tous trois, de confectionner, et très bien, des parapluies...*

*Observons aussi les étranges couples que, dans leur « bande des quatre », forment Vissarion et Klim (le maître et le serviteur), et Stiopa et Ida (le frère et la sœur). Tous quatre célibataires donc, et décidés à le rester (par chance sinon toujours avec plaisir, ils ont échappé aux mariages-obligations; et puis, des aventuriers politiques pouvaient-ils bâtir une famille?), ils vont, comme c'est souvent le cas dans les phalanstères, par deux. À les voir être et agir, à les entendre surtout, on dirait que Vissarion et Klim, d'une part, Stiopa et Ida, d'autre part, sont le double aspect d'une même conscience, les deux visages d'un même sang. Pas de doute, Klim est l'*alter ego *de Vissarion, et Ida celui de Stiopa. Pôles masculins et féminins* *plus mécaniques que sexuels, qui, ainsi solidement liés, pourraient expliquer la résistance du groupe : chacun y tient sa place et tous y remplissent un rôle. Bien sûr, les seuls à discuter et à diriger sont les « maîtres et seigneurs », les « beaux messieurs » : Vissarion et Stiopa. Car, ne nous y trompons pas, pour être les piliers de l'édifice, les bras nourriciers et les membres séculiers – à Vissarion et à Stiopa, l'esprit et la règle, la parole finalement –, Klim et Ida sont bien des domestiques (le premier assurant le ménage, la seconde l'intendance) que le sort a marqués : n'est-il pas serf d'origine? n'est-elle pas infirme de naissance? On le sait, il faut beaucoup de qualités aux individus nés défavorisés pour espérer n'être point rejetés par ceux qui les voient sans les voir. Ainsi, inconscient, le plaisir d'obéir des uns (Ida, Klim) épouse-t-il, dominateur, le plaisir de commander des autres (Stiopa, Vissarion). Autres curieuses images que présentent ces deux êtres nécessairement dévoués (Stiopa et Vissarion, bien sûr, donnent l'impression d'être avec eux par hasard, poussés par des circonstances fortuites et objectives – les contingences, quoi!) : Ida, vraie femme et « compagne » de Stiopa, dégage une ombre portée masculine, quand Klim, vrai homme et « compagnon » de Vissarion, en dessine une féminine. Sans le savoir, Ida et Klim se complètent eux aussi et, – qui sait? – sans s'en douter, ils étaient faits pour s'entendre. D'ailleurs, même s'ils ne le manifestent jamais, ils ne sont pas sans se comprendre et sans s'estimer (la présence secourable et affectueuse au chevet d'Ida, atteinte de la fièvre typhoïde, de Klim – infirmier de tous, il est vrai – l'illustre assez). Amitiés, amours, quel imbroglio que les sentiments humains! Et quel quadrille compliqué que les figures d'une petite troupe!*

« L'instinct sacré de la révolte », qui a dicté leur conduite à de grands penseurs révolutionnaires comme Michel Bakounine et Alexandre Herzen, semble avoir habité Vissarion, Stiopa et Ida tout au long de leur existence d'insurgés. Propagandistes, puis terroristes, missionnaires et croisés d'un nouvel âge (n'est-ce pas ainsi que Fiodor Dostoïevski décrit avec envie et effroi ses Démons?*, ces êtres athées aspiraient à quelque renaissance. Une chose est sûre les concernant : ils n'étaient pas des « tièdes ». Intellectuels nihilistes, chaque jour plus radicaux, surtout avec eux-mêmes, ils se sont enfuis à l'étranger comme ils étaient « allés au peuple » : en exilés volontaires. Leur*

parti pris, ils agissaient toujours sans rien regretter. Pourtant, eux qui avaient repoussé leurs pères – frères en cela des jeunes héros du roman de Tourguénieff, Pères et fils –, *de conflit de caractères en conflit de générations, ils se trouvaient à leur tour rejetés par leurs fils – ces fils que ni leur sang ni leurs idées n'ont pu engendrer. Populistes sans disciples, socialistes sans partisans, ces trois compagnons de route qui ne furent jamais des amis de cœur, comme broyés par l'immensité et l'incertitude de l'âme humaine (que l'homme russe semble plus apte que tout autre à embrasser), ne virent d'autre issue à leurs contradictions et à leurs débats que l'amputation d'une partie de leur nature. Dès lors, ils ne pouvaient vivre que pour et par la cause. C'est bien elle, foi sans église, idéal sans fortune, qui les força à terminer leurs existences errantes, seuls et amers, dans l'impuissance du grand âge, dans la dérision de l'exil inutile. Double tour de Babel où Vissarion et Stiopa, vieux loups grogneurs qui ne mordaient plus depuis longtemps, tournaient en rond sans plus d'espoir.*

Comme les vieux pays s'entêtent à ne pas vouloir rajeunir! En 1852, deux livres émancipateurs avaient vu le jour, l'un aux États-Unis, l'autre en Russie; leurs titres sont restés célèbres : La Case de l'oncle Tom *de Harriet Beecher-Stowe et* Mémoires d'un chasseur *d'Ivan Tourguénieff. Et tous deux sensibilisèrent beaucoup de consciences américaines et russes au sort des « nègres » et des « moujiks ». Mais alors que la terrible guerre de Sécession (1861-1865) – la première guerre moderne, affirment certains historiens –, en abolissant dans le feu et le sang l'esclavage, permettait au Nouveau Monde de préparer son avenir, en 1861 le manifeste libérant les serfs de l'empereur Alexandre II entraînait la Russie dans une « guerre civile », pernicieuse et interminable, qui devait la détruire. Héritier d'un passé très lourd, ce tsar, tout ensemble attentif et répressif, fit d'un ensemble de réformes avisées et prometteuses une bombe à retardement : il s'était interdit d'aller trop loin, comme effrayé par ses propres audaces (lire, sur ce tsar tant discuté, véritable homme double, la biographie qu'Henri Troyat lui a consacrée en*

1990 : Alexandre II). *Or, sans opérations radicales – sans Constitution démocratique –, la grave maladie qui paralysait et contaminait le peuple russe depuis si longtemps ne pouvait être enrayée. C'est bien « l'aube d'un gigantesque bouleversement social », les prémices de « la violente, l'assourdissante cataracte » de la Révolution de 1917 que la chronique des* Héritiers de l'avenir *dépeint avec toute l'apparence (superbe force littéraire) de la réalité sentie et saisie. Chaque page, fût-elle épique et picaresque, intimiste et spiritualiste, nous montre la Russie de la fin du* XIX*e* *siècle, pour reprendre les mots de Dostoïevski, « vacillant au-dessus du gouffre ».*

Ce triptyque, dont le tableau central, Cent un coups de canon, *est, comme le veut le genre, la partie la plus importante, met en lumière deux thèmes assez rarement traités dans le roman contemporain : la liberté et l'amitié. Au cœur d'une condition historique que ces hommes de l'ombre combattent par la parole, l'écrit et les bombes, toutes leurs mésaventures disent la difficulté d'être et d'agir seul, de partager une fraternité idéologique, batailleuse et quotidienne. Autre thème illustré avec éclat : comme le jeune héros tiré à hue et à dia du* Moscovite, *le trio galopant que forment Vissarion, Klim et Stiopa termine sa vie à Paris : Russes rouges que devaient rejoindre plus tard les Russes blancs et, plus tard encore, les Russes de la dissidence... Ainsi était le destin de tant de fils de l'intelligentsia, réfugiés en France en « désespoir de cause ». Notre pays inspirerait-il les « occidentalistes » russes pour seulement les accueillir ? Ou la graine, semée à tous vents, mûrira-t-elle un jour sur leur terre, réputée ouverte à la pénétration étrangère ? Encore un thème de la trilogie : comme l'enracinement s'oppose à l'errance, Klim, frère portier et ange gardien de la confrérie, croit que la félicité est liée à la fidélité (« l'affreuse angoisse du choix lui était ainsi épargnée », commente Vissarion avec raillerie et nostalgie). Pour le « frère » du bartchouk (n'oublions pas qu'ils ont le même âge, et, de sang ou de cœur, le même père), le bonheur c'est l'acceptation de tout : son maître et ses volontés, la vie et ses mystères, Dieu et ses lois. Pensée archaïque bien sûr, venue du fond des âges, mais pensée qui, moins par abandon que par désir de partage, aide souverainement à vivre.*

Il se pourrait que Les Héritiers de l'avenir, *riches de la durée qu'ils saisissent, des multiples images qu'ils offrent de la réalité d'un peuple tragiquement isolé et éclaté, des discours que (et qui) soutiennent les personnages, d'une situation sociale et humaine qui semble faite d'actes manqués et d'occasions ratées, dispensent une profondeur de champ et une perspective d'ensemble qui éclairent tous les cycles russes de l'auteur. Pour ces héritiers utopiques, loin de toute initiation salvatrice, leur longue odyssée (quel chemin entrepris et que de péripéties surmontées!) aura été l'apprentissage de la déception. Celle même que, de gré ou de force, les créatures romanesques d'Henri Troyat acceptent en dernier ressort – tant sont nombreuses, dans son œuvre franche et forte, les erreurs de parcours et les blessures de la vie.*

GEORGES BELLE

PREMIÈRE PARTIE

1

KLIM referme sur lui la porte du réduit, bat le briquet et allume un restant de bougie. Un luxe, cet éclairage, pour lui seul, la nuit, dans le placard où il couche, sous l'escalier des maîtres. La flamme se pose sur la mèche, tremble, monte et révèle, au-dessus de sa tête, la découpe régulière des marches. Plié en deux, il tourne un instant dans la niche encombrée de balais, de seaux et de torchons. Puis il s'assied en tailleur sur sa paillasse de crin et retire ses bottes. Ici, il est chez lui. Le manque d'air même lui est agréable. Il respire son propre corps. Les marches craquent. Quelqu'un descend? Non. C'est le bois qui joue, la maison qui s'étire. Tous les domestiques, entassés au dortoir, lui envient sa tanière. Une grande faveur que le barine lui a faite là. Et il en est si peu digne! Maudite soupière! Il voudrait ne plus y penser, mais elle est dans sa tête avec un poids terrible. Elle fume tout le temps. Et, comme par un fait exprès, cela s'est passé un jour où il aurait tant voulu se montrer à son avantage : pour l'arrivée du *bartchouk* [1]! Éblouissement de la salle à manger qu'éclairent deux candélabres d'argent. La plus belle nappe, les plus beaux couverts; le barine à un bout de la table, le bartchouk à l'autre;

1. *Bartchouk,* fils de barine.

et lui qui entre, fier, calme et solennel, portant la soupière pleine de *bortsch* [1]. Un faux mouvement et... la tache rougeâtre et grasse s'élargit sur la nappe brodée. Le diable lui a poussé le coude. Regard du barine. Droit au cœur, comme une balle. Et pas un mot de reproche. Si seulement on l'avait condamné à cinquante coups de verges, il serait maintenant à son aise, il attendrait l'exécution, il préparerait son dos en débiteur qui a de quoi payer! Mais l'absence de châtiment, quel froid de glace, quel exil! Depuis Pavlouchka, qui a cherché à s'enfuir pour échapper au service militaire, Vassili Pétrovitch n'a fait fouetter personne. Et il y a déjà quatre ans de cela. C'était Prokopytch qui, à cette époque, était chargé de battre les coupables. Sans méchanceté et sans pitié. En ouvrier consciencieux. Il confectionnait lui-même les verges avec de fines brindilles de bouleau, liées par cinq et conservées dans de l'eau salée. Maintenant il est sans emploi. Il dit que les maîtres ne savent plus se faire respecter. Peut-être a-t-il raison. Ce n'est pas à un serf de décider de ces choses.

Klim soulève le matelas par un coin, déplace une latte et tire du trou un cahier à couverture jaune. Les feuilles en sont de tailles différentes. Il les a choisies au hasard des jours, en fouillant dans le panier à papiers de Vassili Pétrovitch, et les a cousues fortement. Certaines sont encore un peu froissées. Mais l'ensemble a un air sérieux. Dans la même cachette, il y a un encrier et une plume. La latte de plancher, posée en travers des genoux, sert de pupitre.

Klim feuillette le cahier à rebours. Incontestablement, depuis un mois, son écriture s'est améliorée. C'est Vassili Pétrovitch qui, sans le savoir, lui a donné l'envie d'essayer. À force de voir son maître noter chaque soir, dans un gros carnet, ses faits et gestes, ses pensées du jour, ses dépenses, il a eu l'idée, lui aussi, d'écrire pour

1. *Bortsch,* sorte de potage à la betterave.

se délier les doigts. Mais que peut-on écrire quand on a si peu étudié? Sans une solide instruction, l'encrier le plus profond n'est qu'un puits à sottises. Il se rappelle ses hésitations, ses ratures... Jusqu'au jour où il a décidé de raconter tout bonnement ce qui lui passait par la tête. Alors sa main s'est mise à courir comme un rat dans les champs. Il revient à la première page. Lentement, il se relit. Ses lèvres remuent en silence : « Je m'appelle Klim [1]. C'est un nom facile à crier et qui s'entend de loin. Je suis né en 1836... »

Allons bon! Cette fois, il n'y a pas de doute : quelqu'un descend l'escalier. La peur au ventre, Klim fourre le cahier dans le trou, replace la latte de plancher, souffle la bougie. Si on le découvrait, quel scandale! Un moujik n'a pas à raconter sa vie par écrit. Ni le papier ni la bougie ne lui appartiennent. Peut-être même n'est-il pas bon qu'il ait des souvenirs! Le pas se rapproche. Fausse alerte. Ce n'est que Dimka, le *kazatchok* [2], qui dort dans le couloir, devant la porte de Vassili Pétrovitch.

– Le barine t'appelle, chuchote Dimka.

– Il a encore une crampe?

– Oui, je crois...

Klim soupire avec un mélange d'apitoiement et de satisfaction : il est dans ses attributions de masser le barine, la nuit. Un tel honneur lui vaut le respect des autres domestiques. Il sort de son placard et suit Dimka, qui titube, gorgé de sommeil, une veilleuse à huile tenue devant le visage. Autrefois, c'était Klim qui servait de kazatchok au barine. Il dormait, au seuil de la chambre, une ficelle nouée autour de son poignet. En cas de besoin, le barine tirait la ficelle, et Klim bondissait sur ses pieds. Mais les traditions se perdent. Aujourd'hui, Dimka n'est plus relié à son maître par une ficelle. Pour

1. Klim, diminutif de Kliment, prénom russe correspondant à Clément.

2. *Kazatchok,* littéralement « petit Cosaque », gamin qui, dans la maison, servait de commissionnaire.

l'éveiller, le barine doit prendre la peine d'élever la voix.

On passe devant la chambre du bartchouk, qui est à gauche, sur le palier. Il doit dormir profondément, assommé par la fatigue du voyage. « Quinze jours pour Noël, c'est trop peu! » pense Klim.

Plus loin, la porte du barine est entrebâillée. Un rai de lumière coupe le couloir. Vassili Pétrovitch est assis au bord du lit, en chemise, le visage tordu de douleur, une jambe allongée, l'autre repliée sous lui.

– La gauche, comme d'habitude? demande Klim.

– Évidemment! grogne Vassili Pétrovitch.

Et il retombe sur le dos. Klim soulève la jambe malade et la masse.

– Plus fort, plus bas, commande Vassili Pétrovitch.

Les mains de Klim vont et viennent sur le mollet blanc et velu. Il devine, sous la peau, les muscles durcis en boule. Ses pouces s'enfoncent doucement dans la chair.

– Ah! Ah! dit Vassili Pétrovitch. Brute infâme! Fils d'Hérode! Continue!...

Klim redouble d'adresse. Il ne presse plus, il flatte, il frôle, il s'éparpille. Enfin le mollet devient flasque sur sa hampe d'os.

– Bon, dit le barine. Ça suffit.

Il se glisse de nouveau sous les draps et tire son bonnet de nuit sur sa tête. Ses yeux se ferment. Un ronflement gonfle ses joues mal rasées. Pas la moindre allusion à la soupière. Dimka se recouche en travers de la porte. Klim l'enjambe pour sortir.

Revenu dans sa niche, il rallume la bougie, reprend son cahier et le rouvre à la première page.

2

« JE M'APPELLE Klim. C'est un nom facile à crier et qui s'entend de loin. Je suis né en 1836. Ça fait que j'ai dix-neuf ans. À l'entrée du village où j'ai vu le jour, un écriteau est cloué sur un poteau rayé de noir et de blanc : “Hameau de Znamenskoïé, appartenant à Vassili Pétrovitch Variaguine. Feux : 39. Hommes recensés : 78. Femmes : 101.” Mon père m'a dit qu'autrefois Vassili Pétrovitch possédait douze villages et mille trois cent vingt-cinq âmes. Mais il n'a jamais su conduire ses affaires, des intendants allemands l'ont volé et il a dû vendre beaucoup de terres et de paysans. C'est triste de voir une telle fortune partir en morceaux. Heureusement, depuis une dizaine d'années, Vassili Pétrovitch ne vend plus rien. En ce moment, il nous reste trois villages en plus de Znamenskoïé, et quatre cent trente-huit âmes en tout.

La dernière fois que notre barine a vendu des paysans, c'était en 1843. Je m'en souviens, parce qu'il était question de me vendre, moi aussi. Déjà l'acheteur, un gros barbu, m'avait mis la main sur l'épaule. Je retenais mes larmes. Tout à coup, Vassili Pétrovitch a dit qu'il voulait me garder. Il a donné Mitka à ma place. L'acheteur n'était pas content, parce que Mitka louche de l'œil gauche. Quand on achète quelqu'un, on exige, bien sûr, qu'il soit sans défaut. Surtout qu'un défaut pareil est peut-être héréditaire. Un propriétaire doit toujours penser à la reproduction. Comme le visiteur bougonnait, Vassili Pétrovitch a ouvert devant lui un livre de médecine. Nous avons ainsi, dans la bibliothèque, des livres pour tous les cas de la vie. Il suffit de trouver la bonne page. Mon maître a montré du doigt au visiteur une ligne imprimée, et celui-ci a hoché la tête en disant : "Bon, bon!" J'étais sauvé. Après le départ de l'acheteur, j'ai baisé les mains de mon maître en pleurant. Il m'a envoyé rouler d'une bourrade. On ne peut rêver un meilleur barine. J'ai eu beaucoup de chance de naître sur sa terre. Je me le répète chaque jour en priant Dieu pour lui et pour le bartchouk.

Sans le bartchouk, d'ailleurs, peut-être qu'il m'aurait vendu. Nous sommes nés à sept jours d'intervalle, le bartchouk Vissarion Vassiliévitch et moi. La première fois qu'il m'a rencontré dans le jardin de la propriété, j'avais six ans. C'était au plus sec de l'hiver. Un froid à tuer les oiseaux. J'aidais mon père à tirer un traîneau chargé de bois de chauffage pour la maison des maîtres. Et voilà qu'un garçon que je ne connais pas nous coupe la route. Il a mon âge. Il porte un bonnet de fourrure et des bottes de feutre. Il lève le bras et lance une boule de neige. Elle m'atteint au front. Dure comme une pierre. Ça fait mal. Je me mets à pleurer, à crier. "Taistoi! me dit mon père. C'est le bartchouk!" Et le voilà qui ôte son chapeau, s'incline devant l'enfant et le félicite pour son adresse : "Un artilleur, un véritable artilleur!" Le garçon lui fait la nique, jette encore une boule de neige et s'en va. Je me frotte le front. "Si tu pleurniches pour si peu, que feras-tu plus tard? me dit mon père. Un serf a autant besoin de bonnes paroles que de coups, mais il faut que les deux viennent du même barine." Mon père était un sage. Il s'appelait Nestor. On nous a donné le nom de Baranoff parce qu'un de nos ancêtres était originaire du hameau de Baranovo, à soixante verstes de là. Quand cet ancêtre avait-il été acheté par les Variaguine? Seul le barine pourrait le dire en fouillant dans ses papiers. À Znamenskoïé, notre isba était la dernière du village. Une grande isba, avec une entrée et un poêle de pierre qui penchait sur le côté gauche et fumait, les jours de vent. Ma mère couchait sur le haut du poêle pour avoir plus chaud. Elle était malade. Mon père et moi, nous dormions l'un contre l'autre, en bas, sur une litière de chiffons. Souvent, ma mère délirait. Les voisins disaient qu'elle allait bientôt mourir.

Une nuit, mon père me réveille en me secouant par la manche. Je demande : "Qu'est-ce qu'il y a? La mère est morte?" Et il répond : "Mais non, imbécile! C'est le bartchouk qui est malade. Il te réclame!" Sans comprendre, je sors de l'isba. Le ciel est noir. Il neige. Akoulina, la nounou du bartchouk, est là. Elle me prend la main et m'entraîne vers la grande maison. Je n'étais jamais encore allé chez les maîtres. Même mon père, qui n'était pas domestique mais paysan, ne devait pas y avoir mis les pieds bien souvent. Il fait froid. Je trébuche. Akoulina me tire par le poignet. Là-bas, c'est un autre monde. Une façade blanche, des fenêtres allumées, un perron avec deux colonnes de chaque côté. Encore maintenant, la maison est comme ça. Mais elle me paraît plus petite. Par où sommes-nous passés? Je suis dans la chambre du bartchouk. Ça ne sent pas le chou aigre comme chez nous. Le bartchouk est couché dans un lit qui ressemble à une cage. Je me rappelle qu'il y avait des boules de cuivre aux quatre coins et un grillage sur les côtés. "Eh bien! le voilà, ton Klim! lui dit Akoulina. Je te l'ai amené!" Je n'ai jamais entendu Akoulina parler à quelqu'un d'une voix si douce. Mais le bartchouk lui répond : "Laisse-moi tranquille, vieille sorcière! J'ai chaud!" Il lui envoie son pied nu dans le menton. Et elle rit.

J'ai passé la nuit couché sur une carpette, près du lit

du bartchouk. De temps en temps, il me réveillait en me tirant par les cheveux. Mais gentiment, sans faire mal. Le matin, la barynia est venue et a grondé Akoulina parce qu'elle m'avait amené de l'extérieur, sans me laver : "Il sent mauvais! Il a sûrement des poux!" disait-elle.

Akoulina a pleuré, m'a donné une gifle à me démancher le cou, comme si tout était ma faute, et m'a conduit à la cabane de bains. Jamais je n'ai été étrillé comme ça. Quand je suis revenu, tout propre, dans la chambre, le bartchouk allait mieux, on n'avait plus besoin de moi, on m'a renvoyé. J'étais triste d'avoir été lavé pour rien. Avant que je parte, le bartchouk m'a montré ses jouets. Ils étaient si beaux que j'avais peur de les toucher. Je me souviens d'un soldat de bois, à l'uniforme vert, avec de longues moustaches et un bras en moins. Le bartchouk m'a dit : "Ce n'est pas un Russe, c'est un Français." Il y a dans le parc, près du petit bois de bouleaux, une pierre moussue qu'on appelle la tombe du Français. Et vraiment un Français est enterré dessous. Un soldat de Napoléon, qui était venu marauder, à ce qu'on dit, dans les parages, après une grande bataille. Le père de notre barine l'avait tué d'un coup de fusil et les moujiks avaient enseveli le corps, en cachette, sans même une messe pour le repos de l'âme. Depuis, les filles prétendent que si on passe par là, il faut dire très vite, en français : "Merci, grand merci!" Autrement, on risque de perdre les cheveux ou les dents. Mais ce sont des histoires de filles.

Ma mère allait de plus en plus mal. On lui donnait des tisanes et de la vodka. Un jour, le barine est venu en personne. Il connaît toutes les maladies et toutes les herbes. C'est un tel savant que, même en ville, ils n'en ont pas de pareil. Si une femme de chez nous a des difficultés au moment d'accoucher, il chasse les matrones et fait ce qu'il faut faire. Il a sauvé bien des enfants comme ça. D'autres sont mort-nés. Mais c'est la loi de

Dieu. En tout cas, grâce à Vassili Pétrovitch, nous n'avons jamais besoin de médecins à Znamenskoïé! C'est une chance que beaucoup de serfs des propriétés voisines nous envient.

Après avoir vu ma mère couchée sur le poêle, il a fait la grimace. Le prêtre est venu. Puis il y a eu chez nous une réunion de voisins. Rien que des hommes sages. On m'a dit de sortir. Mais je suis resté derrière la porte, et j'ai écouté. Ma mère voulait que mon père se remarie tout de suite après sa mort, parce qu'il y avait beaucoup à faire à la maison et dans les champs. Elle lui conseillait d'épouser Anna, la boiteuse. Mais lui, il préférait Katia, une fille de dix-huit ans, qui habitait un autre village. "Je suis solide, bien portant! Pourquoi prendrais-je une boiteuse? disait-il. – Parce que c'est une femme de cœur et une travailleuse, et qu'elle aime bien ton fils, espèce de mécréant! disait ma mère. Elle le soignera; elle s'occupera du potager et des poules; elle ne te déshonorera pas. Elle a mon âge... – Justement, a répondu mon père. Tant qu'à changer, j'aimerais mieux choisir une fille un peu plus fraîche! – Comment n'as-tu pas honte, Nestor? a dit un vieillard. Ta femme est encore vivante et tu penses à la gaudriole. – C'est elle qui veut que je me remarie! – Elle le veut pour l'ordre de la maison et pas pour ton plaisir! – S'il n'y a pas de plaisir dans le mariage, Dieu n'est pas content!" a répliqué mon père.

Tout le monde s'est mis à parler à la fois. Ma mère sanglotait, le vieillard criait, quelqu'un a fini par dire : "De toute façon, c'est notre barine, Vassili Pétrovitch, qui décidera." Et, aussitôt, ils se sont calmés.

Plus j'avance dans la vie, plus je comprends que, dans les cas graves, c'est une bénédiction pour le moujik d'avoir un maître qui décide à sa place. »

3

LA TACHE est partie. Mais le plus délicat reste à faire. Xénia tremble d'approcher le fer à repasser de la nappe. Pourquoi est-ce toujours à elle que cette diablesse de Julie réserve les besognes difficiles? Il ne manque pourtant pas de filles expertes dans la maison. « Elle me déteste parce que je suis la plus jolie! » décide Xénia. Pour vérifier la température du fer, elle l'élève à la hauteur de son visage. Une chaleur sèche rayonne jusqu'à sa joue. C'est le moment d'y aller. Elle s'emplit la bouche d'eau et pulvérise une fine pluie sur l'étoffe. Avec un chuintement de fureur, la masse lourde du fer entre en contact avec la nappe, l'écrase, l'étale, mord sur les broderies. Incontestablement, c'est la plus belle pièce de la maison. Les filles de l'atelier ont mis vingt et un mois à la broder. Xénia était trop jeune, à l'époque, pour participer à leur travail, mais elle se rappelle son émotion devant la merveille qui naissait, jour après jour, sous leurs doigts. Lorsqu'elles ont présenté la nappe à la barynia, Olga Siméonovna, celle-ci l'a trouvée si précieuse qu'elle a demandé au prêtre de la bénir. Et cet imbécile de Klim qui renverse du bortsch dessus! On dit que le barine s'est fâché tout rouge et l'a giflé. On dit qu'il le renverra au village. On dit... Le fer à repasser va et vient entre des fleurs géométriques et des ramifications filiformes. Julie surgit, massive, derrière le dos de Xénia, examine l'ouvrage, ne trouve rien à redire et s'éloigne.

Sitôt l'économe partie, la volière éclate en caquets. Dix filles, derrière des tables de couture et des métiers à broder, s'interpellent en riant. Xénia ne les écoute pas. Bouche serrée, regard fixe, elle suit le glissement du fer noir sur la plaine blanche. La monotonie du geste l'inciterait au rêve. Mais elle n'aime pas se bercer d'idées folles, comme les autres. Elles sont bêtes et bavardes. Depuis l'arrivée du bartchouk, elles ne parlent que de lui :

– Moi, je trouve que ce qu'il a de plus beau, ce sont ses dents!

– Et moi, ses sourcils!

– Qu'est-ce que tu ferais s'il te clignait de l'œil, en passant?

– Je le suivrais!

– Tu n'as pas honte?

– Il n'y a pas de honte à suivre son maître. Regarde Julie! Elle n'était qu'une fille serve comme les autres. Mais le barine l'a remarquée. Et maintenant elle règne sur nous!

– Comment l'a-t-il remarquée?

– Personne ne l'a jamais su.

– Si! Marfa!

Toutes les têtes se tournent vers Marfa, la plus ancienne ouvrière de l'atelier. Et Marfa, aussitôt, se renfrogne. Son visage tavelé se plisse des sourcils au menton.

– Je ne sais rien, dit-elle brusquement.

– Elle le savait, mais elle l'a oublié! susurre la petite Mélanie avec une perfidie calculée. Elle est trop âgée, la pauvrette! Sa mémoire s'en va!...

– Je te souhaite d'avoir autant de mémoire que moi, impudente! gronde la vieille.

– Alors, raconte!

– Non.

– Moi, on m'a dit que Julie avait donné un philtre au barine, affirme Perpétue, qui file la laine.

– Mais non! Elle est allée se baigner dans la rivière pendant qu'il pêchait à la ligne, dit une autre.

– Elle lui a apporté des pantoufles avec un cœur brodé dessus, dit une troisième.

La vieille Marfa est au supplice. Elle se tortille sur sa chaise, derrière le métier à broder. Ses lèvres tremblent, contenant à grand-peine le secret qui la brûle.

– Rien de tout ça, petites imbéciles! s'écrie-t-elle soudain. Elle a glissé des brins d'ortie dans son lit.

– Des brins d'ortie?

Xénia elle-même s'arrête de repasser, étonnée.

– Oui, reprend Marfa. Notre barynia était morte depuis un an. Je m'en souviens comme si c'était hier. Des orties dans le lit d'un veuf! Quelle audace! Et voilà que, le lendemain matin, le barine arrive dans l'atelier. « Qui a fait mon lit? » dit-il d'une voix terrible. Julie, très calme, répond : « Moi! – Tu mérites une punition. – Oui, barine. – Suis-moi! » Elle l'a suivi. Et de la journée elle n'est pas ressortie de la chambre.

Une méditation respectueuse contraint toute l'assemblée au silence. Xénia va rapporter son fer sur le fourneau chauffé à rouge et en prend un autre. Au bout d'un long moment, les filles s'ébrouent et se remettent à parler avec de drôles de voix traînantes :

– Pourtant, même jeune, elle ne devait pas être belle, Julie!

– Qu'est-ce qu'il lui a trouvé, notre barine?

– En tout cas, dit Marfa, il n'y a jamais eu de meilleure dentellière dans la maison!

Xénia se souvient encore de Julie, penchée sur son métier. Les fuseaux dansaient avec une rapidité fascinante au-dessus du carreau. Deux mains légères piquaient les points et les retenaient avec des épingles. L'hiver, pour trouver de nouveaux motifs à reproduire en dentelle, Julie jetait de l'eau sur une vitre et regardait les cristaux de givre se former au contact du verre. Puis elle décalquait ces arabesques sur un papier transparent et portait le dessin à la barynia, qui s'extasiait et commandait immédiatement un fichu, ou un napperon, ou un appui-tête. En a-t-on vu défiler dans la maison, de ces impondérables résilles blanches! Julie était de plus en plus souvent fourrée chez les maîtres. Quand la barynia s'était alitée, elle l'avait soignée, seule, dormant au pied du lit. Songeait-elle déjà à la remplacer auprès du barine? Comment lui en vouloir? La vie des serves est trop dure. Le sommeil à dix ou douze dans la chambre commune; les sales travaux du ménage; l'atelier où les doigts s'engourdissent de fatigue, où les yeux s'usent à la mauvaise lumière des chandelles; les repas de choux aigres, de pommes de terre et de lard; et, comme perspective d'avenir, le mariage avec un moujik... Tous les moyens sont bons pour sortir de l'ornière. Un pas se rapproche. Les têtes se courbent en même temps sur les métiers. Julie rentre, dans un bruissement d'étoffe et de verroterie. Droit sur Xénia.

– C'est ça que tu appelles une nappe bien repassée? dit-elle sèchement.

Ses yeux étincellent dans son visage épais.

– Je ne peux pas faire mieux, dit Xénia.

– Ah! oui? Répète!

– Je ne peux pas..., murmure Xénia.

Une gifle lui enflamme la joue. Toute sa tête résonne comme un seau cogné contre un mur. Sa langue a heurté ses dents. Julie respire fortement, narines ouvertes, poitrine véhémente. « Elle est la maîtresse du barine, elle a tous les droits », pense Xénia.

– Tu vas me recommencer ça! dit Julie en tirant la nappe à elle et en la jetant par terre.

– Oui, Julie Ivanovna, balbutie Xénia.

Elle baisse le front. Julie triomphe, opulente et rose, au milieu de ses larges jupes. À peine s'est-elle éclipsée de nouveau, que les filles reprennent leur bavardage. Xénia retourne mouiller la nappe dans le baquet. Son reflet se balance dans l'eau. Elle se sourit avec complaisance. Un grand remue-ménage la tire de sa contemplation. Toutes les filles se sont ruées vers la fenêtre. Marfa crie :

– Voulez-vous vous rasseoir, éhontées! Si Julie revenait...

Xénia se précipite, elle aussi, bouscule ses compagnes, se dresse sur la pointe des pieds, regarde. Là-bas, dans l'allée neigeuse, deux hommes marchent côte à côte. Autant le père est lourd, massif et lent, autant le fils paraît svelte, élégant, désinvolte. Il porte une toque de loutre et, à chaque pas, frappe sa botte droite avec une badine. La vieille chienne Poustychka tourne et frétille autour de ses jambes. Les filles ravalent leur salive. Mais le bartchouk tourne la tête vers la maison. Et les voici qui s'envolent, effarouchées, piaillantes :

– Il nous a vues! Il nous a vues!

Xénia les considère avec mépris et regagne sa place, au fond de la salle. La joue lui brûle. Elle prend la nappe, la secoue, l'essore dans un linge, l'étend, humide, sur la table de repassage, va chercher le fer.

Les filles se sont mises à chanter en travaillant. Marfa dodeline en mesure sa vieille tête de pomme de terre gelée.

4

« MA MÈRE croyait mourir et c'est mon père qui est mort d'une mauvaise fièvre. Pourtant Vassili Pétrovitch avait préparé des médicaments exprès pour lui en mélangeant le contenu de plusieurs petites bouteilles. Mon père prenait les médicaments, verdissait et s'excusait de ne pas arriver à guérir. Vassili Pétrovitch était très fâché contre lui. Il disait : "Tu te laisses aller! Tu ne m'aides pas!" Mais, le jour de l'enterrement, il a donné un peu d'argent à ma mère. Et après, il s'est occupé de moi. D'abord il m'a envoyé apprendre à lire chez le prêtre. J'ai remis au père Hilarion vingt-cinq kopecks noués dans un mouchoir et il a dit une messe en l'honneur du prophète Nahum, pour faciliter mes débuts dans les études. Ensuite il a ouvert sous mes yeux un alphabet d'Église aux caractères compliqués, et m'a ordonné de répéter les lettres après lui. Chaque fois que je me trompais, il me tapait sur les doigts avec une règle en os. J'ai su très vite lire dans le psautier. Mais Vassili Pétrovitch n'était pas content. Il disait : "Ça sent l'encens quand tu ouvres la bouche!" Justement il venait de chasser le gouverneur allemand du bartchouk. Il a décidé de s'occuper lui-même de notre éducation à tous les deux. Sûrement il pensait : "Mon fils, qui est paresseux, travaillera mieux si Klim est là pour l'entraîner."

Et il avait raison. Quand Vissarion ne savait pas sa leçon, je la récitais à sa place, et son père lui faisait honte en disant : "Crois-tu que tu pourras commander un jour, si ton propre serf est plus savant que toi?" Mais d'autres fois, je ne trouvais pas tout de suite la bonne réponse. Et le barine criait sur moi et me punissait. J'allais m'agenouiller dans un coin, sur des petits pois ou sur des grains de blé noir. Il fallait rester une demi-heure sur les petits pois et un quart d'heure seulement sur les grains de blé noir, qui sont plus durs. Les boulettes me rentraient dans la peau. Ça faisait mal. Quand je me relevais, le barine avait pour moi un sourire froid.

Le matin, il nous emmenait souvent dans la campagne cueillir des herbes. Il aimait aussi ouvrir le ventre des animaux pour y surprendre le secret de la vie. Je lui apportais des grenouilles, des mulots. Le bartchouk m'aidait à attraper des bêtes. Mais il avait de la répugnance pour tout ce qui était gluant. Et quand le sang coulait, il détournait la tête. Moi, ça me plaisait de voir Vassili Pétrovitch travailler avec un fin canif sur une chair morte. Des organes tout petits, pâles et brillants, apparaissaient dans un liquide rose. "Ça, c'est le cœur, disait le barine, et ça, c'est un poumon... – Et chez nous, est-ce que c'est pareil? demandais-je. – Pareil!"

J'avais entendu dire que notre maîtresse souffrait des poumons. Je regardais la grenouille et je pensais à la barynia. Vassili Pétrovitch devait y penser, lui aussi. Un hiver, elle a toussé, craché le sang, et elle est morte. Vassili Pétrovitch a été très malheureux. Peu de temps après l'enterrement, comme je riais en jouant aux osselets avec le bartchouk, près du perron, Vassili Pétrovitch se dresse devant moi, tout vêtu de noir. Il dit d'une voix tonnante : "Comment oses-tu rire, vermine, quand mon ange est dans la tombe?" Il me traîne par l'oreille dans la maison et me jette à genoux sur les petits pois. J'y suis resté une heure. Le lendemain, avant la leçon, je me suis frotté les paupières avec une pelure d'oignon.

Quand il m'a vu arriver, les yeux rouges, il a éclaté de rire en disant : "Quel imbécile!" J'aime bien quand il me traite d'imbécile.

Chaque fois que le bartchouk avait envie de s'amuser, c'était moi qu'il faisait venir. Nos parties de cache-cache dans le parc duraient des heures. Un jour, fatigué de battre les buissons, je me suis allongé par terre, à l'ombre d'un arbre. Il faisait chaud. Le sommeil m'a pris. Tout à coup, on me secoue par l'épaule. Et je vois, au-dessus de moi, le bartchouk furieux. Ses prunelles lancent un feu vert. Il crie : "Pourquoi dors-tu au lieu de me chercher? Tu n'as pas le droit! Tu n'as pas le droit!..."

Une autre histoire me revient. Le bartchouk m'en voulait, à propos de je ne sais quoi. Et voilà qu'il appelle Prokopytch et lui ordonne, en me montrant du doigt : "Trente coups de verges à cette canaille,!" Prokopytch refuse. Le bartchouk – il avait dix ans – tape du pied : "Si tu ne le fais pas, je me plaindrai à mon père, et c'est toi qui seras battu!" Là-dessus, Prokopytch, qui est un malin, m'emmène avec le bartchouk à l'écurie, me dit d'ôter ma chemise, prend un paquet de verges et fait semblant de me frapper fort. Mais, en vérité, il m'effleure le dos avec la pointe des brindilles. Le bartchouk fronce les sourcils et, au dixième coup, brusquement il crie : "Arrête! Arrête!"

Puis il m'entraîne dans sa chambre et me lave le dos. Je n'avais pas mal du tout. À peine une égratignure. Mais je sentais que je devais avoir l'air de souffrir pour qu'il puisse avoir du remords tout son soûl.

Et le lustre en cristal du petit salon! Quelle affaire! Ce petit salon se trouvait dans l'aile gauche de la maison. Un matin d'été, nous jouions en courant dans le parc. Vissarion lance une balle sur moi et me rate. La balle entre par la fenêtre ouverte, tape en plein dans le lustre et casse une pendeloque. Je suis atterré. Nous nous regardons. Le bartchouk dit : "Je pourrais raconter que c'est toi, mais je ne le ferai pas. Peut-être que mon père ne remarquera rien..." Je le remercie. C'était vrai qu'il lui aurait été facile de tout mettre sur mon dos. Il réfléchit et ajoute : "Évidemment, s'il remarque quelque chose, ce sera tant pis pour toi." Je répète : "Évidemment!" Et nous ramassons les morceaux. À partir de ce jour, je n'ai plus eu un moment de tranquillité. Comme par un fait exprès, le barine nous appelait souvent dans le petit salon pour nous donner notre leçon. Chaque fois qu'il levait les yeux au plafond, j'avais peur. Je me disais qu'il valait peut-être mieux tout avouer. Un an au moins a passé ainsi, et voilà qu'un incendie s'allume, la nuit, dans la maison des maîtres! L'aile gauche brûlait comme une torche. Les étincelles d'un foyer mal éteint avaient, paraît-il, embrasé un rideau de soie. J'aidai les domestiques à passer les seaux d'eau. Le feu dansait dans les fenêtres et sur le toit. Notre barine hurlait des ordres, Vissarion courait dans tous les sens, et la barynia – c'était peu de temps avant sa mort – soupirait en s'appuyant au bras de Julie. Au milieu de ce désespoir, j'avais honte de la prière que je récitais intérieurement : "Pourvu qu'il ne reste rien, mon Dieu! Pourvu qu'il ne reste rien!" Je ne sais si Dieu m'a entendu. Mais l'aile gauche a été entièrement détruite. On n'a retrouvé du lustre que des débris de cristal dans un amas de planches calcinées.

Le lendemain, le bartchouk m'a dit : "Est-ce que c'est toi qui as mis le feu à la maison?" J'ai juré que non, et je me suis signé. "Je plaisante, a-t-il dit en riant. Tu es trop bête pour allumer un incendie. En vérité, c'est moi qui ai fait ça pour toi!" Je l'ai regardé avec frayeur. Puis avec gratitude. J'ai failli le remercier. Enfin j'ai compris qu'il mentait. Il a toujours aimé mentir. Quand il ment, son œil brille, il y a comme une lumière sur son front. »

5

AU SALÉ de la cochonnaille succède le sucré des marmelades et des confitures. Debout dans un coin de la salle à manger, Julie observe les deux hommes avec inquiétude. Son *sarafane* [1] rouge à bretelles découvre, sur sa poitrine, une chemise brodée de fils multicolores. Dans ses cheveux, scintille un diadème de verroterie. Un trousseau de clefs pend à sa ceinture.

– Très bonne, ta confiture d'airelles, ma chère! lui dit Vassili Pétrovitch.

Satisfaite, elle sourit et prend le large avec la majesté d'un navire à voiles. Vassili Pétrovitch se beurre d'énormes tartines. Son appétit, dès le petit déjeuner, est agaçant. Machinalement Vissarion tâte, du bout des doigts, des écales de noix dans sa poche. Cette plaisanterie l'a amusé, la première nuit. Mais trois fois de suite, non! Est-ce une raison parce qu'il a joué, dans son enfance, avec Klim pour que celui-ci se permette une telle familiarité? Décidément il est aussi vain de demander de la délicatesse à un moujik que de la légèreté à un ours. Lui parler. Fermement. En maître. Lui rappeler la distance qui..., le respect que... Vissarion soupire et l'envie de partir le reprend, le secoue. Pour la

1. *Sarafane*, robe des paysannes russes.

vingtième fois, il médite d'annoncer à son père qu'il est obligé d'écourter ses vacances à Znamenskoïé. Cependant, il sait qu'il ne le fera pas. Il a une telle horreur des discussions! Déjà sa langue s'engourdit et son esprit s'empâte. Entre le samovar de cuivre et le sucrier d'argent, cette grosse tête grisonnante lui barre la route de l'évasion. Les concessions imposées, les études inutiles, la bienséance, la discipline, tout ce qui brise l'essor de la jeunesse se trouve incarné, soudain, dans cet homme qui savoure, avec un contentement affreux, son petit déjeuner.

– As-tu des plans pour aujourd'hui? demande Vassili Pétrovitch.

– Aucun, dit Vissarion.

– Tu n'as pas encore fait ta visite aux Katchaloff!

– Non! J'ai horreur de ces gens-là. Ils ne savent parler que de chasse, d'agriculture, de mangeaille...

– Ce ne sont pas des sujets de conversation si méprisables, dit Vassili Pétrovitch en souriant. Et puis les deux filles sont charmantes...

– Des mijaurées!

– Tu es devenu difficile, à Moscou!

Vissarion sourit à son tour. Hier, il a laissé entendre à son père qu'il vit depuis peu, à Moscou, une grande aventure sentimentale. Au vrai, il n'a jamais connu que des prostituées. En parlant de sa liaison avec cette baronne autrichienne, qu'il n'a, en fait, rencontrée qu'une fois à un bal, il ne pensait pas que son père le croirait. Eh bien si!... Il rayonne un instant, fier de ce qui aurait pu être. Puis, par prudence, il détourne la conversation. Insensiblement on en vient à parler politique. Vassili Pétrovitch prend un visage douloureux : il est très inquiet des développements de la guerre de Crimée. Depuis la mort de l'empereur Nicolas Ier et la chute de Sébastopol, il lui semble que toute résistance est devenue inutile. Que dit-on des chances d'un armistice à Moscou? Avec assurance, Vissarion expose, comme venant de lui seul, les idées qu'il a entendu défendre parmi les étudiants : Alexandre II souhaite sincèrement la fin des hostilités, mais attend d'avoir remporté un succès militaire pour proposer à l'ennemi l'ouverture des pourparlers.

– Oui, oui, dit Vassili Pétrovitch. Tu as peut-être raison. Le tsar ne traitera que s'il retrouve une position de force. Malheureusement nos troupes sont fatiguées...

– Très fatiguées! On raconte qu'il y a des cas de plus en plus nombreux de désertion...

Tout en parlant, d'un ton monocorde, Vissarion fait tomber une écale sur l'autre dans sa poche. Au fond, la politique l'ennuie. Cette guerre est absurde. La grande affaire de l'homme, ce n'est pas le combat, mais le plaisir. Ou, plus exactement, le combat pour le plaisir. Une pensée l'enflamme. Et si, cette nuit, il partait sans rien dire à son père? Klim le conduirait en voiture à la ville. Et de là... Bien entendu, il laisserait une lettre d'explication très tendre : « Je n'ai pas voulu, père, te faire de la peine... Si tu connaissais mes raisons... » Mais d'abord il faudrait lui demander de l'argent. Pénible nécessité. On verra demain. Vassili Pétrovitch se verse encore du thé. Le support en argent de son verre s'orne d'une inscription gravée : *Bois, mais n'oublie pas de manger.* Sur celui de son fils, on lit : *L'âme aussi souffre de la soif.* Vissarion a toujours vu ces deux supports sur la table. Contre le mur, il y a une chaise vide. Celle de sa mère. Personne n'a le droit de s'asseoir dessus. Une stèle funéraire. « Ridicule! » pense Vissarion. « Ridicule et anachronique! » D'autant que son père et Julie... Tout le monde le sait, à Znamenskoïé! Vissarion se sent le porte-parole du progrès, de la jeunesse, de l'espoir, devant ce père de quarante-huit ans, vieillissant et obtus, triste représentant d'un univers qui s'en va. Enfin Vassili Pétrovitch lape une dernière gorgée de thé, se lève et allume une pipe à fourneau de porcelaine.

Pendant qu'il rêvasse, entouré de fumée, Vissarion

sort sur le perron et hume la neige. Devant tout ce blanc immaculé, à perte de vue, son ennui redouble. Poustychka accourt vers lui. Il la caresse avec répugnance. Toute son enfance est mêlée aux halètements de cette chienne. Son museau noir piqué de poils blancs, ses gros yeux troubles... Elle ne le voit plus, sans doute. C'est vrai qu'elle sent mauvais de la gueule. Et cette grosseur au ventre! Si c'était contagieux, tout de même!...

Là-bas, sous l'appentis, Klim fend du bois avec une hachette. C'est le moment ou jamais. Vissarion s'avance, les mains dans les poches :

– Alors, Klim?

– Alors, Vissarion Vassiliévitch?

– Qu'est-ce que tu fabriques là?

– Tu vois, du petit bois pour allumer les poêles. Nous allons avoir un hiver très rude... très rude... Les lièvres ont double fourrure sur le dos. En ville, vous ne vous en rendez pas compte!...

– Non.

– Le barine a été si content de te voir! Il t'attendait. Tout le monde t'attendait...

– Oui, oui...

Il y a un silence. Puis Klim crache dans ses mains, reprend la hachette et se remet à fendre le bois. Vissarion se rappelle cette discussion d'étudiants, au cours de laquelle Constantin Loujanoff a prétendu que le cerveau du moujik est morphologiquement différent du cerveau d'un intellectuel. Il y a eu un concert de protestations autour de lui. Pourtant Constantin ne s'est pas démonté : il a juré qu'il avait lu la chose dans un livre de médecine. Bien sûr, Vissarion, lui aussi, l'a traité sur le moment de crocodile rétrograde. Mais c'était pour dire comme les autres. En vérité, les paysans, vus de la ville, sont tellement plus séduisants, plus émouvants!... La hachette brille. Les copeaux volent. Depuis six ans, chaque fois que Vissarion revient à Znamenskoïé, il se sent moins d'affinités avec son ancien compagnon de jeux. Indubitablement Klim a gardé l'esprit borné d'un enfant, alors que lui-même gagnait en intelligence et en sensibilité. Ce visage rude, au nez retroussé et au regard bleu, témoigne à lui seul de la simplicité paysanne. Si on soulevait la boîte crânienne du serf, on découvrirait peut-être, ainsi que le disait Constantin, un cerveau plus réduit, moins complexe, d'une substance terne et molle...

« Tout compte fait, pense Vissarion, c'est en théorie seulement que le servage est injustifiable. Dans la pratique, il est difficile de nier les avantages d'un pareil système. Depuis des siècles, nos pères l'ont connu et apprécié. Nous-mêmes avons été élevés dans cette idée. Se révolter contre elle serait aussi vain que de prétendre refuser la structure géographique de la Russie. Mais on peut améliorer cette institution patriarcale, l'adoucir, l'humaniser, la rendre plus conforme aux vœux des penseurs libéraux... Ce serait déjà très bien! Voilà notre but, notre avenir, notre fierté!... » Vissarion envisage un instant cette perspective avec une générosité souriante, puis se domine et dit d'un ton sec :

– Au fait, Klim, je ne trouve pas drôles ces écales de noix dans mon lit! Si tu recommences, tu auras affaire à moi!

Klim s'arrête, son œil se fige, ses traits se relâchent comme si un lourd sommeil le prenait. Il balbutie :

– Quelles écales de noix?

– Tu ne le sais pas, peut-être!

– Non... Dieu me voit et me juge, mais je ne sais pas de quoi tu parles, Vissarion Vassiliévitch.

La sincérité de Klim est si évidente, que Vissarion s'assombrit. Qui d'autre que Klim aurait osé? Agacé, il creuse un trou dans la neige, à petits coups de talon.

– Je te jure, Vissarion Vassiliévitch, que jamais..., reprend Klim.

– Ça va, ça va, grogne Vissarion.

Et son projet de fuite lui revient en tête.

– Demain, dit-il, j'aurai besoin de toi pour me conduire à Smolensk. Tu atelleras et nous partirons de nuit.

– De nuit? murmure Klim. Pourquoi de nuit?

– Parce que personne ne doit savoir.

– Même pas le barine?

– Surtout pas le barine.

– Que veux-tu faire, à Smolensk?

– Prendre la chaise de poste pour Moscou.

– Mais... mais c'est impossible!... Le barine compte que tu resteras ici encore une dizaine de jours!...

– C'est au-dessus de mes forces.

– Tu ne te plais plus à Znamenskoïé?

– Non.

Klim baisse la tête, accablé, puis la relève et dit avec une grimace amère :

– Tu ne peux pas partir, Vissarion Vassiliévitch! Ton père en aurait trop de peine!

– Tu l'as déjà vu avoir de la peine pour quelque chose?

– Et puis... et puis moi, alors...? Le barine sera furieux que je t'aie aidé! Je peux graisser mon dos!...

– Il y a longtemps qu'on ne bat plus personne, à Znamenskoïé! C'est ça, le progrès! Suppression des châtiments corporels! Rétablissement de la dignité humaine à tous les étages! Pourquoi crois-tu que nous luttons, nous, les étudiants, les intellectuels? Si tu entendais ce qui se dit parmi nous... Sois tranquille : tout se passera bien!... D'ailleurs je laisserai une lettre à mon père... On peut arranger n'importe quoi par lettre!

Vissarion plante son regard dans les yeux de Klim et dit encore :

– Dans la nuit de demain à après-demain, à deux heures du matin, que tout soit prêt!

– Comme tu veux, Vissarion Vassiliévitch, marmonne Klim en s'inclinant.

Vissarion siffle Poustychka et s'éloigne. Que le monde est léger soudain à ses épaules! Sa pensée saute à chaque pas. « Et si j'abandonnais la faculté de droit? se dit-il.

Pour ce que j'y apprends!... Même sans diplômes, avec mon nom et mes relations, je trouverais une situation honorable dans un ministère. Comment mon père peut-il aimer à ce point la campagne? Tout ici est sinistre : la solitude, le silence, les arbres... »

Poustychka court en avant et revient, vite essoufflée. Vissarion dépasse la cabane où dorment, l'hiver, les meubles de jardin. Au-delà de cette construction, le sentier se resserre pour aboutir à la tombe du Français. La pierre moussue, sans une inscription, s'adosse à un bois de bouleaux, de hêtres et de sapins. On dit que des loups rôdent dans les parages, par grand froid. La nuit dernière, Poustychka a aboyé comme une folle. Peut-être avait-elle flairé un loup?

6

« APRÈS l'incendie, notre barine n'a pas reconstruit l'aile gauche. À la place, il a simplement fait élever le petit bâtiment vitré où se trouve maintenant son cabinet de travail. C'est là qu'il lit ses livres, trie ses herbes et prépare ses remèdes. Il m'arrive souvent de l'aider. J'aimerais tant qu'il m'apprenne tout ce qu'il sait! Mais, quand j'ai eu douze ans, il n'a plus voulu me donner de leçons. Un jour, je lui ai montré une page d'écriture que j'avais faite tout seul, et il m'a dit : "Tu ne devrais plus t'occuper de ça. C'est malsain pour un moujik d'être trop instruit." Il a envoyé son fils à Moscou pour continuer ses études. Et moi, après la mort de ma mère, il m'a pris chez lui comme domestique. Je suis chargé de lui rapporter le courrier et les gazettes de la ville. J'attelle la carriole et je pars. Au retour, je m'arrête sous un arbre, au bord de la route, et je lis les journaux. Pas tout ce qui est écrit dedans, bien sûr. Mais les titres, les annonces, les dépêches de l'étranger. Ce que je préfère, c'est le journal *Les Nouvelles moscovites.* Quand je rentre, les domestiques me demandent ce qu'il y a de nouveau dans le monde. Je leur parle des nouvelles lois, d'un ambassadeur qui est arrivé à Saint-Pétersbourg, de l'arrestation d'un bandit, de la guerre surtout; comment notre bon empereur Alexandre II a été forcé, après la mort de son père, Nicolas, de continuer à se battre en Crimée; comment les Turcs massacrent nos prisonniers, comment l'Angleterre et la France veulent dresser tout le monde contre nous, comment nous versons notre sang pour nos frères orthodoxes! Pour l'instant, il n'y a que cinq moujiks de chez nous qui sont partis pour le front. Mais, si ça continue, Vassili Pétrovitch sera obligé d'en envoyer d'autres... C'est une grande perte pour lui, quand on pense qu'au cours actuel un moujik qui ne sait rien faire vaut près de cent roubles. Et il faut l'équiper en plus! Un de ces jours, peut-être décidera-t-il de me donner, moi aussi, à l'armée. La guerre ne me fait pas peur. Simplement je regretterais Znamenskoïé, notre maison, ma place sous l'escalier...

Ah! comme j'envie le bartchouk qui, à Moscou, étudie la science juridique. Il ne revient qu'aux vacances. Et, chaque fois que je le revois, je constate sur lui les progrès de l'instruction. Quand il me rencontre, il n'a plus pour moi le même regard; il ne sait comment me parler; on pourrait croire qu'il ne se souvient de rien. Sans doute ce qu'il a appris efface-t-il ce qu'il a vécu. Nous l'attendons pour Noël. Le temps n'est pas froid pour la saison. Il a beaucoup neigé. Tous les paysans se sont mis d'accord pour déblayer les routes, un dimanche. Notre prêtre, le père Séraphin, a voulu s'y opposer. Mais le barine a dit que le Christ n'a jamais interdit de pelleter la neige le dimanche, que c'est une invention des popes... Nous avons passé outre. Le père Séraphin est un ignorant. Pour tout ce qui est mystérieux, j'aime mieux prendre l'avis du vieux Timothée. On raconte qu'il est un peu sorcier, qu'il connaît l'herbe à briser les pierres et que, s'il place, sur une charrette, une gousse avec neuf petits pois, trois paires de chevaux ne peuvent suffire à tirer la charge. Julie a ordonné un nettoyage général pour l'arrivée du bartchouk. Les vitres brillent, les planchers sentent la cire d'abeille, les poignées en cuivre des portes reluisent comme de l'or. Mais on s'y est pris trop tôt; j'ai peur que la maison ne se resalisse avant le grand jour.

Hier matin, le barine m'a annoncé que dorénavant je servirai à table, à la place du vieil Egor qui a la tremblote. Un tel honneur m'a glacé le sang. Serai-je digne? Jusqu'ici, je me suis contenté de rester debout derrière la chaise du barine, avec une serviette sur le bras, et d'enlever les assiettes sales. Heureusement Egor est très gentil et, après le repas, quand Vassili Pétrovitch n'est plus là, il m'enseigne les gestes que j'aurai à faire. Julie aussi me donne des conseils. Elle semble bien disposée. Mais je ne suis jamais à l'aise devant elle. Même quand elle sourit, il y a dans ses yeux quelque chose de glacé et d'amer. Lorsque je l'entends venir, avec ses jupes qui bruissent et ses colliers qui s'entrechoquent, mon âme descend dans mes talons. Depuis qu'elle a la préférence de notre maître, il faut reconnaître que la maison marche. Mais comment fait-il pour ne pas la craindre? C'est ça, la force des barines. Aucune femme ne les impressionne. Est-ce lui ou elle qui a eu l'idée de me faire servir à table? J'aimerais mieux que ce soit lui. Pourvu que tout se passe bien! Ce matin, je suis allé à l'église et j'ai allumé un cierge devant l'icône de saint Euloge, qui, dit-on, protège les domestiques. »

« Saint Euloge ne m'a pas protégé. Mais tout de même, à cause de lui, l'histoire de la soupière n'a pas eu de suites. Julie m'a simplement dit que le barine était trop bon, qu'à sa place elle m'aurait fait arracher la peau du dos à coups de verges et m'aurait renvoyé au village garder les cochons. Elle souriait en me parlant. Les verges, ce ne serait rien, mais le renvoi au village, quelle punition! Je suis si bien dans ma niche, sous l'escalier! J'entends le barine et le bartchouk qui marchent au-dessus de ma tête. Ma vie est dans leur vie. Tout ce qu'ils font, tout ce qu'ils disent passe à travers moi. Quand je pense qu'il y a des imbéciles parmi les paysans de notre domaine qui se plaignent : "J'aimerais mieux appartenir aux Ouvaroff ou aux Katchaloff qu'aux Variaguine." Évidemment, les Ouvaroff et les Katchaloff ont plus de terre que nous, plus de serfs que nous, plus d'argent que nous! Chacun, dans la région, envie leurs chevaux, leurs chiens, leurs précepteurs, leur piano, leur cuisinier, leur vaisselle... Mais c'est justement parce que notre maison est modeste que tout, à Znamenskoïé, respire le bonheur. Si le barine et le bartchouk étaient plus riches, ils auraient plus de domestiques et je me sentirais moins proche d'eux. Dieu me préserve d'être un valet parmi cent autres!

Aujourd'hui, il y a eu une *koulebiak* [1] aux choux pour le déjeuner. Le bartchouk en a repris trois fois. Le barine, lui, a mangé une demi-douzaine de boulettes de poisson haché. Julie rayonnait en constatant son appétit. À la fin du repas, il a toujours les joues rouges et le souffle court. J'ai servi les liqueurs au salon. En me voyant passer et repasser, le bartchouk m'a dit :

– Alors, Klim? Quoi de nouveau?

J'ai répondu :

– Rien, rien, Vissarion Vassiliévitch. Toujours heureux de te servir...

Et je suis sorti. Ah! quelle bonne journée!

Tout le monde attend Noël avec impatience. Au retour de l'église, il y aura un souper de réveillon, mais sans invités, et une distribution de cadeaux pour les

1. *Koulebiak,* pâté en croûte russe, au poisson, à la viande, aux choux.

domestiques. J'ai entendu, à travers la porte, sans le vouloir, le barine et le bartchouk qui en parlaient. Julie recevra des boucles d'oreilles et moi une ceinture rouge. J'ai déjà reçu une ceinture rouge l'année dernière. Ils ne doivent plus s'en souvenir. »

7

KLIM ouvre les rideaux et un jour grisâtre pénètre, comme à regret, dans la chambre. Assis au bord du lit, Vissarion s'étire, bâille et passe ses doigts en fourchette dans ses cheveux. Un froid vif lui saisit les chevilles.

– On gèle! grogne-t-il. Tu n'as pas poussé les feux?

– Eh! si, Vissarion Vassiliévitch. Dès l'aube, comme d'habitude. Mais il fait si froid dehors! Il faut patienter un peu avant que la maison ne se réchauffe!

Ce défaut de chauffage est un des inconvénients de Znamenskoïé, pense Vissarion avec humeur. Le matin, il faut s'emmitoufler et chausser des bottes de feutre pour ne pas grelotter dans la maison. Et, le soir, les poêles dégagent une telle chaleur qu'à peine peut-on supporter une chemise.

– Mon père est levé? demande-t-il en enfilant sa robe de chambre.

– Depuis deux heures. Il a pris son petit déjeuner sans t'attendre. Il travaille au bureau...

Vissarion se penche sur la cuvette. L'eau est glacée. Se laver dans ces conditions serait héroïque. Il y renonce et entreprend juste de se raser. À tout hasard, Klim a apporté un petit broc d'eau bouillante.

– Ce soir, dit Vissarion, tu m'installeras un baquet

dans la chambre et tu feras monter de l'eau chaude en quantité.

– Tu ne préfères pas aller à la cabane prendre un bain de vapeur?

– Non. Je veux me laver à l'européenne.

Klim réfléchit, le front plissé, et murmure :

– Alors, c'est pour cette nuit, à deux heures?...

– Quoi?

– Le départ.

Vissarion balance la tête de gauche à droite :

– J'ai changé d'avis. Je ne pars pas.

La joie abasourdit Klim et le laisse un instant sans voix. Puis il s'exclame :

– Ah! comme je suis content, Vissarion Vassiliévitch! Tu as eu peur de faire de la peine au barine?

– Oui, dit Vissarion.

Une grande tendresse le pénètre. Il se sent calme et magnanime. « Comme il est facile de rendre les gens heureux! se dit-il. Comme je suis bon! Comme c'est bon d'être bon! » Et il continue sa toilette en sifflotant. Le rasoir glisse sur sa peau. Mais il n'y a qu'un duvet brun à supprimer au-dessus de la lèvre. Attention à ne pas écorcher ce bouton, sur la joue. L'autre soir, au dernier relais de poste avant Smolensk, un ivrogne très digne a trouvé qu'il ressemblait à lord Byron et a voulu trinquer avec lui. En tout cas, il « fait » plus de dix-neuf ans! Surtout depuis qu'il a une vraie maîtresse. Jamais il n'aurait supposé que cette fille serve, d'aspect humble et maladroit, fût capable d'une telle audace. De quel air effronté elle a surgi devant lui, hier, près de la tombe du Français! Elle faisait sauter des écales de noix dans sa main et souriait en penchant la tête. Quand il lui a dit de le rejoindre, la nuit, dans sa chambre, elle a simplement acquiescé d'un battement de paupières. Brune, mince, avec des yeux couleur de châtaigne. Et pas la moindre tache de rousseur. Fait rare pour une paysanne! Le plaisir qu'elle lui a donné ne peut se comparer à aucun autre. Une seule explication à cette réussite : elle l'aime, elle l'adore!... Lui, en revanche, n'a pas perdu de vue, une seconde, la différence de leurs conditions sociales. Même quand elle était nue dans ses bras, il la traitait en domestique. Visiblement, du reste, elle ne détestait pas d'être rabaissée, de temps à autre, par un mot dur. « Elle est ma chose, se dit-il avec exaltation. Je peux lui commander tout ce que je veux, la renvoyer, la battre, la vendre... » Il songe au moment où, de nouveau, la porte de sa chambre s'ouvrira, laissant passer une silhouette gracile, au fichu rouge, aux pieds nus et aux gestes de voleuse. Elle l'a quitté ce matin, à quatre heures. Elle reviendra vers minuit.

Il achève de se raser, se coiffe et s'habille avec une délectation grandissante. L'uniforme d'étudiant lui va bien : tunique de drap bleu foncé à col raide et à double rangée de boutons de cuivre, petites bottes de cuir souple. Précédé de Klim qui rayonne, il descend dans la salle à manger, où le samovar l'attend, parmi les pots de confiture, de miel et de marmelade. Le premier verre de thé le réchauffe un peu. Vassili Pétrovitch surgit dans l'encadrement de la porte. Vissarion se lève, la bouche pleine. Un triple baiser lui râpe les joues et l'enveloppe d'un nuage de tabac.

– Bien dormi, Vissarion? Quels sont tes plans pour aujourd'hui?

Vissarion tressaille. Cette phrase sacramentelle – la même qu'il entendait à l'âge de dix ans – a le don de l'exaspérer. Est-ce la bêtise ou l'instinct de conservation qui pousse les parents à refuser d'admettre que leurs enfants grandissent? À Moscou, parmi ses camarades, il est un homme, il discute, il affirme, on l'écoute... Pourquoi faut-il qu'à Znamenskoïé il soit encore tenu en lisière? Cependant, il n'a pas envie de se fâcher. Pour le plaisir d'étonner son père, il dit :

– Je vais rendre visite aux Katchaloff, ce matin...

Vassili Pétrovitch cache mal son contentement.

– Eh bien! va, dit-il. Va! Tu leur transmettras mon salut très cordial...

Ils restent un moment silencieux. Vissarion s'amuse de sa propre soumission. Depuis la nuit qu'il a passée avec Xénia, la perspective d'affronter les filles Katchaloff lui paraît d'ailleurs moins pénible. Comme si, à la lumière de ses nouvelles connaissances amoureuses, la sotte naïveté des pucelles prenait un caractère attendrissant. Il se sent fort, viril, généreux, indestructible... Où donc a-t-elle pris cette idée de fourrer des écales de noix dans son lit?

Posté à la fenêtre de son bureau, Vassili Pétrovitch regarde le traîneau qui s'éloigne, avec Vissarion recroquevillé à l'intérieur. Puis il revient à son herbier. Une fougère séchée s'étale sur la page de droite. Dommage que son fils refuse de l'aider dans ses travaux! Cent fois il a poussé Vissarion à étudier les sciences naturelles. Mais Vissarion est trop paresseux. Il a choisi le droit : la paperasse au lieu de la chair, l'accessoire au lieu de l'essentiel! Tête creuse, il danse à la pointe des vagues. Que faire de lui, plus tard? Un avocat? Jamais il n'aura le cran! Non, il faudrait le marier vite et bien. Les demoiselles Katchaloff sont tout indiquées. Ivan Ivanovitch Katchaloff les dotera largement. On pourra réunir des terres. Il est vrai que ni Aglaé ni Zoé Katchaloff ne sont alléchantes. Mais bah! un homme digne de ce nom doit savoir, le moment venu, passer sur les imperfections physiques d'une épouse bien nantie. Vissarion le voudra-t-il, le saura-t-il? Ne pas le brusquer. Il est délicat, difficile, malade de l'estomac pour un rien. Tout comme sa mère!

Vassili Pétrovitch reporte les yeux sur son herbier, se hausse sur son siège, et une crampe lui saisit le mollet. Encore! Vite, il se déchausse et appuie son pied sur le plancher froid. La douleur persiste. Alors il crie à Dimka d'aller chercher Klim. Et Klim accourt. Vassili Pétrovitch se déculotte en maugréant et s'allonge sur son canapé. Agenouillé près de lui, Klim masse la jambe malade avec insistance. La douleur s'endort. Vassili Pétrovitch se remet debout.

– Ça va? demande Klim.

De la tête, Vassili Pétrovitch fait signe que oui. Klim l'aide à se rhabiller et se dirige vers la porte. À ce moment, et d'une manière tout à fait inattendue, Vassili Pétrovitch éprouve le besoin, sinon de remercier son serf, du moins de lui témoigner sa bienveillance.

– Alors, tu es content que mon fils soit revenu? dit-il.

– Très content, barine! balbutie Klim.

– Il doit en avoir des choses à te raconter!

– Pour ça, oui...

– Sur la ville, sur ses amis, sur ses études...

– Oui, oui...

Vassili Pétrovitch réfléchit, bourre sa pipe, l'allume, et lance, du coin de la bouche, en observant Klim à travers la fumée :

– N'empêche qu'il doit s'ennuyer ici!

Klim rougit et proteste :

– Pas du tout!... Il se plaît à Znamenskoïé... J'en suis sûr!...

– Comment peux-tu en être sûr?

– Il me l'a dit!

– Ah oui? Raconte-moi ça!

Klim plisse le front, comme s'il cherchait les paroles exactes du bartchouk dans sa mémoire, et articule difficilement :

– Eh bien!... il m'a dit que c'était dans la maison de son enfance qu'il était le mieux, que... que... qu'il était heureux de pouvoir enfin causer avec toi à cœur ouvert... qu'il t'aimait beaucoup..., plus que tout au monde...

Vassili Pétrovitch lui trouve le même air appliqué et naïf que tout à l'heure, lorsque, penché sur sa jambe, il la massait en soufflant. « Tu mens mal, mon pauvre! » pense-t-il. Et il le laisse parler sans l'interrompre. Enfin, Klim se tait, à bout d'invention.

– Le ciel t'entende! dit Vassili Pétrovitch avec un sourire mélancolique.

– N'as-tu plus besoin de rien, barine?

– Pas pour l'instant.

– Tu sais, si tu veux des bêtes pour tes expériences, je peux t'en trouver encore...

– J'en ai fini avec les bêtes, Klim, dit Vassili Pétrovitch. Elles n'ont plus rien à m'apprendre. Ça t'étonne, hein?

– Oui, barine.

– Tu te demandes ce qui peut bien m'intéresser maintenant!

– C'est ça... oui... je me le demande...

– Je vais te le dire : les plantes, Klim, les plantes seules! Cette fois, j'en suis sûr : pour surprendre le secret de la vie, il ne faut pas le chercher là où il éclate aux yeux de tous, c'est-à-dire chez les animaux, mais là où il se cache encore aux regards, c'est-à-dire chez les végétaux. Cette fougère qui te paraît morte a cependant un petit ressort de vie, tendu en elle...

Entraîné par son élan, Vassili Pétrovitch parle à ce serf comme il n'a jamais parlé à son fils. Circonstance aggravante, il lui semble que Klim le comprend. Cette lueur d'intelligence dans les yeux bleus de son domestique lui est pénible. Mécontent et désorienté, il s'arrête au milieu d'une phrase.

– Je ne pensais pas que c'était si important, les fougères! dit Klim. On a écrit des livres sur les fougères?

– Bien sûr! Tiens, en voilà un!

Et Vassili Pétrovitch désigne un volume ouvert à côté de l'herbier, sur la table. Timidement, Klim avance le cou et lit quelques lignes en remuant les lèvres, syllabe après syllabe. Son émerveillement amuse Vassili Pétrovitch, puis le fatigue. La présence de ce moujik dans son cabinet de travail lui paraît subitement encombrante. La colère monte en lui, comme la vase d'une rivière dont un coup de rame a écorché le fond. Il marmonne :

– Laisse-moi, maintenant!

Klim recule vers la porte et disparaît. Vassili Pétrovitch reprend son herbier, ses fiches. Mais le cœur n'y est plus. Il tourne des pages avec indifférence et songe à Klim, penché sur le livre, éclairé par le livre, comme par une lampe.

8

Dès que le barine a avalé son dessert, Klim s'approche de lui et chuchote :

– Mitka, du hameau de Koustarnoïé, vient d'arriver à l'office. Il dit que Martin Chabachoff est au plus mal, qu'il va même, sans doute, passer...

– Ça ne m'étonne pas! grogne Vassili Pétrovitch en s'essuyant la bouche avec sa serviette. Ce vieil ivrogne doit avoir au moins vingt litres de liquide dans le ventre! C'est bon, je vais y aller! Tu m'accompagnes, Vissarion?

La figure de Vissarion s'allonge :

– Que veux-tu que j'aille faire là-bas?

– M'aider! dit Vassili Pétrovitch.

– Tu sais bien que j'ai horreur des malades!

– Il faudra pourtant que tu acceptes d'en voir quelques-uns, quand tu me succéderas à la tête du domaine!

En entendant le maître élever la voix, Klim craint que la conversation ne dégénère en dispute. Le bartchouk soutient le regard glacé de son père et réplique :

– Il y a les médecins pour ça! Justement je vais à Smolensk. Veux-tu que je prévienne le docteur Fédoroff?

– Parlons-en, du docteur Fédoroff! s'écrie Vassili Pétrovitch en jetant sa serviette sur la table. Tu trouves qu'il a bien soigné ta mère? Si je ne l'avais pas appelé, peut-être serait-elle encore en vie! Mais voilà, j'ai douté de moi, j'ai douté des herbes, j'ai voulu faire comme les autres...

Il considère la chaise vide. Son œil est rond et blanc. Sa moustache tremble. Se tournant vers Klim, il ajoute :

– Viens avec moi! Tu vas m'aider, toi, puisque mon fils a peur de se salir les mains!

Et il sort d'un pas lourd, avec Klim sur ses talons.

Dans le cabinet de travail, son visage se détend. Il trempe une plume d'oie dans l'encre, ouvre un gros registre à reliure rouge, y note quelques mots. La plume craque et crache. Klim le connaît bien, ce registre. Sur la page de gauche, figurent les noms des serfs soignés par le barine, avec l'indication de la maladie et des remèdes appliqués; sur celle de droite, le résultat : « guéri complètement », « à peu près guéri », « décédé ». Le nombre des morts est très faible au regard du nombre des guérisons.

– Je me demande quel docteur pourrait exhiber un pareil palmarès, dit Vassili Pétrovitch en refermant le cahier.

Puis il ordonne à Klim de malaxer une pommade verdâtre dans un mortier. Klim appuie de toutes ses forces sur le pilon. Des grains infimes s'écrasent dans la pâte, qui se creuse, s'étire, s'unifie selon le lent mouvement du cylindre.

– Encore! Encore! Là, c'est bien! dit Vassili Pétrovitch. Tout à l'heure, tu masseras le ventre de Chabachoff avec cet onguent. Et, demain, vous crierez tous au miracle. Y compris mon fils, qui croit que toute science vient de la ville! Vois-tu, Klim, à force de lire et de réfléchir, je suis arrivé à une conviction : ce n'est pas par hasard que Dieu a placé tel moujik sur tel coin de terre, au milieu de tel ensemble de plantes. Lorsque l'homme est malade, il doit chercher le remède parmi les spécimens végétaux qui sont à portée de sa main. Par exemple, les gens qui vivent dans mon domaine trouveront tout ce qu'il faut pour se soigner dans la flore qui les environne. Mais malheur à eux s'ils vont cueillir des herbes chez mes voisins les Katchaloff ou les Ouvaroff! En sortant de leur zone nourricière, ils trahiront l'ordre établi par Dieu et s'exposeront à de graves complications de santé. Oui, Klim, il y a un rapport nécessaire entre la créature et le site, entre le corps et son entourage végétal, entre le sang et la sève. Le millepertuis, la feuille de frêne et la tige de laurier que j'ai mis dans cette pommade viennent de chez nous et sont bonnes pour un gars de chez nous, mais certainement pas pour un gars de Saint-Pétersbourg! Je dirai même plus : de l'arbre au caillou, en passant par l'homme et la source, nous formons un seul être géographiquement fixe! Tu es plus proche d'une fougère de Znamenskoïé que d'un habitant de Kiev! Et moi aussi, dans une certaine mesure!

Klim, émerveillé, écoute et se dit qu'en effet il représente un morceau de Znamenskoïé. Le barine lui-même a l'air d'un amalgame de feuillage, de terre, de pierre et de vieux bois. Fort et compact, le ventre ceint d'un tablier, il range, tout en parlant, des fioles dans sa trousse. Lorsque la pâte lui paraît suffisamment onctueuse, il arrête Klim, dont le bras commence à se fatiguer, et transvase l'onguent dans un pot de porcelaine, à l'aide d'une spatule.

– Tu te donnes bien du mal pour ce vaurien, barine! dit Klim.

– C'est vrai qu'il est pourri jusqu'à la moelle, soupire Vassili Pétrovitch. Mais quoi! mauvais ou bon, il est mon serf. Une âme, tu comprends, une âme enregistrée! Je suis comptable de son existence devant Dieu. Tu ne peux pas comprendre ça, parce que tu es de l'autre côté. Tu regardes tout de bas en haut! C'est une situation plus reposante que la nôtre!

Il bâille, se signe la bouche et claque des doigts pour que Klim lui présente sa pelisse.

Dehors, le froid est vif. Le monde où glisse le traîneau s'est haussé de deux *archines* [1] dans la blancheur et la légèreté au-dessus du niveau habituel de la terre. Les isbas de Koustarnoïé ne sont plus que des crêtes de neige. Quelques cheminées fument sous le ciel gris. Mais la route tourne et, dans un creux sale, piétiné, voici les portes des maisons. Celle de Chabachoff est au centre. Le traîneau s'immobilise dans un tintement de clochettes.

À peine franchi le seuil de l'isba, Klim s'étonne : c'est encore plus étroit, plus sombre et plus enfumé qu'autrefois, chez ses parents. La veilleuse s'est éteinte, dans le coin consacré aux icônes. Deux porcelets grognent sous un banc. Martin Chabachoff gît sur une litière, devant le poêle. Il a l'air de cacher un énorme ballon sous sa couverture en peau de bique. Cette grosseur d'apparence comique contraste étrangement avec l'expression hagarde et triste du visage. Les prunelles du moribond brillent dans un buisson de poils gris. Il halète :

– Aïe... aïe... Oh!... Tu viens voir un mourant, barine!

– Ne dis pas de sottises! réplique Vassili Pétrovitch. Je t'ai apporté un médicament qui te remettra d'aplomb!

– Seule la tombe peut redresser un bossu!

– C'est bien vrai, ça! gémit Fiokla, la femme de Chabachoff, en sortant de l'ombre.

Elle a un front bas, des yeux globuleux et une longue bouche de mouton. Sans cesse, elle hoche la tête et remue les lèvres comme si elle broutait.

– Arrangé comme il est, il vaut peut-être mieux le laisser partir tranquillement, reprend-elle. Quand l'alcool tourne en eau dans le ventre d'un orthodoxe, c'est qu'il est temps pour lui de renoncer à la table des hommes et de s'asseoir à la table de Dieu.

– Oui, oui, je meurs... je meu..eu..eurs!... râle

1. Mesure de longueur représentant 0,711 mètre.

Chabachoff, visiblement partagé entre un désespoir sincère et le plaisir de se donner en spectacle.

– C'est ça! sanglote Fiokla. Meurs, mon bel épervier, et que le Seigneur t'accueille! Je te rejoindrai bientôt!

Les porcelets poussent des cris aigus. Des voisins entrebâillent la porte et se pressent sur le seuil. Déjà Fiokla entame la lente litanie mortuaire :

– Trente ans, je t'ai servi d'épouse! Le bon et le mauvais, le sucré et l'amer, nous avons tout partagé! Même tes coups de bâton étaient doux à mes blanches épaules!

– As-tu fini, vieille corneille! tonne le barine. À qui est-ce de décider si un serf doit vivre ou mourir? À Dieu sans doute, au barine peut-être, mais certainement pas à toi! Découvre-lui le ventre! Klim, masse-moi ça en profondeur! Et ne ménage pas la pommade!

Le ventre du malade apparaît, sphérique, blafard, tellement enflé, que les veines se dessinent en relief et que le nombril saille au milieu, à la manière d'un téton. Avec précaution, Klim effleure cette rotondité malade et devine, sous ses doigts, le déplacement sourd et mou du liquide. Inquiet, il jette un regard au barine, et celui-ci, fronçant les sourcils, ordonne :

– Frotte, bon Dieu! Il faut que toute la pommade pénètre dans les pores!

Alors Klim tapote cette chair tendue aux sonorités mates, jusqu'à ce que le malade, épuisé, gémisse :

– Dis-lui qu'il s'arrête, barine! Je vais crever, moi!

Klim s'arrête et rabat la couverture.

– À boire! demande Martin Chabachoff.

Sa langue sèche ballotte entre ses lèvres.

– Il a tout le temps soif, dit Fiokla. Que dois-je faire, barine, notre sauveur? Est-ce que je ne pourrais pas lui donner du kwas?

– Non! dit Vassili Pétrovitch. Nous avons mieux à lui offrir!

Et il verse le contenu d'une fiole dans un gobelet en fer. Fiokla et Klim soulèvent le malade pour l'aider à avaler la potion. À la première gorgée, Martin Chabachoff s'étrangle, roule des yeux larmoyants et crache :

– Pouah!... C'est mauvais!...

– Comment oses-tu refuser un breuvage que j'ai préparé de mes propres mains? crie le barine. Bois jusqu'au fond! Qui laisse une goutte, le regrette en route!

Et Martin Chabachoff, terrorisé, ingurgite le remède à longues goulées douloureuses. Sa pomme d'Adam monte et descend sous la fourrure grise de la barbe. Enfin il se laisse aller en arrière, la bave aux lèvres.

– Bien, dit Vassili Pétrovitch à Fiokla. Ne lui donne rien à manger, ce soir. Et, demain matin, fais-lui boire le reste de la fiole.

Klim range l'attirail dans la trousse et sort derrière son maître. Les voisins s'écartent pour les laisser passer.

Les pièces du jeu d'échecs brillent sous la lampe. Vassili Pétrovitch est heureux d'avoir placé son fils dans une situation difficile. Pendant que Vissarion réfléchit en mordillant le tuyau de sa pipe, la porte du salon s'ouvre doucement et Klim apparaît, l'air indécis et furtif. Voyant que le barine est occupé, il s'apprête à repartir, mais Vassili Pétrovitch l'interpelle :

– Que veux-tu?

– Oh! rien, barine... Ça peut attendre...

– Vas-tu parler, abruti?

– C'est-à-dire... voilà... On est venu de Koustarnoïé...

– Alors?

– Il... il est mort, barine...

Vassili Pétrovitch n'éprouve d'abord qu'une violente animosité contre cet imbécile de Chabachoff qui a trahi son attente. Puis il regarde son fils à la dérobée. On dirait qu'un imperceptible sourire affine les lèvres de Vissarion.

– Quand est-il mort? demande Vassili Pétrovitch.
– Il y a trois heures environ.
– J'irai demain matin...
Klim s'efface et referme la porte.
– Tu n'as pas peur d'avoir des ennuis? dit Vissarion sans détacher les yeux de l'échiquier.
– Quels ennuis?
– Eh bien! mais... si quelqu'un portait plainte...
– On ne peut porter plainte contre un homme qui a fait son devoir!
– Ton devoir était d'appeler un médecin.
– Pas si j'estimais être plus qualifié que lui pour soigner l'un de mes serfs! D'ailleurs qui oserait porter plainte contre moi?
– On ne sait jamais!
– Joue et ne dis pas de sornettes!
Vissarion avance un pion et Vassili Pétrovitch le prend avec son cavalier. Aussitôt après, il se trouve sur la trajectoire de la dame adverse. D'un bond, elle lui avale son fou, qu'il croyait imprenable, et menace son roi. Vassili Pétrovitch essaye de se concentrer pour sortir de l'impasse, mais Martin Chabachoff lui encombre l'esprit avec son ventre gonflé d'eau. Un homme de peu. Menteur, rusé et boudant l'ouvrage. Et cependant, lui, en tant que barine, n'a rien à se reprocher. Il a soigné son serf avec les meilleures herbes. Aucun médecin n'aurait fait mieux. Surtout pas un Fédoroff! Vissarion a le jugement faussé par les théories qui courent la ville. Les jeunes gens d'aujourd'hui ne comprennent plus la campagne. Ils arrivent parmi les moujiks comme des voyageurs, comme des Français. *Liberté, égalité, fraternité!* Ces mots-là n'auront jamais leur équivalent dans la langue russe. D'après ces messieurs, si le moujik est malade, il ne faut pas tenter de le guérir soi-même, mais appeler un médecin; si le moujik vole, il ne faut pas le corriger paternellement, mais prévenir le commissaire de police; si le moujik cultive la terre en dépit du bon

sens, il ne faut pas lui expliquer son erreur en le menaçant d'une raclée, mais inviter un agronome pour l'instruire. Ainsi le barine, qui, autrefois, suffisait à tout, devrait se décharger de ses principales attributions sur des spécialistes venus de l'extérieur! Et cela au nom de la civilisation européenne! Quelle plaisanterie! Au nom de la paresse, oui! Les jeunes n'aiment pas assez les moujiks pour passer leur vie à s'occuper d'eux, ils n'aiment pas assez les moujiks pour vouloir qu'ils restent serfs! Eh bien! tant pis, la prochaine fois qu'un moujik tombera malade, on fera comme les personnes prétendues évoluées, on convoquera un médecin. Qu'il se débrouille, le bougre, puisqu'il est payé pour ça! Le barine, lui, se lave les mains de tout ce qui arrive sur ses terres. Au comble de la fureur, Vassili Pétrovitch pousse un pion au hasard.

– Échec et mat, dit Vissarion, les dents serrées sur sa pipe et l'œil narquois.

Cette défaite qui, naguère, eût contrarié Vassili Pétrovitch le soulage inexplicablement. Il se lève, bougonne : « Bonsoir! J'ai à faire! » et, sans un regard pour son fils, pénètre dans son cabinet de travail.

Là, il ouvre le registre à reliure rouge et note, en face du nom de Martin Chabachoff : « décédé ». Puis il feuillette le cahier à l'envers, et tout son domaine défile devant ses yeux : les vivants et les morts. Une grande famille.

Sur un feuillet séparé, dans un cadre noir, le nom de sa femme : Olga Siméonovna, et deux dates. Il songe qu'il était un autre homme, lorsqu'elle vivait encore. Bien que pâlotte, effacée et peu causante, elle donnait un sens à tout ce qu'il entreprenait. Maintenant il ne sait plus au juste pour quoi, pour qui, il s'efforce de maintenir Znamenskoïé dans son intégrité. Il soupire, allume une bougie, et passe dans le débarras attenant à son cabinet de travail, où s'entassent des bocaux vides, des caisses éventrées et de vieux livres. Là, dans un coin, sont remisés trois bustes de sa femme, en pierre blanche, œuvres des frères Canavossi. Ces deux Italiens noirauds parcouraient la Russie avec, dans leur charrette, tout un assortiment de pierres à tailler. À chaque propriétaire foncier, ils proposaient de sculpter son effigie ou celle d'un membre de son entourage. Il y a cinq ans, à l'exemple des Ouvaroff et des Katchaloff, Vassili Pétrovitch s'est laissé tenter. Depuis longtemps il souhaitait avoir un buste de sa femme. Les deux Italiens se sont installés à Znamenskoïé et ont travaillé quinze jours, d'après un médaillon représentant Olga Siméonovna à l'âge de vingt ans, avec des bandeaux sur les oreilles. Le premier résultat n'ayant pas été concluant, ils se sont remis à l'ouvrage. Au troisième essai, Vassili Pétrovitch, déçu, les a payés et renvoyés.

Pourtant, ce soir, en regardant de plus près les têtes coupées au pâle sourire figé, il se demande s'il n'a pas été trop sévère dans son jugement. Chacun sait que la matière impose sa loi à l'artiste et qu'il est vain de chercher la chaleur de la vie dans un visage de pierre. Les trois figures sont à ce point semblables, que seule une observation attentive permettrait de déceler quelque différence dans la longueur du nez ou la courbe du menton. Peut-être faudrait-il tirer l'un de ces bustes de la remise et l'ériger dans le parc, près du banc où Olga Siméonovna aimait s'asseoir. Ou bien les disposer tous les trois le long de l'allée qu'elle suivait d'habitude pour se rendre au bord de la rivière, par les chauds crépuscules d'été. Il y a là une question de décoration qui dépasse la compétence de Vassili Pétrovitch. Si ses souvenirs sont exacts, Vissarion n'avait pas du tout aimé le travail des frères Canavossi. Mais il n'avait que treize ou quatorze ans à l'arrivée des Italiens. Aujourd'hui, ayant pris de l'âge et affermi son goût, sans doute serait-il d'un avis plus nuancé. Qui sait même si, en revoyant ces trois bustes, il ne ressentirait pas la même émotion que son père. Ils choisiraient ensemble les meilleurs emplacements, ils communieraient dans la tristesse, ils seraient d'accord pour une fois...

Avec une décision chaleureuse, Vassili Pétrovitch retourne dans le salon. Vissarion est là, au creux d'un fauteuil, lisant des gazettes. Au bruit de la porte refermée, il lève les yeux sur son père, et, aussitôt, Vassili Pétrovitch comprend que son projet de planter les bustes dans le parc est ridicule. Il n'a même pas besoin de solliciter l'opinion de son fils. Il dit brusquement :

– J'ai oublié de te demander jusqu'à quand tu comptes rester à Znamenskoïé. Tu sais que, le 12 janvier, c'est l'anniversaire de la mort de ta mère. Je suppose que tu vas invoquer la reprise des cours à la faculté de droit pour repartir avant...

– Mais pas du tout, père, je serai auprès de toi le 12 janvier, dit Vissarion d'un ton placide. La reprise des cours est sans importance.

Surpris par cette docilité inhabituelle, Vassili Pétrovitch marmonne : « Bon, bon! », tend sa joue à baiser, et monte dans sa chambre.

Vissarion écoute craquer le plancher au-dessus de sa tête. Décidément, son père a beaucoup vieilli. Tout ce qui a trait à son passé conjugal prend à ses yeux une place démesurée. Lui qui, jadis, était plutôt d'un naturel négligent, le voici qui observe ponctuellement tous les anniversaires : naissance de sa femme, fête patronymique de sa femme, mort de sa femme, première rencontre avec sa femme... De commémoration en commémoration, elle qui était si discrète de son vivant, si désireuse de passer inaperçue, pèse un peu plus lourd dans la maison. Vassili Pétrovitch se figure-t-il qu'il suffit de révérer les défunts pour se faire une bonne conscience? Il est si égoïste, si rétrograde! Chaque jour apporte la preuve de son âpreté et de son entêtement. Cette affaire de Martin Chabachoff constitue à elle seule un scandale! Si Vissarion la racontait à ses amis de Moscou, ils ne le croiraient pas! Encore Vassili Pétrovitch s'est-il quelque peu adouci sous son influence! Il ne traite plus les moujiks comme une marchandise. Vissarion se rappelle la crise de larmes qu'il a eue, à l'âge de sept ans, parce qu'il était question de vendre Klim avec d'autres serfs. Son père, touché par ses supplications, avait finalement persuadé l'acheteur d'accepter un vieux cheval, ou une calèche, à la place du compagnon de jeux de son fils. Depuis, Klim jouit d'un traitement de faveur dans la maison. S'en rend-il compte seulement? Le moujik russe est toujours en état de torpeur. Son refuge contre la dureté de la vie, c'est une apathie épaisse et soigneusement préservée. D'ailleurs il n'est pas le seul à dormir debout, en Russie : le marchand dort en servant une clientèle engourdie, le juge dort en condamnant un criminel qui, lui-même, poursuit son rêve, l'officier dort en envoyant à la mort un soldat somnolent, le prêtre dort en expédiant la messe pour des fidèles léthargiques, et dans les commissariats, et dans les écuries, celui qui frappe et celui qui reçoit les coups dorment également.

Un pas glisse derrière le mur. Vissarion ouvre la porte. Il n'y a personne dans l'antichambre. Une mince lueur sous l'escalier atteste la présence de Klim. Puis la lueur s'éteint. À peine couché, il doit dormir, celui-là. Que ferait-il d'autre, sa journée finie? Sans doute est-ce Xénia qui vient de passer. Elle furète dans la maison pour vérifier si la voie est libre. Et, tout à l'heure, elle rejoindra Vissarion dans sa chambre. Elle a tellement peur qu'on la surprenne! Pourtant nul parmi les domestiques n'oserait lui reprocher une liaison si enviable. Quant à Vassili Pétrovitch, s'il apprenait la chose, il en serait probablement ravi comme d'un retour de son fils aux traditions ancestrales.

Le bougeoir à la main, Vissarion s'engage dans l'escalier. Une fois dans sa chambre, il se déshabille, se couche et attend. Xénia n'arrive qu'à minuit. Elle est en chemise et pieds nus. Dès le seuil, elle chuchote :

– Tu sais? mon oncle, Martin Chabachoff, est mort!

Ces paroles choquent Vissarion par leur maladresse. Que vient faire entre eux ce serf puant? Il a envie de renvoyer Xénia à l'office. Mais elle s'avance, la tresse sur l'épaule, les yeux luisants, dans la faible lumière de la bougie. Alors il oublie Martin Chabachoff et, à demi dressé sur les coudes, ne pense plus qu'à son plaisir.

9

« IL Y A longtemps que je n'ai rien écrit dans ce cahier. Le lendemain de Noël, selon la coutume, les domestiques se sont déguisés. J'étais en montreur d'ours ; l'ours, comme toujours, c'était Karp, le cocher. Nous avons chanté et dansé devant le barine et le bartchouk. Ensuite Karp et Platon ont récité des vers de leur invention destinés au barine. Ils composent comme ça des dictons, des phrases rimées qui sont très drôles. Le barine a ri de bon cœur. Le bartchouk un peu moins. Pour le nouvel an, nous avons eu un grand souper à la maison. Beaucoup d'invités sont venus : les Ouvaroff, les Katchaloff, les Anitchkoff... Les demoiselles avaient toutes de belles robes à volants. L'une d'elles a joué des airs français au piano. Les messieurs parlaient de la guerre. Il paraît que les journaux ne disent pas la vérité. Ça va tout à fait mal pour nous. Ce Napoléon III est un tigre. Le sang russe coule à flots. Les Ouvaroff ont un fils, là-bas. Un héros. Il écrit peu. Sa mère soupire. La semaine dernière encore, un de nos moujiks, Mikheï, est parti pour l'armée. Je m'attends à ce que, un jour ou l'autre, ce soit moi qu'on appelle. Dans les maisons de maîtres, les dames passent leurs dimanches à faire de la charpie pour les blessés. Aglaé Ivanovna Katchaloff porte à son corsage une petite broche d'or en forme de baïonnette. Pendant que je servais les liqueurs, elle a parlé d'un nouveau livre qui l'a beaucoup émue. C'est l'histoire d'un brave nègre, qui s'appelle Tom, et de sa famille, esclaves en Amérique. Aglaé Ivanovna en avait les larmes aux yeux. Elle a dit qu'elle ne comprenait pas comment les Américains pouvaient maltraiter ainsi de pauvres gens, sous prétexte qu'ils étaient noirs! Toutes les dames ont été d'accord. L'indignation les faisait bouger sur leurs chaises. "Mais nous aussi, nous avons des esclaves! a dit le bartchouk avec un sourire. – Comment? Comment? Permettez!... a dit Ivan Ivanovitch Katchaloff. Nos serfs ne sont pas des esclaves!"

Le bartchouk a répondu qu'il ne voyait pas la différence, puisqu'en Russie comme en Amérique le maître a le droit de vendre ses gens et de les faire battre. Je me rapetissais et me collais contre le mur pour qu'on m'oublie. Mais j'ai l'impression que, même si j'avais continué à aller et venir avec le plateau, personne n'aurait fait attention à moi. Le bartchouk a parlé des serfs avec beaucoup de générosité. Il a tellement de cœur! Seulement tout ce qu'il raconte est faux. Nous ne sommes pas si malheureux que ça! Son père lui a très bien répliqué là-dessus. Il a dit : "Tu oublies, Vissarion, que les esclaves américains sont de misérables nègres, importés d'Afrique, arrachés à leur famille et qui n'ont rien de commun avec les Blancs qui les emploient. Au contraire, nos serfs sont de la même race, de la même religion que nous; ils vivent dans leur pays natal; ils sont attachés à la terre de leurs ancêtres; on ne peut même pas les vendre sans cette terre..."

Tout cela est si vrai, et le barine l'a si bien dit, que j'avais envie d'applaudir. Les dames se sont calmées. Le bartchouk n'a plus insisté. Et on a parlé d'autre chose. Je suis sorti de l'ombre avec mon plateau. À minuit, j'ai servi du champagne. Les maîtres se sont embrassés. Tous avaient l'air heureux. Ils ont fait des souhaits pour l'année 1856 : que nous remportions la victoire sur les Turcs, que notre bien-aimé tsar Alexandre soit prospère, que le bartchouk ait du succès dans ses études, que les demoiselles se marient... Je ne comprends pas tous ces vœux, le 31 décembre! Pour nous autres, les moujiks, ce jour-là n'est pas une fête. Ma défunte mère disait que l'année chrétienne commence le 1er mars, parce que c'est un 1er mars que Dieu a fini de créer la terre. Mais elle devait en savoir moins long là-dessus que les barines.

Après le départ des invités, Vassili Pétrovitch a fait distribuer de la vodka aux domestiques. Karp en a tant bu qu'il voyait des lézards partout. Il a fallu le traîner dehors et le rouler dans la neige pour le dessaouler.

Le 12 janvier on a célébré l'anniversaire de la mort d'Olga Siméonovna. Le père Séraphin est venu bénir la maison. Quand le bartchouk est reparti pour Moscou, Xénia s'est mise à pleurer. Tout le monde sait, à l'office, qu'elle l'a rejoint plusieurs fois, la nuit, dans sa chambre. Les filles la taquinent. Et elle s'enfuit et cache son visage. Maintenant je comprends pourquoi Vissarion Vassiliévitch a passé toutes ses vacances à Znamenskoïé. Je devrais peut-être, comme lui, me choisir une compagne. Les gars du village, lorsque l'envie les prend, vont chez Nastia "l'enrouée", ou chez Pulchérie, la veuve du forgeron. Ce sont des femmes pour tout le monde. Moi, j'ai essayé avec Nastia. Mais elle est grosse et rouge. Et elle a une voix d'homme. Au moment où elle m'a ouvert la porte de son isba, je n'ai pas pu, j'ai tourné les talons. Je ne voudrais pas faire ça comme les bêtes. Je me dis qu'un jour je rencontrerai une fille qui me plaira vraiment. Et alors, avec la permission du barine, je la prendrai pour épouse.

Le bartchouk ne reviendra que pour Pâques. Les jours se suivent lentement. Comme dit notre barine : "La vie ruisselle, heureuse et monotone." Il a souvent de ces formules qui me plaisent. Depuis quelques semaines, je prends des livres, en cachette, dans son bureau. J'aurais bien voulu lire les poésies de ce Pouchkine, dont on parle souvent dans *Les Nouvelles moscovites.* C'est, paraît-il, un très grand poète. On dit que, depuis plus de vingt ans qu'il est mort, personne ne l'a remplacé. Mais le livre est trop bien relié. Si je l'emporte, ça se remarquera. À la place, j'ai pris des almanachs et un gros volume sur les *Mouvements saisonniers des populations limitrophes de l'Empire à la fin du XVIIIe siècle.* C'est écrit par un professeur d'université. Le texte est imprimé si fin que je dois suivre les lignes avec mon doigt pour ne pas me tromper de phrase. Je lis la nuit, sous l'escalier, et j'admire les mots qui coulent.

Le barine avait fait déboiser le terrain au long de la rivière, l'automne dernier. Il a dit devant moi au staroste que c'était pour planter du lin. Le staroste a fait la grimace. Il ne croit pas au lin. On en reparlera au printemps. Pour le moment, la neige tient toute la campagne et le vent souffle à fendre les lèvres. Les vaches Ryjaïa et Romachka ont vêlé. On a inscrit leurs veaux dans le registre. Comme la réserve de foin est insuffisante, Karp et moi sommes partis en acheter à Smolensk. Mais quels prix! Le barine était furieux. Il a dit qu'avec la guerre les gens, en ville, ont perdu le sens de l'argent. Ils veulent tous gagner et gagner...

Le roulier Sidoroff, qui nous rend visite chaque mois avec de la marchandise de pacotille, nous a dit que, dans toutes les villes qu'il a traversées, on parlait de plus en plus de la fin de la guerre. Il a dit aussi, en baissant la voix, que le nouveau tsar Alexandre s'occupait des paysans, qu'il allait, peut-être, nous libérer. Cela a beaucoup intéressé Karp. Il a voulu avoir des détails. Mais Sidoroff n'en savait pas plus. Il nous a vendu des allumettes au phosphore.

La glace craque sur l'étang. Pâques approche. Xénia a de nouveau le sourire. Le 9 mars, j'ai entendu chanter la première alouette. Le 14, Poustychka est morte. Le barine lui a ouvert le ventre pour voir ce qu'il y avait à l'intérieur. Mais il n'a rien trouvé. C'était la vieillesse. »

DEUXIÈME PARTIE

1

TIRÉE par un petit cheval gris au poitrail crotté, la calèche roule en craquant sur le chemin coupé de fondrières. Les sabots claquent dans la boue. À chaque cahot, le dos rond de Karp oscille sur son siège. Cramponné aux accoudoirs de la banquette, Vassili Pétrovitch laisse courir les yeux, avec une ample satisfaction, à droite et à gauche, sur la glèbe encore luisante de la dernière pluie. Le terrain, près de la rivière, a été déboisé, sarclé, labouré, fumé. On sèmera le lin au début du mois de mai, comme prévu. Comme prévu aussi, les paysans rechignent. Ils affirment que le lin ne prendra pas, ou que, s'il prend, il épuisera la terre. Évidemment il faudra alterner les cultures. Mais, en mettant les choses au pire, douze *déciatines* [1] de lin laisseront plus de trois cents roubles de bénéfice net. Après le lin, on pourrait semer du seigle. Puis revenir au lin, conclure un accord permanent avec un spécialiste de Smolensk pour le traitement de la fibre, élargir la culture à vingt déciatines, utiliser pour cela les terres en friche du coteau... De petits nuages blancs, duveteux, dérivent dans un ciel bleu pâle. Un merle siffle dans les buissons. Vassili Pétrovitch regrette d'être seul dans l'optimisme.

1. *Déciatine,* mesure de surface représentant 1,095 hectare.

Il aurait tant voulu que Vissarion partageât son intérêt pour le lin! Mais Vissarion, lorsqu'il lui a parlé de ses projets, à Pâques, s'est montré encore plus distrait que de coutume. Ces silences entre eux, rompus de temps en temps par une parole banale, cette distance étirée au fil des heures, cette lente poussière d'ennui. Depuis que Vissarion est reparti pour Moscou, pas une lettre. Une telle négligence est tout à fait dans son caractère. Pour penser à quelqu'un, il a toujours fallu qu'il l'ait sous les yeux.

Des paysans, debout au bord de la route, se découvrent. Ils ont des visages rudes comme des mottes de terre. Vassili Pétrovitch les reconnaît et les salue d'un geste bienveillant de la main. Et voici les premières isbas de Znamenskoïé, la mare aux canards, le puits avec sa gaule inclinée, l'entrée du parc, gardée par deux vieux lions de pierre.

Au bout de l'allée de bouleaux, la maison brille, toute blanche. Karp tire sur les guides et arrête la calèche devant le perron. Mais personne n'accourt à la rencontre du maître. Désagréablement surpris, Vassili Pétrovitch gravit les marches, pénètre dans le vestibule et se dirige vers l'atelier de broderie d'où partent des éclats de voix. Il pousse une porte et tombe en pleine dispute. Toutes les servantes sont réunies là. À son entrée, les visages se figent dans la stupeur. Julie se tient au milieu du groupe, les joues marbrées de rose, un halètement de colère soulevant sa poitrine. La première, elle recouvre ses esprits et s'écrie :

– Ah! te voilà, barine! Tu arrives bien! Il se passe ici des choses... des choses!... Il faut que tu saches!...

Tout en parlant, elle a saisi la main de Xénia et tire dessus, par saccades, comme pour lui arracher le poignet. La fille, terrorisée, se débat, le cou tordu, l'épaule ballante, sans desserrer les dents. Vassili Pétrovitch observe la scène, se gonfle d'importance et dit :

– Venez, toutes les deux!

Elles lui emboîtent le pas, l'une traînant l'autre. Dans son cabinet de travail, il s'assied lourdement derrière le bureau et toise les femmes. Julie a refermé la porte derrière elles.

– Eh bien! dit Vassili Pétrovitch. Que signifie ce tapage?

Tournée vers Xénia, Julie se convulse et glapit :

– Ose répéter devant le barine ce que tu disais tout à l'heure!

– Je n'ai rien à cacher au barine, dit Xénia en redressant la tête. Je suis enceinte.

– Et de qui... de qui prétends-tu que tu es enceinte? interroge Julie.

– De Vissarion Vassiliévitch, répond Xénia avec superbe.

Et elle regarde le barine droit dans les yeux.

– Tu entends? Tu entends cette salope? hurle Julie.

Vassili Pétrovitch observe Xénia avec plus d'attention et trouve cette fille belle dans son défi. Chair blanche, regard noir et sourcils bien arqués, il comprend que son fils ait eu du plaisir à coucher avec elle. À sa place, sans doute en eût-il fait autant. Mais cette maternité gâche tout. Tandis que, du regard, il caresse la silhouette élancée de Xénia, Julie reprend d'une voix sifflante :

– Dieu sait quel moujik ivre lui est passé sur le corps, et elle accuse ton fils! Il faut lui couper les tresses et l'envoyer garder les cochons au village! Que tout le monde se moque d'elle et lui crache au front! Qu'elle mette son bâtard au monde sur le fumier!...

Les yeux de Julie étincellent d'exécration. Elle pointe en avant deux doigts vengeurs, écartés comme les cornes d'un diable. La criaillerie et la gesticulation populaires de cette femme fatiguent Vassili Pétrovitch. En vérité, elle a pris trop d'importance dans sa maison. Plus elle vocifère, plus il la trouve défraîchie, volumineuse et bête. Un coup d'arrêt s'impose. Appuyé des deux poings sur la table, il se dresse et dit :

– Laisse-moi seul avec Xénia!

Souffletée par l'injonction, Julie hésite un moment à comprendre. Puis il y a une sorte d'affaissement dans son visage hautain. Elle marmonne :

– Comme tu voudras, Vassili Pétrovitch. Mais ne te laisse pas attendrir par cette traînée! Elle connaît toutes les ruses du serpent!

Quand Julie est sortie, Vassili Pétrovitch contourne la table et fait quelques pas, en silence, les mains derrière le dos. Il passe et repasse devant Xénia qui le suit d'un regard craintif. Soudain il s'immobilise et dit :

– Je te trouve bien hardie de raconter partout cette histoire!

– Si je la raconte, c'est que c'est vrai!

– De combien de mois es-tu enceinte?

– De trois mois et demi.

– Et comment peux-tu être sûre qu'il s'agit de mon fils?

– Parce que personne d'autre...

– Allons donc! Les moujiks ont le sang chaud, à Znamenskoïé, et tu n'es pas vilaine. Évidemment, il est plus avantageux pour toi de mettre ton aventure sur le compte de Vissarion Vassiliévitch. Lui en as-tu parlé?

– Oui, quand il est venu, à Pâques.

– Et que t'a-t-il répondu?

– La même chose que toi, barine.

– Tu vois bien! dit Vassili Pétrovitch en souriant.

– Alors tu ne me crois pas?

– Tu ne voudrais tout de même pas que je te croie toi plutôt que de croire mon fils!

– Tu penses que je mens?

– Ou que tu te trompes.

– Une femme ne peut pas se tromper là-dessus!

– Mais si, mais si! Surtout si ça l'arrange!

Xénia lui lance un regard de désespoir fielleux et se tait.

– Tu es maligne, trop maligne! reprend Vassili

Pétrovitch. Qu'est-ce que tu te figures? Que mon fils va t'épouser?

Elle balbutie :

– Non, bien sûr...

– Alors quoi? Qu'il t'installera en grande pompe non loin de la maison, qu'il te traitera en maîtresse attitrée et qu'il te couvrira d'or pour te remercier d'avoir eu un enfant dont rien ne prouve qu'il est le père?

Sans doute est-ce vraiment cela qu'elle espérait, car son teint brusquement se colore. Elle semble furieuse d'avoir été percée à jour.

– Je ne demande rien! dit-elle. Et rien ne me fait peur! Coupe-moi les tresses, renvoie-moi au village garder les cochons, comme le veut Julie! Je mettrai mon enfant au monde n'importe où, n'importe comment! Je le garderai, je l'élèverai! Et chaque fois que le bartchouk, en passant par là, verra les yeux de mon fils, il comprendra qu'il est de lui!

Vassili Pétrovitch la laisse parler et s'étonne de la mansuétude qui l'envahit devant cette révolte femelle. Inexplicablement, c'est à Xénia qu'il a envie de donner raison contre son fils. Elle dit vrai, il le pressent. Mais que faire? La renvoyer au village aurait pour premier inconvénient de paraître céder à la volonté de Julie. Et il ne faut à aucun prix que celle-là triomphe! Du reste, même chassée de la maison, Xénia ne courberait pas la tête. Pour touchante qu'elle soit, il ne peut admettre qu'elle raconte ses malheurs à qui veut l'entendre. Lui-même a eu, jadis, une aventure avec une serve. Ayant accouché d'un bâtard, elle a prétendu que le rejeton était de lui. Mais, en grandissant, l'enfant s'est mis à ressembler furieusement à Arkhippe, le forgeron. Dans l'intérêt même de Xénia, il faut qu'elle rabatte ses rêves. Elle attend, tête haute, le verdict du barine. Il prend son temps, amusé par l'étrange complicité qui le lie à elle. Ce n'est pas la première fois qu'il se découvre plus proche d'un serf que d'un membre de sa famille. Ces êtres simples, besogneux et bornés sont, en quelque sorte, son prolongement. Il ne peut même pas dire qu'il les aime. Aime-t-on sa main ou ses cheveux? Briser cette fille, la plier jusqu'à terre, la faire rentrer dans le rang. À coups de talon, s'il le faut. Pourquoi aurait-il pitié d'elle? Parce qu'elle est jeune, plaisante? Raison de plus pour frapper fort. Il se dirige vers la fenêtre et contemple le parc encore à demi dénudé, les vieux arbres piquetés de pousses vertes, l'allée boueuse où passe une paysanne portant des seaux d'eau suspendus à une palanche. Puis il se retourne et dit :

– Pourquoi ne l'as-tu pas supprimé, idiote?

Elle soutient son regard :

– Parce que cet enfant, je le veux, barine!

– Même s'il ne doit pas avoir de père?

– Il en aura un dans mon cœur!

La réponse plaît à Vassili Pétrovitch. Mais il dompte son contentement, se hérisse et dit d'un ton sec :

– Ton cœur! Ton cœur! Tu ne parlerais pas tant de ton cœur si ton corps n'était pas en faute! Je t'ai assez vue! Va maintenant! Et attends mes ordres!

2

« LE BARINE m'a fait appeler par Dimka. En arrivant dans son bureau, je lui ai vu un si drôle de visage que j'ai cru qu'il avait une crampe. Mais il m'a simplement dit : "Il est temps de te marier, Klim. Je t'ai trouvé une femme." Je ne m'attendais pas à ça. J'ai pris peur. J'ai demandé : "Qui, barine?" Il m'a répondu : "Xénia!" Je n'ai pas bronché. Dans un sens, sa décision est juste. Il faut bien donner un père à l'enfant qu'elle porte. C'est une preuve de confiance que mon maître m'accorde là. Seulement je regrette que le bartchouk ait choisi Xénia. Elle est noiraude, on lui voit les os des épaules et des coudes. Alors que Mélanie, par exemple, est toute blonde, toute potelée, avec des yeux rieurs. Oui, il me semble que j'aurais préféré Mélanie. "Es-tu content?" a demandé Vassili Pétrovitch. Je me suis rappelé tout ce qu'on raconte sur Xénia à l'office, j'ai tourné ma langue et j'ai dit : "Oui." Mais Vassili Pétrovitch a tout de suite remarqué mon trouble et s'est écrié : "Tu n'en as pas l'air!"

J'ai avoué que j'avais peur d'exciter les moqueries des domestiques. Alors le maître s'est fâché tout rouge. Sa moustache frémissait. Il a dit que, si un seul de ses serfs se permettait une plaisanterie, il le ferait mourir sous le fouet. Il a dit encore que non seulement les autres ne me railleraient pas, mais qu'ils m'envieraient, parce que mes noces seraient très belles et que tout se passerait dans les règles. Quand il s'est tu, j'ai rassemblé mon courage et je lui ai demandé pour quand Xénia attendait son enfant. Il a haussé les épaules et a répondu : “Est-ce que je sais!... Septembre ou octobre... Mais il y a des enfants prématurés! Je l'expliquerai aux imbéciles! De toute façon, il faut nous dépêcher pour le mariage!”

Je l'ai remercié et lui ai baisé l'épaule. Si je me marie et si j'ai un enfant, on ne m'enverra peut-être pas à la guerre.

Je voudrais savoir ce que pense Xénia. Pendant deux jours, je l'ai vue aller et venir dans la maison avec un regard de louve. Quand elle me croisait, elle détournait la tête ou faisait mine de cracher. J'avais peur de lui adresser la parole. Comme si c'était moi le responsable de tout. Ses voisines de lit me disaient que, la nuit, elle pleurait dans le noir. Puis elle s'est radoucie et elle a compris qu'il n'y avait rien de mieux à faire pour elle que de m'épouser. Tout le cérémonial a été réglé par Vassili Pétrovitch. D'abord, ma fiancée est retournée vivre chez ses parents, à Provalovo. Julie triomphait. Elle disait qu'on respirait mieux dans la maison depuis qu'un “certain serpent” avait quitté les lieux.

Le barine n'a pas menti : tout s'est passé dans les règles. C'est Egor, le doyen des domestiques, qui est allé faire la proposition aux parents de Xénia. Il est revenu, le soir, tout éméché, avec deux mouchoirs : un vert pour lui, un rouge pour moi. Ma demande était acceptée. Le lendemain, Karp et lui m'ont conduit en télègue au hameau de Provalovo, qui est à une verste de chez nous. Le père et la mère de Xénia, son frère, sa sœur, ses deux oncles et sa tante sont sortis de l'isba à notre rencontre. Ils étaient en costume de fête et avaient des visages graves. Après les salutations de bienvenue, nous avons pénétré, en nous signant, dans la maison. La table était dressée sous les icônes. À la place d'honneur, notre prêtre, le père Séraphin. Devant lui, un énorme gâteau avec tout le haut en sucre. Nous nous sommes assis et avons gardé le silence pendant une minute. Puis Egor, qui me servait de parrain, a dit : "Il est temps de voir celle qui a fait un si bon gâteau!" Là-dessus, Xénia est entrée, en sarafane bleu et chemise brodée, tous ses colliers de verre autour du cou. Le prêtre nous a bénis. Et nous avons échangé le triple baiser de fiançailles. J'étais gêné parce que tout le monde savait qu'elle ne m'aimait pas et qu'elle était enceinte du bartchouk. D'autres invités sont venus. L'isba était pleine à craquer. Nous avons bu de l'hydromel, du kwas et de la vodka. À chaque instant, quelqu'un disait : "Ce vin est amer. Il faudrait que les tourtereaux s'embrassent pour le sucrer un peu..." Et nous nous embrassions. Le soir, tous les hommes étaient ivres. Moi plus que les autres. Pourquoi ai-je tant bu? Peut-être parce qu'elle était assise à côté de moi comme une morte. On chantait, on criait, et elle n'entendait pas.

Le jour suivant, c'est chez nous, à Znamenskoïé, que la fête a recommencé. La famille de ma fiancée a été reçue à l'office. Une table avec une nappe blanche, et rien que des domestiques autour. C'était drôle de voir des serviteurs se faire servir par d'autres serviteurs. Les plus jeunes passaient les plats aux plus vieux. Il y avait deux jambons, des harengs et de la tarte. Le père Séraphin était venu, lui aussi, pour nous rebénir. Ici, plus qu'à Provalovo, j'avais peur des taquineries. Les gens ont été très gentils. Même Julie nous a souhaité, à tous deux, une longue vie de bonheur. Elle souriait si fort qu'on voyait ses gencives. Et, dans ses yeux, il y avait comme deux petits couteaux. Le barine ne s'est pas montré pendant le repas de fiançailles. Mais chacun devinait sa présence dans la maison. Aussi n'y a-t-il eu que Karp pour se saouler. Il a dansé sur la table. Sans rien casser. Après le mariage, Xénia continuera à travailler comme lingère et moi comme laquais. C'est le barine qui l'a dit.

La grande affaire, maintenant, c'est d'installer notre nouveau logement. Finie, la niche sous l'escalier! La coquille du célibataire ne peut convenir à l'homme marié. Le barine, qui pense à tout, a fait enlever les outils de la cabane, derrière la maison. Nous y serons très bien, Xénia et moi, une fois que j'aurai bouché les fentes des planches avec de l'étoupe.

Hier, le frère et l'oncle de Xénia ont apporté son coffre en bois peint, des baluchons et une grande paillasse pour deux. Cet après-midi, je suis allé prier au cimetière, sur les tombes de mon père et de ma mère. J'ai demandé leur bénédiction. J'ai baisé trois fois la terre. Après, je me suis rendu aux étuves et j'ai pris un bain de vapeur. De quoi me faire bouillir la cervelle. Il faut que je sois très propre demain, pour le mariage. Le barine m'a fait venir et m'a demandé ce que je voulais comme cadeau de noces. J'ai répondu : "Un livre." Il a froncé les sourcils : "Quel livre?" J'ai dit : "Les poésies de Pouchkine, barine!" Ça ne lui a pas plu. Il a grogné : "Et puis quoi encore?" Ensuite il s'est mis à rire, a pris le beau livre relié dans sa bibliothèque et me l'a tendu. "Voilà, a-t-il dit. Grand bien te fasse!" Dire que demain, à cette heure-là, j'aurai une femme! Une femme qui m'appartiendra! Saurai-je quoi en faire, de cette femme? Dans l'ancien temps, un moujik qui braconnait sur les terres du barine était, paraît-il, puni de mort. Moi, je ne braconne pas. J'ai reçu la permission. Tout de même, ce n'est pas normal de prendre, comme ça, la suite du bartchouk. Mais le bartchouk sait-il que je vais épouser Xénia? Le vent s'est levé. La pluie fouette le toit. Pourvu qu'il fasse beau, demain, pour le mariage! »

3

INCOMMODÉ par la touffeur qui règne dans la pièce, Vassili Pétrovitch ouvre la fenêtre et les bruits de la fête sautent dans son cabinet de travail. On devrait réduire le chauffage, en cette saison. Le dire à Klim, dès demain...

Derrière la maison, dans la cour, la domesticité boit, chante et danse depuis des heures. De temps à autre, des lueurs de torches passent sous les arbres du parc, contournent le perron et s'enfoncent du côté des communs. C'est Vassili Pétrovitch qui, à six heures du soir, a accueilli les jeunes mariés, retour de l'église. Il les a bénis avec l'icône familiale, tandis que Julie leur offrait le pain et le sel de l'hospitalité. Puis il les a conduits, avec toute la noce, jusqu'à la grande table dressée dans la cour et a levé son verre en leur honneur. Xénia portait haut la tête sous son *kakochnik* [1], et, bouche close, regard perdu, semblait étrangère à l'agitation de son entourage. Klim, lui, la couvait des yeux. Visiblement, il n'en revenait pas encore de sa chance. « Peut-être sera-t-il heureux, avec elle? pense Vassili Pétrovitch en se rasseyant devant son bureau. Seuls les imbéciles et les poètes se figurent que l'amour conduit au mariage,

1. *Kakochnik,* diadème en verroterie des paysannes russes.

alors que, dans la plupart des cas, c'est le mariage qui conduit à l'amour. »

Il feuillette un traité d'agriculture et s'abandonne à l'euphorie du renouveau. Qu'il est donc agréable de se dire, parfois, que l'avenir n'est pas menaçant, que la récolte sera bonne, que le cœur de l'homme ne contient pas seulement des sentiments tortueux! La fraîcheur de la nuit s'insinue par la fenêtre ouverte et baigne son visage. À travers le vacarme confus et bête du banquet, s'élèvent les sons grêles de deux balalaïkas : l'une grave, l'autre aiguë. Elles se répondent, se taquinent, se marient... Vassili Pétrovitch reconnaît la manière de jouer, saccadée et brillante, de Karp et de Platon, les diseurs de vers. Subitement, sa solitude lui pèse. Les pieds dans des pantoufles et le cœur en paix, il regrette, pour un soir, de n'être pas moujik. Comme la vie doit être simple lorsqu'on ne possède rien, qu'aucune responsabilité ne vous incombe et qu'en toute circonstance un barine veille sur votre avenir et vous dispense le conseil, le blâme ou la récompense! Alors, oui, la besogne quotidienne finie, on peut avoir envie de chanter et de rire. Alors, oui, l'enfance refleurit dans le cœur de l'homme. Le rythme de la chanson s'accélère. C'est un *trépak* [1] endiablé. Sans quitter son fauteuil, Vassili Pétrovitch bouge les pieds, d'avant en arrière. Il n'y a que les Russes pour inventer des musiques comme celle-là, qui vous tiraillent les nerfs et vous déboîtent les os. « Hop! Hop! Heï! » Des coups de sifflet ponctuent les prouesses des danseurs. Vissarion serait incapable de comprendre la rude gaieté de ces petites gens. Il est devenu trop européen, à Moscou. Ça ne l'a pas empêché, d'ailleurs, de coucher avec une serve. Il aurait tout de même pu régler cette affaire avec Xénia avant de partir! La raisonner, provoquer une fausse couche. Mais il a filé en espérant que son père arrangerait tout à sa place.

1. *Trépak*, danse populaire russe.

Un paresseux, un négligent! Et cet enfant qui va naître, que faire de lui? Si c'est un garçon et s'il ressemble à Vissarion, il faudrait le tirer de sa condition, l'instruire, le dégrossir... Bien qu'il soit légalement le fils de Klim, on pourrait lui donner un nom de famille qui reproduise, à une syllabe près, celui de son vrai père. Au lieu de Variaguine, il s'appellerait simplement Riaguine. Ce serait une manière de le rattacher à la maison. La pratique était répandue à la fin du siècle précédent. Nos aïeux savaient ce qu'ils faisaient, les bougres! Toute la sagesse du monde vient du passé.

Le vacarme s'amplifie. Ces domestiques sont infatigables. Vont-ils s'agiter ainsi toute la nuit? Il pourrait fermer la fenêtre pour ne plus les entendre. Il ne le fait pas. Il écoute, il sourit, il rêve. Puis, repoussant le livre qu'il avait ouvert devant lui, il prend une feuille de papier, trempe sa plume dans un encrier en forme de crapaud et écrit :

Mon cher fils,

Voici bientôt trois semaines que tu n'as pas jugé utile de me donner de tes nouvelles. J'en conclus que tu n'as besoin ni d'argent ni de conseils. Ici, grâce à Dieu, tout va bien. Aujourd'hui, j'ai marié Klim et Xénia. L'un et l'autre sont très méritants. Si le temps reste beau, nous sèmerons le lin trois jours de suite...

Emmenée par Julie, la noce fait le tour de la maison des maîtres et s'avance vers la cabane réservée aux époux. Les filles chantent en se tenant par le bras, les gars brandissent des torches, Karp gratte sur sa balalaïka aux sonorités métalliques. Ces flammes folles et ces cris se mélangent dans la tête de Klim qui a trop bu. Il a les mollets mous et le cœur sur les lèvres. À côté de lui, Xénia, elle aussi, titube sous l'effet de la fatigue et du vin. Sur la porte de la cabane est clouée une couronne de feuillages et de rubans. Julie pousse le battant, décroche la guirlande et la dépose solennellement sur le lit. Puis elle casse en deux un pain bénit et en offre une moitié à chacun des époux. Klim mâche le pain bénit sous le regard fixe de l'économe. Des têtes hilares se pressent dans l'ouverture de la porte. Tous veulent voir la paillasse où le couple, cette nuit, va prendre ses ébats. Les hommes plaisantent. Les filles ricanent. Klim se balance d'un pied sur l'autre. On lui demande, une dernière fois, d'embrasser sa femme. Il le fait si maladroitement que leurs nez se cognent. Enfin Julie se retire et entraîne tout son monde. C'est fini.

Klim se tourne vers l'icône, se signe et s'appuie le dos au mur. La veilleuse à huile, qui brûle dans un coin, envoie au plafond l'ombre démesurée de Xénia. Ils se regardent. Comment a-t-il pu se dire que Mélanie, la blonde, valait mieux que celle-ci? Malgré la vodka qu'il a bue, ses idées, sur ce point, restent claires. Mais son crâne lui fait mal. Deux pouces de fer lui compriment la nuque, à la naissance des cheveux. Cette soif en lui, énorme, aveugle, sauvage, ce durcissement de tous ses muscles, et, aussi, cette ignorance absolue de ce qu'une fille peut attendre d'un homme. La notion de sa force le rend faible. Qu'aurait fait le bartchouk? *Qu'a fait le bartchouk?* Une illumination le traverse. Il pense au bartchouk, il est le bartchouk, c'est le bartchouk qui avance les mains et saisit Xénia par les épaules. Les yeux de Xénia s'élargissent d'horreur. Mâchoires soudées, elle le repousse. D'abord décontenancé, Klim revient à la charge. De nouveau il empoigne Xénia et la tient devant lui, à bout de bras.

– Qu'est-ce que tu veux? dit-elle d'une voix enrouée.

Il ne répond pas et se rapproche.

– Qu'est-ce que tu veux? reprend-elle. Tu ne sais peut-être pas que je porte l'enfant du bartchouk?

– Si, dit Klim.

– Alors laisse-moi! Je ne permets pas que tu me touches!

L'haleine de Xénia le frappe au visage. Il est incapable de réfléchir sous ce regard haineux. L'envie qui monte en lui est forte comme le flot d'une rivière en crue.

– Nous sommes mariés, dit-il.

Elle se rebiffe, telle une marchande malhonnête devant le juge de paix :

– Qui nous a mariés? Le barine! Moi, je ne voulais pas! Et toi non plus!

– Je voulais, moi, je voulais, balbutie-t-il.

– Tu mens! Tu ne m'avais même pas regardée avant!

– C'est vrai : avant, tu ne me plaisais pas. Mais maintenant... maintenant, c'est différent!... Tu es belle... tu...

Il hésite une seconde et ajoute :

– Je t'aime bien!

Elle secoue la tête et les rubans de sa coiffure volent sur ses épaules.

– Pauvre idiot! dit-elle. Pauvre, pauvre, pauvre idiot!...

Une poche amère se gonfle en lui. Encore un peu, et il va éclater de chagrin, de dépit, de respect, de désir, de colère. Il s'agenouille devant elle. Il dit :

– Je t'en prie, Xénia... Je t'en prie...

Elle ne répond pas, raidie dans sa robe blanche à bouffettes. Il la voit d'en bas, comme une statue. Derrière les murs de la cabane, les gens de la noce chantent encore. Les éclats de leur gaieté blessent Klim et l'inquiètent. Il regarde la porte. Le loquet est mis. Rien à craindre de ce côté-là. Julie, bonne âme, a laissé, sur une caisse, des concombres salés, du lard, des harengs et une bouteille de vodka avec deux verres. Xénia pose une main sur la tête de Klim, toujours prosterné devant elle. Il sent ces doigts de femme qui glissent dans ses cheveux, doucement d'abord, puis avec force. Elle laboure son cuir chevelu à pleins ongles et murmure :

– Non, Klim, non... N'y pense plus... Bois plutôt...

Il relève la tête. Elle lui tend la bouteille.

– Et toi? dit-il.

Elle est à demi ivre. Cela se voit à ses yeux dilatés et mouillés.

– Moi aussi, dit-elle.

Klim se remet debout et remplit les verres. Ils boivent, face à face. Un coup sec. Et un autre. Et un troisième. Xénia chancelle, les joues enflammées. Un bourdonnement absurde s'échappe de ses lèvres. On ne sait si elle pleure ou si elle rit. Avec effort, Klim remplit son verre pour la quatrième fois et l'avale. Un trait de feu descend jusqu'à ses talons. Des éclats de silex bombardent l'intérieur de son crâne. Et soudain la colère le prend, une colère sans motif, opaque, rouge. Une main se lève. La sienne. Il frappe Xénia au visage. Elle le regarde avec surprise. Il recommence; il ne peut plus s'arrêter. Elle est redevenue très pâle. Entre deux gifles, elle retire son diadème et déboutonne sa robe. Puis elle se jette à la renverse sur le lit. Klim se couche sur elle de tout son poids. Elle se débat. Il lui baise l'oreille, le menton, la bouche. Leurs dents se heurtent. Les mains tremblantes, il déchire une étoffe. Un sein jaillit, rond et délicat, étonné. La vision de cette chair blanche l'éblouit. Il répète :

– Je t'aime bien... Je t'aime bien...

Elle faiblit, se défend à peine, se plaint et, tout à coup, l'enlace, l'accepte, le guide. Il la sent à demi nue sous ses mains, rivée à lui, nouée à lui, les hanches actives. Qui lui a appris cette danse folle? Le bartchouk, le bartchouk!... Un bonheur aigu le foudroie. Est-ce donc ça? Merci, mon Dieu!

Il s'écarte d'elle et la contemple : comme elle est belle dans son abandon, le front luisant, la bouche haletante! Timidement, il lui caresse les cheveux. Mais elle se dresse à demi sur ses coudes et lui crache au visage.

– Pardon, dit-il à voix basse.

Et il retombe sur le côté, honteux de sa violence. Au

bout d'un moment, Xénia lui tourne le dos et se met à pleurer. Puis elle se calme. De nouveau Klim entend les gens de la noce. Comme si, brusquement, on lui avait débouché les oreilles. « Ils vont réveiller le barine », pense-t-il.

4

« UNE GRANDE nouvelle : la guerre est finie! Les chefs russes ont signé la paix, à Paris. D'après les journaux, tout s'est très bien passé. Les diplomates sont contents et les généraux aussi. Nos ennemis d'hier sont devenus nos amis d'aujourd'hui.

Le barine a fait dire une messe à l'église de Znamenskoïé pour remercier Dieu d'avoir éclairé l'esprit des grands de ce monde. À présent que les combats sont terminés, le tsar va pouvoir s'occuper du bonheur de son peuple. On dit, de plus en plus, qu'il veut supprimer le servage. Il en a même parlé, le 30 mars 1856, devant les représentants de la noblesse, à Moscou. C'était en toutes lettres dans *Les Nouvelles moscovites.* Mais peut-être qu'il l'a fait, comme ça, pour plaire à quelques-uns. Moi, je n'y crois guère à ces histoires de libération. Pourquoi les maîtres nous libéreraient-ils? Et que ferions-nous sans eux? Un paysan privé de barine ne doit savoir ni pour qui travailler ni sur qui s'appuyer. Enfin, que la volonté de Dieu se fasse. Notre rôle à nous est d'attendre. »

« Notre barine a semé le lin, comme il l'a dit. Une petite pluie est venue par-dessus. Juste ce qu'il fallait. Le 5 mai, il a fait un temps gris et tiède. Le 7, les premières pousses sont sorties de terre. Et, le 10, le malheur est arrivé. Des tas de pucerons bruns et brillants ont recouvert les jeunes feuilles. On n'en avait jamais vu de pareils dans la région. Le barine cherchait une explication dans les livres et Arsény, notre staroste, gémissait : "La récolte est perdue! C'est la volonté de Dieu! Je t'avais dit, barine, de ne pas planter le lin! Je t'avais dit!"

Mais le barine a trouvé dans les livres que le meilleur moyen de tuer les pucerons, c'était de recouvrir les champs de cendre. On a ramassé ce qui restait de cendre dans toutes les isbas, on l'a éparpillée sur les feuilles, seulement les pucerons n'ont pas bougé. Dans d'autres livres, le barine a lu qu'il fallait arroser le lin avec de l'eau où l'on aurait délayé de la fleur de soufre. "Qu'est-ce que tu en penses, Arsény? a demandé le barine. – Dieu ne défend pas d'essayer, a répondu Arsény. – Il faudrait monter deux tonneaux sur des roues. – On peut tout monter sur des roues."

Arsény est allé en ville, mais n'a pas trouvé de fleur de soufre. Le pharmacien lui a donné du salpêtre à la place. "Que veux-tu que je fasse de ton salpêtre?" a crié le barine. Et, ne sachant plus que tenter, il a arrosé le lin avec de l'extrait de tabac.

L'extrait de tabac n'a produit aucun effet. Les pucerons grouillaient, se multipliaient. Je n'ai jamais vu le barine aussi malheureux. On a fait venir le père Séraphin qui a aspergé les champs d'eau bénite. Mais Dieu ne doit rien avoir contre ces bestioles. Après l'aspersion, elles étaient encore plus vivaces. Alors, sans que le barine le sache, bien sûr, j'ai demandé à Timothée. Il est allé de nuit, avec moi, à l'endroit où il y avait le plus de dégâts. Il a versé de la terre sur sa tête et sur la mienne, il a mouillé son pouce de salive, et il s'est mis à parler aux pucerons avec beaucoup de politesse.

Le lendemain, le ciel s'est couvert, un gros nuage s'est arrêté au-dessus de Znamenskoïé, et la pluie a commencé. Une pluie de colère. Une pluie de sorcellerie. Les toits ruisselaient, la terre bouillonnait, les chemins se transformaient en rivières. Puis le nuage est parti. Le soleil a asséché le sol. Et les feuilles de lin se sont redressées, toutes brillantes, toutes fraîches. La pluie avait emporté les pucerons. "Dieu nous a entendus!" a dit le barine.

Je n'ai pas voulu le détromper. Mais je me suis dit que la science de Timothée était grande et qu'il pourrait, peut-être, me venir en aide, à moi aussi. Je lui ai parlé de Xénia. Il m'a dit qu'il avait tout deviné, depuis longtemps. Si je voulais qu'elle m'aime, il fallait que je lui donne à boire un philtre. J'ai accepté, parce que je ne sais plus quoi faire. Ça m'a coûté trois roubles. Tout ce que j'avais de côté. Une petite fiole, avec deux herbes dedans. Avant-hier, j'ai versé le philtre dans le thé de Xénia, sans qu'elle s'en aperçoive. Elle a bu. Et rien n'a changé. Ça prouve qu'une femme, c'est plus qu'un puceron. Surtout une femme comme Xénia. Elle a une telle force dans les yeux que, quand elle me regarde, je perds l'équilibre. Je suis debout sur le fil d'un couteau et je me balance d'avant en arrière.

Les jours passent. Le ventre de Xénia grossit. Et je suis de plus en plus triste. J'ai une femme et je n'en ai pas. Gentille devant les autres et dure quand nous sommes seuls. Est-ce parce qu'elle attend un enfant? J'ai traîné ma paillasse loin de la sienne. Le soir, dès qu'elle est couchée, je retourne dans la maison des maîtres, sous l'escalier. Je suis si bien, ici. Je reste une heure, peut-être plus. Quand je rentre dans la cabane, Xénia dort, le visage contre le mur. Je m'allonge dans mon coin. C'est mieux comme ça. Si je partageais sa paillasse, j'aurais trop de tentations. Et elle ne veut pas. Il suffit que j'avance les mains pour qu'elle se fâche. Parfois j'ai envie de me taper la tête contre le mur. Je lis des vers. Comme c'est beau, Pouchkine! Il parle le langage de tout le monde, et on dirait une musique. Je récite ses poésies dans ma tête jusqu'à les savoir par cœur. Les mots embellissent les choses. Les choses sont des moujiks et les mots des barines. »

« L'été est là, depuis trois jours. Et, il y a trois jours justement, Vassili Pétrovitch m'a dit que le bartchouk ne viendrait pas en juillet, pour les vacances. Il n'a pas donné de raisons. Il a dit simplement : "Il ne viendra pas." Je n'en ai pas parlé à Xénia. Mais Julie le lui a annoncé, hier, devant les autres. Le soir, Xénia était comme folle. Lorsque je l'ai vue arriver dans la cabane, j'ai tout de suite compris qu'elle avait bu des fonds de verre, à l'office. Elle avait des mouvements brusques, elle grimaçait. Elle a tiré de dessous ses jupes une bouteille de vodka. Elle a voulu que nous la vidions ensemble. J'ai dit non. Je n'aime pas boire en dehors des fêtes orthodoxes. Elle a haussé les épaules et a avalé un verre après l'autre. Comme si elle voulait se tuer. Au quatrième verre, déjà, ses joues étaient rouges et ses yeux brillants. Je lui ai dit : "Arrête, ce n'est pas bien!" Elle a éclaté de rire. Puis elle s'est mise à pleurer. Les larmes coulaient sur son visage. J'avais de la peine pour elle. Après le sixième verre, j'ai pu lui enlever la bouteille des mains, et elle est tombée en arrière, sur la paillasse. Une fois couchée, elle m'a appelé. Elle disait : "Viens! Viens! Tu es mon mari, n'est-ce pas? Alors, viens!" Il y avait si longtemps que j'attendais! Je me suis jeté sur elle. Elle s'est endormie aussitôt après. Le matin, elle avait oublié. C'est tout juste si elle m'a regardé, au réveil. »

« Xénia peut à peine se traîner, tellement elle est grosse. Elle attend la naissance pour le début de septembre. Marfa dit que, d'après la forme du ventre, ce sera sûrement un garçon. Le barine m'a promis cinq roubles en or si j'ai un fils. La récolte de lin a été très bonne. Tout le monde s'y est mis. Le barine dirigeait lui-même le battage, sur l'aire.

Maintenant que la guerre est finie, le pays entier devrait être à la joie. Et cependant il y a encore, partout, des malheureux qui se plaignent. On ne peut arracher la souffrance de la terre comme une mauvaise herbe, avec la racine. Le tsar s'est fait couronner, la semaine précédente, à Moscou. Les journaux disent que, de mémoire d'homme, la Russie n'a connu pareille fête. J'espère que le bartchouk a vu le cortège, avec tous les carrosses dorés. Notre empereur montait, paraît-il, un cheval blanc, des princes étrangers le suivaient, la foule criait si fort qu'on n'entendait presque plus les cloches. Ensuite il y a eu des illuminations, des bals, une kermesse populaire, sur le champ de la Khodynka. Il est très aimé, notre nouveau tsar. À Saint-Pétersbourg, les fenêtres de son cabinet de travail sont, dit-on, celles qui restent allumées le plus longtemps dans la ville. Au lieu de dormir, il signe les papiers qui feront le bonheur de la Russie. Il a déjà libéré beaucoup de prisonniers. Et il a ordonné de ramener d'exil ceux qui, autrefois, avaient conspiré contre son père, Nicolas Ier (que Dieu réchauffe et apaise son âme!). Ce sont des gens de haute naissance. On les appelle les décembristes. Depuis trente ans et plus ils vivaient en Sibérie pour expier leur péché.

Xénia souffre de la chaleur. Son humeur ne s'arrange pas. Hier, je suis allé à l'église et j'ai brûlé un cierge à saint Vladimir pour avoir un fils. »

« Au milieu de la nuit, Xénia m'a réveillé, et j'ai couru prévenir Marfa. Le barine est venu aussi. Il a laissé faire Marfa au début, puis, quand les choses sont devenues sérieuses, il l'a écartée et a retroussé ses manches. On m'a chassé de la cabane. Xénia a gémi pendant des heures. Au petit jour, elle a cessé de se plaindre. Et j'ai entendu un cri d'enfant. Je me suis jeté à genoux et je me suis signé en regardant le ciel. Après, Vassili Pétrovitch a rouvert la porte. Il avait l'air furieux. Il a dit : "C'est une fille!" Et il est parti d'un grand pas. Je suis rentré dans la cabane. Xénia, sur sa paillasse, était immobile et blanche comme une morte. Je me suis penché sur elle, je lui ai souri, je lui ai dit que sa fille était belle. Et elle m'a lancé un regard de rancune. Je suis allé annoncer la nouvelle aux domestiques, puis dans le village. Dans chaque isba, on m'offrait à boire. Vers le soir, j'étais un peu ivre.

Ce matin, le barine m'a fait venir dans son cabinet de travail et m'a dit : "Ta fille s'appellera Matriona!" J'aurais préféré Tatiana, à cause de la Tatiana de Pouchkine, dans *Eugène Onéguine.* Mais je n'ai pas osé le lui dire. »

« Le barine a ordonné de défricher toutes les terres disponibles. Il veut faire du lin et encore du lin. On brûle les souches, on étend la cendre sur le sol.

Dimanche, on a baptisé la petite Matriona. Dimka était le parrain et Mélanie la marraine. Le barine n'est pas venu à l'église. Il serait venu pour un garçon. Xénia a repris son travail. Je trouve qu'elle a grossi et embelli. Mais elle n'est pas tendre avec sa fille. Moi, j'aime bien Matriona. Elle a un petit nez retroussé et des yeux bleus. »

« La première neige est tombée. Nous nous enfonçons dans l'hiver. Rien de nouveau. »

5

LE TRAÎNEAU se range en crissant devant les marches du perron et Vissarion saute à bas du siège. La neige volante l'aveugle. Une lumière se balance au-dessus de lui. Il distingue le visage de Klim, qui brandit un fanal dans la bourrasque.

– Dieu soit loué, Vissarion Vassiliévitch! dit Klim. Enfin te voilà!

La voix de Klim est si basse et son regard si triste, que Vissarion pense aussitôt : « J'arrive trop tard! » Un tremblement le saisit. Il n'ose poser la question. Enfin il murmure :

– Mon père... Comment va mon père?

– Très mal, dit Klim.

Vissarion respire, soulagé : tout n'est pas fini! Il pénètre dans le vestibule, dont la chaleur l'enveloppe. Klim le suit, portant le lourd sac de voyage.

– La fièvre ne baisse pas? demande Vissarion en se débarrassant de son manteau.

– Non. Rien n'y fait. Il délire.

– Que dit le docteur Fédoroff?

– Qu'il faut attendre! Mais il est très inquiet. C'est lui qui m'a demandé de t'écrire.

– Il ne pense tout de même pas que...?

– Si, marmonne Klim.

Une boule se forme dans la gorge de Vissarion. Il dégrafe le col de son uniforme et frotte l'une contre l'autre ses mains engourdies de froid. Il boirait bien un verre de thé pour se réchauffer. Mais il doit d'abord aller embrasser son père. Cette confrontation l'inquiète. Tout enfant déjà, il supportait difficilement la vue d'un malade. Un souvenir le traverse : le dernier baiser à sa mère, étendue, blanche, dans le cercueil. Il suffit qu'il y pense pour retrouver sur ses lèvres le goût froid et lisse de la mort.

– Viens, dit Klim. Il a sûrement entendu les clochettes. Il t'attend.

Dimka, le kazatchok, les accueille, fidèle au poste, sur le palier. Il a les yeux rouges et les cheveux en bataille. On a étalé de la paille fraîche sur le plancher du couloir pour amortir le bruit des pas. La chambre surchauffée sent la farine de moutarde et l'eucalyptus. Une lampe au gros globe laiteux brûle faiblement sur le secrétaire d'acajou. Au milieu de la pénombre, la masse confuse du lit s'élève, tel un catafalque. Sur un amas d'oreillers, repose une tête coiffée d'un bonnet de nuit. La face est maigre, avec des pommettes proéminentes. Une moustache grise en broussaille cache à demi la cavité noire de la bouche, d'où s'échappe un souffle rauque et sifflant. Julie, assise au chevet du malade, se lève en voyant Vissarion, le salue et chuchote :

– Il vient juste de s'assoupir.

Vissarion s'assied de l'autre côté du lit, en silence. Est-ce parce qu'il reconnaît à peine son père dans ce vieil homme aux yeux clos qu'il n'est pas davantage ému? Au bout d'un long moment, Julie soupire :

– Si seulement il m'avait écoutée! Mais il est pire qu'un enfant! Au lieu de se soigner, il a continué à sortir dans le froid! Avec la toux qu'il avait, c'était de la folie! Puis il a pris des médicaments de son invention, des tisanes, des bouillons d'herbes! Sans moi, il n'aurait même pas fait venir le docteur!

– Je sais, je sais, dit Vissarion.

Il touche la main de Vassili Pétrovitch sur le bord du lit. Fragile, chaude, bossuée. Un tas de nœuds sous la peau. « Il va mourir », songe-t-il. Une sorte de respect l'envahit devant la majesté du vide qui se prépare. Il s'attendrit sur son père et sur lui-même. Des souvenirs d'enfance remontent en lui et le barbouillent intérieurement. Un goût de larmes charge sa langue. Que deviendra-t-il après cette disparition? Seul au monde. Sans appui, sans conseil, sans guide... Constantin Loujanoff se trouvait auprès de lui, lorsqu'il a reçu la lettre de Klim : *Viens tout de suite. Ton père est très malade. Le médecin dit que c'est une congestion pulmonaire.* Ils ont interrompu leur partie de dominos pour parler du mystère de l'au-delà. Puis Vissarion s'est inquiété de rassembler l'argent du voyage. Finalement, ce sont les Serpoukhoff – à qui il doit déjà cent vingt-cinq roubles –, qui lui ont avancé de quoi payer sa place dans la chaise de poste, jusqu'à Smolensk. Situation humiliante entre toutes, car les Serpoukhoff sont eux-mêmes gênés. Si au moins son père lui envoyait des mensualités plus substantielles!... « Combien peut valoir une propriété comme Znamenskoïé? » se demande Vissarion. Cette pensée l'étonne et l'irrite. Plus il voudrait la chasser de son cerveau, plus elle s'y incruste. Fils unique... Tout lui reviendra... Julie se lève, va baisser la mèche de la lampe qui fume, et se rassied. Ses colliers de verre cliquettent. La fatigue des veilles a boursouflé et plombé son visage. Son regard s'attache au masque du moribond, puis remonte et se fixe sur Vissarion. Il devine ce qui la tourmente : elle craint de perdre son pouvoir dans la maison, après la disparition du barine. C'est la panique inséparable de tout changement de règne. Qui sera chassé et qui élevé aux honneurs? Vissarion sent croître son importance en même temps que diminuent les forces de son père. Pour rompre un silence obsédant, il murmure :

– Il a l'air calme pour l'instant...

– Oui, dit Julie. Il a beaucoup toussé et s'est beaucoup agité vers cinq heures de l'après-midi. Maintenant il repose. Je lui donne des tisanes, je le frictionne...

Visiblement, elle fait mousser son dévouement et sa compétence.

– Qui le veille, la nuit? demande-t-il.

– Qui veux-tu que ce soit? réplique-t-elle avec fierté. Moi, bien sûr! Moi seule!...

– Le docteur reviendra bientôt?

– Demain. Je pense qu'il lui fera encore une saignée et...

Elle s'arrête de parler et dresse la tête. Un pas se rapproche. La porte s'ouvre et Xénia entre, les bras chargés d'une pile de linge. Comme piquée par une guêpe, Julie bondit en avant. Ses jupes volent. Son trousseau de clefs tinte. Elle coupe la route à la nouvelle venue :

– Qu'est-ce que tu viens faire ici?

– J'apporte les serviettes que tu m'avais données à repasser.

– Je t'avais dit de les laisser en bas!

– Je n'avais pas compris ça!

– Remporte-les!

Au lieu d'obéir, Xénia pose la pile de serviettes sur la commode, s'avance vers Vissarion, le salue, buste incliné, bras croisés sur le ventre, et se redresse. Il reçoit en plein visage un regard si ardent qu'il en est troublé comme par le contact d'une peau nue. Elle s'est épanouie depuis son mariage. La reprendre? Pourquoi pas? Même à Moscou, il n'a pas trouvé l'équivalent de cette fille brune et violente, qui a tant de goût à l'amour. Mais il se berce d'illusions. Elle n'osera jamais. Elle est trop simple. Son Klim lui suffit. « Alors pourquoi continue-t-elle à me regarder? » À deux pas, Julie écume de colère rentrée. Elle doit mesurer son déclin à l'outrecuidance de celle qui, déjà, se pose devant elle en rivale.

Enfin, sans dire un mot, Xénia se détourne et s'éloigne. Julie la suit des yeux, dents serrées, menton dur.

La respiration de Vassili Pétrovitch s'accélère. Il geint, il va se réveiller. Vissarion et Julie se penchent sur lui d'un même mouvement. Mais il n'ouvre pas les yeux. Julie lui éponge le front avec un linge et murmure :

– Pauvre, pauvre!... S'il peut arriver à suer sept sueurs, il sera guéri...

Et le silence revient. Il fait trop chaud dans cette chambre. Vissarion se rassied, étend ses jambes devant lui et retient un bâillement.

– As-tu dîné au moins? demande Julie.

– Non.

Aussitôt elle s'affole, volubile et servile :

– J'en étais sûre! Descends vite et mets-toi à table! Heureusement que j'ai tout prévu! Je vais te faire servir! Je sais ce que tu aimes!...

Elle se lève, saisit un chandelier allumé et se dirige vers la porte. Il lui prend le chandelier de la main :

– Non, reste avec mon père.

– Mais... il faut bien que je donne des ordres...

– Je les donnerai moi-même.

Le son de sa propre voix le surprend. Pour la première fois, il a parlé en chef. Julie s'écarte de lui, inquiète. Vissarion réprime un sourire. Le jeu l'amuse. Si seulement il n'y avait pas ce profil de cire, dans la pénombre! Il quitte la chambre avec soulagement, passe par l'office pour demander qu'on le serve, et s'assied dans la salle à manger, seul, à la grande table. Comme tout est solide, agréable et propre, autour de lui, dans le monde des bien portants! À la chaise vide de sa mère, fait face aujourd'hui la chaise vide de son père. Cette constatation mélancolique ne suffit pas à le démoraliser. Les hors-d'œuvre sont excellents. Il mange, boit, se régale. Klim le sert, en silence, et, après chaque changement de plat, se fige derrière son dos. Vite rassasié, Vissarion manie sa fourchette plus lentement. Il voudrait oublier son père qui repose, là-haut, dans sa chambre. Mais la présence du maître traverse le plafond de tout son poids et se répand dans les pièces les plus reculées. Soudain Vissarion tressaille au tintement de son couteau touchant l'assiette. Le moindre bruit prend une importance insolite dans la maison d'un malade.

– Alors, Klim, dit-il entre haut et bas, il paraît que tu as une fille! Je te félicite!

– Merci bien, Vissarion Vassiliévitch, murmure Klim.

– Elle s'appelle comment?

– Matriona.

– C'est toi qui lui as choisi ce vilain prénom?

– Non, c'est notre barine. Tu veux la voir?

– Mais oui... Tu me la montreras, un de ces jours... Tu es heureux?...

– Oh! oui, Vissarion Vassiliévitch, dit Klim précipitamment.

Et il présente à Vissarion un plat de pommes au four, nappées de sirop et de crème. Vissarion n'a plus faim. Il dépiaute un fruit, y goûte du bout des dents et se lève. Le voyage l'a rompu. Mais le devoir exige qu'il retourne auprès de son père. Tout de même, il s'accorde le temps de fumer un petit cigare. Après la dernière bouffée, il s'étire, reprend le chandelier sur la desserte et monte.

Une âpre odeur d'essence de térébenthine lui coupe la gorge, dès le seuil. Allongé à plat ventre sur le lit, la chemise de nuit troussée jusqu'à la nuque, Vassili Pétrovitch souffle et gémit, tandis que Julie lui frictionne le dos. Les mains de la femme vont et viennent avec une énergie calculée sur cette masse de chair blanche. Elle marmonne :

– C'est encore le meilleur remède!

Enfin elle rabat la chemise et demande à Vissarion de l'aider : ensemble, ils tournent le malade, le tirent, le soulèvent, et tassent les oreillers derrière son dos. Vassili Pétrovitch, les yeux clos, les traits mous, paraît inconscient de ce qui lui arrive. Il halète, il ne peut parler. Subitement un afflux de sang lui gonfle les joues. Ses yeux s'arrondissent et s'emplissent de larmes. L'air siffle dans sa gorge obstruée. Julie veut le couvrir pour qu'il ne prenne pas froid. Il la repousse. La couverture glisse à droite, l'édredon à gauche. « C'est la fin! » pense Vissarion. Mais, dans un effort déchirant, Vassili Pétrovitch tousse et crache. Des glaires rougeâtres coulent sur son menton. Vissarion, écœuré, sent le poids de son dîner qui lui remonte dans la bouche. Il se détourne et essaye de penser à autre chose : des oiseaux migrateurs dans le soleil levant, des radeaux de bois descendant le Dniepr... Julie essuie les lèvres du malade et dit :

– Ça ira mieux maintenant!

Vassili Pétrovitch crache encore et roule faiblement sa tête sur l'oreiller. La sueur perle à son front. Julie lui fait boire de la tisane à la cuiller, comme à un bébé. D'un mouvement de tête, il lui signifie qu'il en a assez. Puis il baisse à demi les paupières et chuchote :

– Olga... Olga, tu es là?

Vissarion frémit : en prononçant le nom de sa mère, au milieu de la nuit, son père vient de donner la mesure de son mal. Tout semble soudain plus étrange et plus grave dans cette chambre où monte la fantasmagorie de la fièvre. Julie se tourne vers l'icône et se signe par trois fois.

– Olga... Olga, reprend Vassili Pétrovitch. Tu m'entends?

Julie hésite, lance un regard inquiet à Vissarion et répond :

– Oui, oui, elle t'entend... Elle est là... Et ton fils aussi est là...

– Mon fils? dit Vassili Pétrovitch. Ah!... Très bien... Je dois lui dire...

Il cherche la main de Vissarion au bord du lit et la serre dans ses doigts osseux :

– Le lin... C'est très important... Il faut semer le lin, vite, vite!...

– Oui, dit Vissarion.

– Sur toutes nos terres!

– Oui.

– Attention!... Les pucerons!... Les pucerons arrivent!... Il y en a partout!...

– Ça y est! De nouveau il délire! dit Julie.

Vassili Pétrovitch lâche la main de son fils et branle la tête :

– Là!... Là!... Regarde!... Chasse-les!... Écrase-les!...

Une telle terreur marque son visage, qu'involontairement Vissarion scrute l'obscurité, comme s'il craignait d'y découvrir, lui aussi, une marée d'insectes dévorants. Mais déjà Vassili Pétrovitch se désintéresse de sa vision. Ses traits se relâchent, sa respiration s'égalise. Il prononce encore deux fois : « Olga! », ferme les yeux, et tombe, la bouche ouverte, dans le sommeil. Des minutes passent, lentes et vides.

– Pourquoi a-t-il la bouche ouverte? murmure Vissarion. N'est-il pas en train d'étouffer?

– Non, dit Julie. À son âge, on dort toujours la bouche ouverte. Ma friction l'a soulagé. Tu peux aller t'allonger dans ta chambre...

– Oui, c'est ça, dit Vissarion. Si tu as besoin de moi, fais-moi appeler par Dimka.

Il ne faut pas cinq minutes à Vissarion pour se déshabiller, se passer un peu d'eau sur le visage et se mettre au lit. Demain, il déballera ses bagages. Il souffle la bougie. Seule demeure, dans la nuit, la vague lueur de la veilleuse, sous l'icône. Comme lorsqu'il était enfant, il s'assoupit en regardant cette petite flamme prisonnière d'un verre rouge. Ses muscles se détendent. Sa tête part à la renverse dans les hautes herbes de la rêverie. Il mélange tout, le voyage, la mort, les pucerons, les moujiks. Au moment de perdre conscience, il se ressaisit et dresse la tête. Ce bruit de paille froissée, à quelques pas de lui, dans le couloir. La porte de sa chambre s'ouvre précautionneusement. On vient le chercher, sans doute.

– C'est toi, Dimka?

Personne ne répond. Le plancher craque. Dans la lueur diffuse de la veilleuse, une silhouette passe rapidement. Vissarion saute sur ses pieds. Une joie brutale, élémentaire, le secoue. Xénia! Il l'a reconnue avant même d'avoir distingué son visage. Sans dire un mot, il referme la porte sur elle et tourne la clef dans la serrure. Elle s'abat sur sa poitrine. Un parfum chaud monte vers lui du corps légèrement vêtu. Ses mains courent, déboutonnent, glissent, touchent le prodige d'une peau vivante. Il nie la mort sur la bouche de cette paysanne. Leurs souffles se mélangent. Il pense encore à son père suffocant, expirant, et, au comble du désir, porte la fille sur le lit.

6

LES YEUX grands ouverts dans les ténèbres de la cabane, Klim attend le moment où Xénia se lèvera de sa paillasse. Quatre nuits de suite qu'elle le quitte ainsi, sur la pointe des pieds! Sans doute, comme la veille, ne rentrera-t-elle qu'à trois heures du matin. Il sait où elle va, mais ne peut rien dire. Ce n'est pas à lui de lutter contre la volonté du bartchouk. Elle devrait se raisonner, se reprendre... Le bartchouk l'a ensorcelée. Depuis qu'il est revenu, elle a le diable dans le sang. Tout, dans son attitude, n'est que calcul et provocation. Ses yeux lancent des flammes, ses hanches, quand elle marche, ondulent voluptueusement. Elle en oublie qu'elle est mère. Souvent elle laisse passer l'heure de la tétée. Klim doit la rappeler à l'ordre. De quel regard fielleux elle le punit alors! Si elle pouvait, elle se débarrasserait de l'enfant. Pourtant Matriona est très sage. Elle dort dans un panier suspendu au plafond. Lorsqu'elle pleure, la nuit, il suffit d'imprimer un léger balancement à la nacelle pour qu'elle se taise. Le bartchouk a dit qu'il aimerait bien la voir. C'est gentil de sa part. À la première occasion, Klim la lui montrera. Il se réjouit à cette pensée et, de nouveau, une vague de boue le submerge.

Il se retourne sur sa paillasse et déboutonne le haut

de son pantalon qui lui sciait le ventre. Comme tous les moujiks, il dort dans ses vêtements et ne se déshabille qu'une fois par semaine, pour aller aux étuves. Xénia, à l'autre bout de la cabane, respire calmement. Pourquoi n'est-elle pas encore partie? Tant que Klim n'aura pas subi l'humiliation de cette fuite, il ne pourra retrouver la paix. Avec impatience, avec rancune, avec espoir, il guette le moindre bruissement d'étoffe. La veilleuse éclaire les dorures de l'icône et les chevrons du toit. Le vent souffle sous la porte. Et si Xénia n'allait pas rejoindre le bartchouk, ce soir? Cette supposition désarçonne Klim. Tout à coup il ne sait plus au juste ce qu'il souhaite. Sa vie est emmêlée comme la queue d'un cheval. Il faudrait passer le peigne là-dedans.

Une chose est certaine : le barine va mieux. Sa fièvre est tombée. Il tousse encore, il est faible, mais le docteur Fédoroff semble moins inquiet. En vérité, Vissarion Vassiliévitch pourrait repartir. S'il prolonge son séjour à Znamenskoïé, c'est, sans doute, à cause de Xénia. Elle lui plaît, il l'appelle chaque nuit, il est après elle comme un chien après une chienne. Hanté par cette image, Klim s'octroie une colère, non point éclatante – ce serait disproportionné –, mais raisonnable, contenue, une colère à son niveau, une colère de dessous l'escalier. Sa tête bout, il serre et desserre les poings dans le vide.

Brusquement, il s'immobilise, le cœur suspendu. Xénia s'est levée, ombre opaque parmi les ombres transparentes. Elle jette une courte houppelande sur sa chemise. D'habitude, il feint de dormir. Mais, cette fois, au fond de lui, un ressort se détend. Sans réfléchir, il se précipite et se plaque le dos à la porte. Vaguement éclairée par la veilleuse, Xénia avance sur lui. Une tresse de cheveux noirs pend sur son épaule.

– Laisse-moi passer, dit-elle.

Klim secoue la tête :

– Non.

– Qui es-tu pour m'interdire d'aller là-bas?

– Pense ce que tu veux, balbutie-t-il, j'ai le droit...

Elle se rebiffe :

– Tu n'as aucun droit! Le droit, c'est moi qui le donne! Et je l'ai donné à un autre! Je suis la femme d'un autre! Et je suis heureuse, heureuse!... Et jamais, jamais je ne reviendrai à toi, tu entends?... Je préférerais crever plutôt que de t'appartenir de nouveau! Tu n'es qu'un paysan! Tu as des manières de paysan! Tu sens mauvais!

Il la saisit par les poignets. Elle lutte. Et il s'excite des injures qu'elle lui jette au visage et des coups de pied qu'elle lui décoche dans les tibias. Plus il la sent impatiente de courir à son rendez-vous, plus il a envie de la posséder. De toutes ses forces, il la fait reculer, il la ploie, il la contraint. Elle halète, à moitié tordue sous lui :

– Sale paysan! Sale paysan!

Il se penche davantage encore pour l'embrasser. Mais une douleur cuisante à la main gauche lui fait lâcher prise. Elle l'a mordu à pleines dents. Le sang coule. Il la considère avec un étonnement attristé. Elle se trouve juste sous la veilleuse. Cette faible lueur l'éclaire par en haut. Ses yeux et ses dents étincellent. Lèvres retroussées, elle répète :

– Sale paysan!

Et soudain, elle ouvre la porte et se précipite dehors. Il ne songe pas à la poursuivre. Une lourde lassitude le prend à la nuque. Il étanche le sang avec un chiffon et se recouche. L'enfant gémit dans son sommeil. Machinalement Klim étend la main et pousse la nacelle, qui se balance et grince. Une grande ombre monte et descend sur le mur. Les vagissements s'apaisent. Klim laisse retomber son bras. Il a l'impression de s'être bercé lui-même. Insensiblement il s'endort.

– Klim! Klim!

Un chuchotement pressé le réveille à demi. La clarté d'une lanterne carrée lui frappe les yeux. Quel est ce gnome accroupi à la tête de sa paillasse? Engourdi, englué, il ne cherche même pas à le savoir, et retombe avec délices dans le néant. Le gnome s'agite :

– Klim! Hé! Klim! Le barine!...

Ce mot cingle Klim comme un coup de fouet. Il rouvre les yeux, et reconnaît Dimka :

– Quoi, le barine?

– Il te demande. Il a une crampe!...

Klim ne pouvait recevoir de meilleure nouvelle. Ainsi Julie a beau frictionner le barine et lui administrer des potions, quand il s'agit d'un massage délicat, c'est encore lui qu'on appelle. Évidemment elle voudrait bien le remplacer pour tout, la mâtine, mais elle n'a pas le don. Il considère sa main et s'affole. Un chiffon taché de sang la recouvre. Il avait oublié la morsure. Pourra-t-il masser convenablement malgré sa paume endolorie? Vite, il se lave les mains dans un baquet, se confectionne un pansement propre, et suit Dimka en récitant une petite prière de propitiation et de mise en train.

Le barine, crispé de douleur, l'accueille par un grognement :

– Tu en mets du temps à venir, marmotte!

Julie, qui se tient au chevet du lit, dit d'un ton aigre-doux :

– Voilà ce que c'est qu'un serf marié! Il ne veut plus quitter sa couche quand le maître l'appelle!

Klim rit à pleine bouche.

– Alors? Qu'attends-tu, soliveau? reprend le barine.

Avec précaution, Klim repousse les couvertures, dégage la jambe malade – toujours la gauche – et se met à l'ouvrage. De temps à autre, il pose son regard sur le barine. Comme Vassili Pétrovitch a maigri durant sa maladie! Ses pommettes sont d'un rose fébrile, des poches pendent sous ses yeux.

– Qu'as-tu à la main? demande-t-il.

– Rien, rien, je me suis blessé, marmonne Klim.

– C'est plutôt bon signe que les crampes reviennent,

observe Julie. Seuls les gens bien portants ont des crampes.

– Qu'est-ce que c'est encore que cette idiotie? s'exclame Vassili Pétrovitch en se raidissant.

– Ce n'est pas moi qui le dis, c'est le docteur Fédoroff! susurre Julie.

– Il parle trop, celui-là!

– Il t'a tout de même guéri!

– Lui? Ah! bien, oui! Ce sont mes herbes qui ont fini par agir! Mes herbes et ma vieille carcasse! Et mes prières! Qu'on le paye et que je ne le revoie plus, ce Fédoroff! Compris?

Julie, mouchée, se rassied dans le fauteuil où elle a passé tant de nuits à veiller le barine. Il lui lance un regard vindicatif et dit encore :

– Va me chercher de l'eau sucrée.

Elle se lève et sort.

– La teigne! gronde Vassili Pétrovitch.

Et il ajoute, à l'intention de Klim :

– Continue!

Klim s'abandonne à l'inspiration. Ses mains courent sur le mollet velu avec une légèreté pénétrante. Que fait Xénia? Que dit Xénia? Il voit deux corps enlacés. Sur le même palier. Dans la chambre voisine. Si près de lui qu'il pourrait presque entendre leurs soupirs. Il s'arrête, les bras mous, surpris par la tristesse qui le gagne. Au bout d'un moment, il s'aperçoit que Vassili Pétrovitch le regarde droit dans les yeux, avec force.

– Tu n'as plus mal, barine? demande Klim.

– Non, dit Vassili Pétrovitch, je n'ai plus mal. Et toi?

Klim baisse la tête sans répondre.

– Chacun, sur terre, traîne une douleur quelconque, reprend le barine. J'ai mes crampes et tu as autre chose. Il faut s'habituer à vivre avec ça. Sans en parler. Sans y penser. Tu verras, on s'y fait très bien...

Il ramène la jambe assouplie sous la couverture. Julie rentre, apportant le verre d'eau sucrée.

– Je peux aller? demande Klim.

Le barine fait signe que oui, en souriant. Une telle bonté éclate dans ce sourire, que Klim en est tout fondu. Il baise la main de Vassili Pétrovitch et se retire.

Arrivé au bas de l'escalier, il se glisse dans le placard et allume son restant de bougie. La pendulette du barine marquait, là-haut, minuit et demi. Xénia ne descendra pas avant deux ou trois heures du matin. Il n'a donc pas besoin de se presser. Le tout est de regagner la cabane avant elle. Si elle le surprenait dans sa niche, elle se figurerait qu'il l'espionne. Elle serait furieuse. Elle se plaindrait peut-être au bartchouk. Cela ferait une histoire. Klim a horreur des histoires. Il voudrait vivre tranquille, tranquille... Ami avec tout le monde. Comment Xénia parle-t-elle au bartchouk? Lui caresse-t-elle les cheveux, l'appelle-t-elle : « Mon soleil », « Mon ange », « Mon âme »? Klim tire son cahier de dessous la planchette, trempe sa plume dans l'encrier et écrit :

« Le barine a failli mourir et Dieu l'a conservé. Nous avons eu très peur. Vissarion Vassiliévitch est même arrivé exprès de Moscou. Tout le monde a été content de le revoir. Maintenant que son père va mieux, il pourrait repartir. Mais il n'y pense pas encore. Je crois qu'il commence à aimer Znamenskoïé. Il reviendra souvent. Nous avons un très beau temps. Neige et soleil. La petite Matriona grossit et embellit. À la maison, tout va bien. Xénia est nerveuse. Ce soir, j'ai massé la jambe du barine. Il m'a parlé comme à un fils. »

7

« LE BARTCHOUK est reparti. Xénia pleure. Le barine se porte bien. Il commence même à sortir. Dimanche dernier, il a fait le tour du domaine en voiture. Lundi, il m'a appelé pour me parler des trois têtes de pierre blanche qui sont dans la remise. Il m'a dit qu'il n'avait cessé de penser à elles pendant sa maladie et qu'il avait fait le vœu, s'il guérissait, de les installer dans le parc. Nous avons choisi ensemble les emplacements, au bord de l'allée qui va vers la rivière. Il voulait des endroits poétiques : ceux où la barynia s'arrêtait d'habitude... Je me rappelle comment le bartchouk et moi allions voir travailler les deux Italiens, dans le hangar. Tantôt l'un, tantôt l'autre taillait la pierre en chantant des refrains de leur pays. Et, comme par une diablerie, un visage sortait peu à peu de la masse. À chaque coup de marteau, le bartchouk clignait des paupières. Nous restions là des heures, dans la poussière blanche. Parfois le barine venait et critiquait le travail. À la fin, il a renvoyé les Italiens. Ils sont partis furieux.

Moi, je n'aime pas ces trois bustes. Ils font de la barynia, qui était si douce, une personne froide, aux prunelles d'aveugle.

Sur l'ordre du barine, je suis allé chercher Ossip et Grigory, qui n'ont pas leur pareil pour manier la truelle.

Ils ont fait trois jolis socles de maçonnerie, en forme de colonne. Quand les trois têtes ont été fixées dessus, le barine nous a renvoyés. Et il s'est mis à se promener seul, dans l'allée. Je l'observais de loin. Il passait et repassait devant la barynia en trois exemplaires. Il la quittait et il la retrouvait, comme on va d'un lampadaire à un autre, dans la rue Bolchaïa-Blagoviéchtchenskaïa, à Smolensk. Il est rentré à la maison plus triste que de coutume. Le lendemain, il a fait venir le père Séraphin pour bénir les statues. Le père Séraphin a commencé par rechigner, disant qu'il est écrit, en toutes lettres, dans les commandements de Dieu : *Vous ne ferez point d'image taillée, ni aucune figure de tout ce qui est en haut dans le ciel, et en bas sur la terre...* Par conséquent, d'après lui, les bustes de la défunte Olga Siméonovna étaient des œuvres païennes, que l'Église ne pouvait approuver. Le barine s'est fâché très fort et a ouvert sa Bible sous le nez de notre pope. Puis il l'a emmené dans son cabinet de travail et a fait servir des harengs, des champignons marinés et de la vodka. Leur discussion a continué là, pendant une heure, portes et fenêtres fermées. En sortant du bureau, le père Séraphin avait les yeux mouillés et les épaules basses. Il a béni les statues, mais très vite, en marmottant dans sa barbe quelque chose qui n'était peut-être pas une prière. »

« Hier, 29 avril 1857, la vieille Marfa est morte. Elle est tombée le nez sur son métier à broder, et plus un souffle! Tout le monde était à l'enterrement. Après, je suis allé aux étuves. Matriona a eu sa première dent. »

TROISIÈME PARTIE

1

STIOPA Plastounoff bat les cartes et on entame un autre robre. Cette fois, ils ont juré, tous les quatre, d'observer le silence, comme il est de règle au whist. Vissarion a Constantin Loujanoff pour partenaire. Il tâche de s'intéresser au jeu, mais en vain. D'ailleurs, quoi qu'il fasse, il répond exactement à l'attente de Constantin, et celui-ci l'en remercie d'un clignement de paupières. Que n'a-t-il eu la même chance, ce matin! Ses trois camarades, eux, ont été reçus. Au vrai, ils avaient plus travaillé que lui, dans le courant de l'année. Incontestablement, le professeur de droit civil voulait sa perte. Assis derrière une longue table, il attendait l'arrivée des candidats avec un air d'appétit et de méchanceté. Vissarion avait longtemps hésité avant de tirer une question du tas de petits papiers pliés en deux. En ouvrant le billet, il avait blêmi : « Les différentes formes de testament ». Il n'avait même pas survolé ce chapitre. Au lieu de l'aider, le professeur l'avait poussé à barboter dans son ignorance. Note finale : un sur cinq. Ni le droit criminel ni l'histoire du droit ne lui avaient permis de se rattraper...

À présent, il doit annoncer la nouvelle à son père. Le moment est mal choisi. D'après la lettre qu'il a reçue aujourd'hui – et qu'il n'a pas eu le courage de lire jusqu'au bout – la récolte est perdue à quatre-vingts pour cent. Une histoire de pucerons. Comme l'année précédente. Mais sur une plus grande échelle. Et sans pluie miraculeuse, cette fois, pour sauver la situation. Quelle idée, aussi, d'avoir semé du lin sur les meilleures terres du domaine! Le staroste Arsény l'avait mis en garde. Non, il a voulu n'en faire qu'à sa tête. En tout cas, il a trouvé là un excellent prétexte pour refuser d'augmenter la mensualité de son fils. *Mon cher Vissarion, nous sommes ruinés ou presque. J'ai dû hypothéquer deux villages pour parer au plus pressé. Tu comprendras, dans ces conditions, qu'il faut, toi aussi, te restreindre...* Facile à dire! Il est impossible, à Moscou, de vivre à moins de frais. Déjà ce soir, pour réunir ses amis, Vissarion n'a pu mettre sur la table qu'une bouteille de vodka, des harengs, des concombres et du pain. D'autre part, les Serpoukhoff lui ont annoncé qu'à dater du 1er septembre 1857 ils reprendraient la chambre qu'il occupe pour la donner à un de leurs neveux. Où trouvera-t-il à se loger au même prix? Ces problèmes d'argent sont dégradants et absurdes. Son père, en égoïste recuit par l'âge, ramène tout à lui-même. On dirait que la maladie l'a encore endurci. Les cartes claquent sur la table, les levées se succèdent et Constantin jubile. Il y a, chez ce grand gaillard blond, une insolence tranquille qui subjugue Vissarion. Fils de parents riches, Constantin Loujanoff porte un uniforme d'étudiant tout neuf, à doublure blanche, et une capote de coupe militaire, à col de castor. Dans l'amphithéâtre, il s'assied toujours au premier rang et pose devant lui, sur le pupitre, son encrier personnel, taillé dans une corne de rhinocéros et serti dans un pied d'argent. Entre les cours, il se lève, se tourne face à la salle, déboutonne sa veste et, tête haute, les poings sur les hanches, exhibe à l'assistance sa doublure soyeuse et immaculée. Boris Nélinsky, maigrelet et noiraud, vêtu d'une tenue défraîchie, vit constamment dans le sillage de Constantin et se nourrit de ses miettes. Mais Constantin le méprise, alors qu'il a, de toute évidence, de l'estime pour Vissarion et pour Plastounoff. Il voit en eux des intellectuels, des rêveurs, des gens qui pensent au peuple. Cela ne l'empêche pas de les critiquer, du reste, car il est d'un bord opposé! N'est-elle pas miraculeuse, songe Vissarion, cette réunion d'êtres si différents par leur condition sociale et leurs convictions politiques, et qui, cependant, ne peuvent se passer les uns des autres? Pour des cerveaux évolués, le heurt des idées est plus exaltant qu'un accord intégral. Vissarion n'a plus que des atouts en main. Il va gagner, il gagne, et se renverse, heureux, sur le dossier de sa chaise. Trois roubles soixante. On le complimente. Il ne peut faire moins que d'arroser cette victoire avec l'argent même qu'elle lui a rapporté. Toujours prêt à rendre service, Boris Nélinsky rafle la monnaie sur la table et court chercher une autre bouteille de vodka chez le marchand du coin.

À son retour, on chante un retentissant *Gaudeamus igitur.* On trinque. On fume. On raconte des anecdotes salées dont les femmes, les Juifs et les popes font, comme toujours, les frais. Affalé au creux d'un canapé, une jambe par-dessus l'accoudoir, Vissarion rit plus fort que les autres. Mais il ne peut être aussi insouciant qu'il le souhaiterait. Le souvenir de son échec lui revient, de temps à autre, comme une nausée. S'il veut se guérir de ce malaise, il lui faut d'abord régler la question épineuse de ses études. Cette fois, il est résolu à lâcher la faculté. L'idée que son père en sera affecté ne peut que renforcer sa décision. Comme s'il s'agissait pour lui, tout ensemble, d'échapper à un enseignement ennuyeux et de punir Vassili Pétrovitch de son avarice. Le mieux serait d'annoncer la chose par lettre : « Cher père, la mort dans l'âme, je dois t'informer que j'ai été recalé à mon examen. On m'a interrogé sur les rares questions que je n'avais pas préparées et qui, d'ailleurs, font à peine partie du programme. Mais Dieu n'envoie jamais à l'homme une épreuve qui ne lui soit salutaire de quelque façon. Le désastre de la récolte vient à point pour m'éclairer sur ce qui me reste à faire. Si je continuais mes études, je te serais à charge pendant deux ans encore, et cela, je ne le veux pas. J'ai donc décidé de renoncer à des diplômes hypothétiques et de chercher une situation qui me permettra de vivre ici, sans plus avoir recours à tes bontés. » À mesure qu'il construit les phrases dans sa tête, Vissarion se tranquillise. Séduit par ses propres arguments, il ne doute pas que son père lui donne raison. Soudain il a hâte que ses camarades s'en aillent pour rédiger la lettre. Boris Nélinsky, habitant à l'autre bout de Moscou, part le premier. Mais ni Constantin Loujanoff ni Stiopa Plastounoff ne semblent pressés de le suivre. Ils ont retiré leurs vareuses et, la chemise déboutonnée, continuent à bavarder paresseusement et à boire. On en est aux projets de vacances. Constantin voudrait que Vissarion et Stiopa Plastounoff passent les mois d'été avec lui, à Boïarskoïé, propriété de ses parents, aux environs de Moscou. Stiopa Plastounoff refuse d'emblée, en disant, d'un ton évasif, qu'il a d'autres projets. Alors Constantin se tourne, d'un air pincé, vers Vissarion.

– Et toi, mon cher? dit-il. Feras-tu aussi la fine bouche? Je te préviens : si tu aimes la pêche, tu seras servi! Notre rivière est sans pareille! Nulle part ailleurs je n'ai vu des perches de cette taille! Et nous avons, à Boïarskoïé, des voisins charmants!

La proposition est flatteuse. En d'autres circonstances, Vissarion l'aurait acceptée. Mais aujourd'hui il sait qu'aucun plaisir n'égalera celui que Xénia se prépare à lui dispenser, après des mois de séparation.

– Non, dit-il. Vraiment il faut que j'aille à Znamenskoïé.

– Ton père comprendrait très bien...

– Il ne s'agit pas de mon père.

– Ah! ah! ricane Constantin. Je t'y prends! Tu es pressé de retrouver ta petite serve!

Vissarion l'a mis dans la confidence de sa liaison, mais n'en a pas parlé à Stiopa Plastounoff, qu'il connaît moins et dont le regard pénétrant l'inquiète. Il lui déplaît que Constantin fasse allusion à ses amours ancillaires devant un camarade qui risque de le mal juger.

– Tu es idiot! dit-il. Cette fille ne représente rien pour moi!

– Ce n'est pas ce que tu m'as dit en revenant de Znamenskoïé!

– Bien sûr! concède Vissarion. Sur le plan physique...

– C'est le seul qui compte, mon cher! s'exclame Constantin. Du moins avec des personnes de cette condition! Ah! les ressources de nos campagnes sont infinies! Mais, entre nous, j'espère que tu obliges la fille à se laver avant!...

Et, de nouveau, il éclate de rire, la face rose et large, les yeux saillants. Sa santé et son arrogance font subitement horreur à Vissarion. Stiopa Plastounoff, lui, n'a pas desserré les dents. Visage glabre, nez d'oiseau triste et cheveux noirs barrant de biais un front haut et pâle. Impossible de savoir ce qu'il pense.

– Elle... elle est très propre, balbutie Vissarion. Je n'ai rien à lui dire là-dessus...

Et aussitôt il mesure le ridicule de cette justification.

– Bravo! déclare Constantin. Veux-tu que je te dise? Si je trouvais une luronne comme la tienne dans la propriété de mes parents, je n'hésiterais pas à en faire ma maîtresse. Quand je pense qu'il y a des imbéciles pour souhaiter la libération des serfs!

– Nous serons bien obligés d'y arriver un jour! dit Vissarion.

– Et pourquoi?

– Partout dans le monde...

– Nous ne sommes pas le monde, nous sommes la Russie. Nous avons notre passé, nos habitudes, nos lois, notre âme large et noble. En singeant les autres nations, nous ne ferions que renier ce qu'il y a d'essentiellement russe en nous! C'est bon pour des citadins de parler de la libération des serfs. Mais toi qui as vécu à la campagne, crois-tu que nos moujiks puissent être heureux sans une rude tutelle au-dessus de leurs têtes?

– Non, évidemment, répond Vissarion ébranlé. Ils sont si peu préparés à ça...

– Voilà! Depuis des siècles, ils se sont habitués à une soumission qui a pour contrepartie la sécurité. Tout leur est mâché, peines et joies, besogne et nourriture. Et on veut brusquement les tirer de leur engourdissement, les jeter dans la vie, leur faire cadeau de l'honneur d'être libres, dont ils n'ont nul besoin!

– Je reconnais que c'est dangereux, dit Vissarion.

– C'est pis que dangereux, c'est criminel! s'écrie Constantin en levant un doigt. Sais-tu ce que dit mon père? « Si tu aimes le moujik, évite d'en faire un homme! » Ça va loin, ça, non?

– Très loin, dit Vissarion.

Et il glisse un regard interrogateur à Stiopa Plastounoff, qui, coincé dans son fauteuil, fume une cigarette, les yeux absents. Ce refus de prendre part au débat a toutes les apparences d'une critique. Vissarion se sent de plus en plus mal à l'aise.

– Je crois qu'en cette matière il faut avancer prudemment, dit-il.

– Il ne faut pas avancer du tout! réplique Constantin en riant.

– Cesse de plaisanter, Kostia [1]! Tu sais ce qu'a dit le tsar, il y a quelques mois, dans son discours aux nobles assemblés!...

– Pas la moindre idée! Ah! oui... l'abolition du servage par en haut...

1. Kostia, diminutif de Constantin, comme Stiopa est le diminutif de Stépan.

– *Mieux vaut abolir le servage d'en haut,* récite Vissarion, *plutôt que de le voir s'abolir lui-même d'en bas.* C'est assez explicite!

– Pas tant que ça! dit Constantin.

Il se verse un verre de vodka, l'avale et reprend :

– Ceux qui s'imaginent que le tsar a l'intention de libérer les serfs m'amusent. Le fait qu'il ait chargé des comités de nobles d'étudier le projet prouve qu'il ne souhaite pas vraiment le voir aboutir. Les grandes idées se noieront dans la paperasse, les intellectuels se fatigueront de crier, et les braves moujiks demeureront dans le servage sans même savoir à quel péril ils ont échappé!

L'éloquence de Constantin est telle, que Vissarion, malgré sa gêne, est tenté d'applaudir.

– Tu feras un merveilleux avocat! lui dit-il.

Constantin accepte le compliment, se dresse sur ses jambes, enfile sa vareuse à doublure blanche et dit en la boutonnant jusqu'au col :

– Alors, pour cet été, à Boïarskoïé?...

– Non, répond Vissarion. Je te remercie. Enfin, si je change d'avis...

Stiopa Plastounoff se lève à son tour. Croyant qu'il veut également partir, Vissarion lui tend la main. Mais Stiopa Plastounoff ne la prend pas et dit :

– Non, non, je reste... J'ai tout mon temps! Veux-tu faire une partie de piquet avec moi pour finir la soirée?

– Mais... bien sûr! bredouille Vissarion, étonné.

Il lui semble que le regard de Stiopa Plastounoff est chargé d'une puissance hypnotique. Pendant une fraction de seconde, il reste sans mouvement et sans voix dans la lumière noire de ses yeux. Puis, rendu à la réalité, il accompagne Constantin jusqu'à la porte. Celui-ci l'attire sur le palier et chuchote :

– Il est ennuyeux comme un jour de pluie à la campagne, ton Plastounoff!

– Oui, dit Vissarion. À chaque réunion, il devient plus

pénible à supporter. Il se prend vraiment pour une haute conscience. Je vais me débarrasser de lui très vite!...

Quand il rentre dans la chambre, Stiopa Plastounoff bat les cartes négligemment. Ses mains volent l'une vers l'autre et s'éloignent au moment de se toucher. Le reflet du tapis de table lui verdit le bas du visage. Sans lever les yeux, il dit :

– Enfin! Il s'est décidé à partir!

– Oui.

– Quel monument de sottise!

L'apostrophe est si directe, que Vissarion, désemparé, ne sait s'il doit défendre Constantin par fidélité à une amitié ancienne ou l'attaquer pour se ranger plus nettement du côté des esprits novateurs.

– Il n'a ouvert la bouche que pour dire des âneries! reprend Stiopa Plastounoff.

– Le fait est qu'il est de plus en plus rétrograde! reconnaît Vissarion en souriant.

– Je me suis retenu à quatre pour ne pas le contrer!

– Oui, oui... Je l'ai bien senti... Moi-même, tu sais...

Le regard de Stiopa Plastounoff traverse son interlocuteur et l'épingle au mur. Avec une sincérité instantanée, Vissarion dit :

– Comment peut-on encore, à notre époque...? S'il avait quarante ans, cinquante ans, je comprendrais!... Mais un étudiant!... Est-ce chez lui de la sécheresse de cœur ou de la bêtise?

– Les deux, tranche Stiopa Plastounoff.

Et il ajoute :

– Si ça ne te fait rien, je te verrai sans lui dorénavant!

– Oh! écoute, Stiopa..., dit Vissarion. À ce point-là?... Ce n'est pas un mauvais garçon, ses idées politiques mises à part!...

– On ne peut « mettre à part » les idées politiques.

– Tu as raison, soupire Vissarion.

Et sa sollicitude envers les moujiks se hausse jusqu'à l'abnégation. Il brûle de se dévouer à leur cause.

– Tu sais, poursuit-il, j'ai été élevé, dans mon enfance, avec un serf du même âge que moi. Je jouais avec lui, j'apprenais mes leçons avec lui. Mon père a des vues très larges!

– Ah! oui? dit Stiopa Plastounoff.

– Si tous les fils de hobereaux avaient reçu la même éducation que moi, renchérit Vissarion, le problème du servage serait déjà résolu! Mais regarde Constantin : il ne s'est jamais penché sur le peuple!...

Stiopa Plastounoff aligne des cartes en demi-cercle devant lui, comme pour une réussite : dix, valet, reine. Soudain il demande :

– Et cette fille?

– Quelle fille?

– Celle dont parlait Constantin.

– Oh! ça n'a été qu'une passade! s'écrie Vissarion. Une aventure de jeunesse. Maintenant elle est mariée...

Il parle avec aplomb et manifestement Stiopa Plastounoff le croit. La confiance que lui témoigne son camarade l'élève à ses propres yeux. Il y a ainsi, songe-t-il, des regards sous lesquels on se sent à son avantage. S'il pouvait devenir l'ami de ce garçon taciturne, sensible et fier! Quelle promotion!

– À toi de donner, dit Plastounoff.

Vissarion distribue les cartes. Mais, après quelques coups, il se désintéresse du jeu et revient à la politique. Il voudrait savoir, dit-il, jusqu'où vont les convictions libérales de Stiopa. Celui-ci, dont le père est médecin en province, déclare qu'il lit des journaux clandestins, que son Dieu est le fameux Herzen, présentement réfugié en Angleterre, et qu'il compte sur Alexandre II pour donner la terre aux paysans et laver de la face de la Russie « l'affreuse souillure du servage »!

– La réaction égoïste et rapace des propriétaires fonciers du genre de Constantin ne pourra plus s'opposer longtemps à la volonté de l'élite du pays, soutenue par le tsar, conclut-il. Après des siècles de silence, nous romprons avec la tradition de l'esclavage, des châtiments corporels et de l'inégalité des fortunes, nous tournerons le dos au passé, nous refuserons la succession pourrie de nos pères, nous nous affirmerons comme les héritiers de l'avenir!

Vissarion est dans l'enthousiasme. Chaque mot que prononce Plastounoff lui semble arraché à ses propres entrailles. Il se lève et l'embrasse :

– Ah! comme c'est bien, mon cher! Comme tu me rafraîchis l'âme!

Stiopa Plastounoff, lui aussi, paraît ému. Pour cacher sa confusion, il se prétend fatigué et brusque les adieux.

Resté seul, Vissarion tourne en rond dans sa chambre, heureux et impatient. Il se rappelle certains soirs d'anniversaire où il se retrouvait, tout enfant, avec un cadeau au pied de son lit, et personne à qui le montrer. Comment pourrait-il dormir, alors qu'un nouveau jouet illumine sa vie? Que de fois il a appelé Klim, en pleine nuit, pour s'amuser de son émerveillement devant des soldats de plomb ou un cheval à bascule! Mais Klim est loin... Vissarion se rassied à la table, rassemble les cartes, en tire une au hasard : dame de cœur. Tout lui sourit. À part les études. Cependant les études comptent peu, dans une existence d'homme, au regard de l'amitié. Plastounoff! Stiopa Plastounoff! Il se répète ce nom avec une satisfaction grandissante. Puis, comme il n'a pas sommeil, il tire de sa poche la lettre de son père. Par acquit de conscience, il veut la déchiffrer jusqu'au bout avant de lui répondre. Son regard glisse sur des phrases redondantes, qu'il lui semble avoir déjà lues cent fois. Après les histoires de lin et d'argent, voici les potins du voisinage. Soudain il ralentit et son attention s'aiguise :

Chez les Katchaloff, une famille de moujiks a été atteinte d'une maladie qui ressemble fort au choléra. Bien entendu, on les a aussitôt isolés. Je ne pense pas que ce soit grave pour nous. Du reste, aucune mesure sanitaire n'a été prise dans le coin. Les autorités sont sur l'expectative. Quand tu viendras, le mois prochain, rapporte-moi absolument, de Moscou, ce tabac dont je t'ai parlé et qui est un mélange de...

Le reste de la lettre se perd pour Vissarion dans une buée grisâtre. Un frisson descend le long de son échine. Le choléra! Il pose les feuillets sur la table et considère ses mains blanches et soignées, comme s'il venait de les salir. Des miasmes putrides montent, lui semble-t-il, jusqu'à ses narines. Sa chemise colle à sa peau. Il repense à la proposition que Constantin lui a faite : peut-être serait-il vraiment agréable de passer les vacances dans cette propriété près de Moscou, dont la rivière contient de si grosses perches?

2

LA PREMIÈRE pelletée de terre tombe avec un bruit creux sur le cercueil. Klim tressaille, baisse la tête et se couvre d'un signe de croix. Tout le monde le regarde. Il fait si chaud que la sueur coule sur son front, de pli en pli, et lui pique les yeux. Il aimerait pleurer et ne le peut pas. Il se mord les lèvres. Elles sont salées. Un vent léger incline la cime des arbres au-dessus de lui, mais aucune fraîcheur ne descend du ciel jusqu'à son visage. Quelqu'un le tire par la manche. Il faut s'en aller. De grosses lèvres se collent à ses joues. Des barbes fraternelles l'abordent en soupirant. Il pense qu'en temps normal il aurait offert un repas de deuil à tous ces gens qui se sont dérangés, mais il meurt trop de monde à Znamenskoïé. On n'arrêterait pas de banqueter!

Il sort sur la route. Les mouches l'assaillent. Derrière lui, on chuchote. Il n'ose redresser les épaules. Le barine n'a pas accompagné le corps au cimetière, mais il était présent à l'église. L'air fatigué et soucieux. Dix-huit morts en trois semaines. Comme si ça ne suffisait pas que les pucerons aient mangé le lin! Voilà maintenant que le choléra mange les moujiks! Que cette saleté continue, et l'on n'aura bientôt plus personne pour cultiver la terre. Le barine sera ruiné. D'ailleurs il a déjà hypothéqué Koustarnoïé, et vendu Provalovo et Liteïnaïa.

Combien lui reste-t-il de serfs, à présent? Trois cents, trois cent dix? C'est trop peu pour un homme de son importance. Une barque qui prend l'eau de toutes parts et qui coule. Heureusement que le bartchouk n'est pas venu, cet été. Avec sa santé délicate, il aurait, pour sûr, attrapé le germe. Trois nouveaux cas se sont déclarés au village, hier. Le barine n'a plus confiance en ses herbes. Et le docteur Fédoroff, qui passe tous les deux jours, ne sait quelle mixture ordonner. Il jette un regard sur les malades, évite de les toucher, hoche la tête, conseille de boire de la vodka, beaucoup de vodka, et remonte vite dans son break. Ce n'est pas pour rien que le gouverneur a fait cerner le district par un cordon de quarantaine. Interdiction de sortir et d'entrer. Un coin maudit, voilà ce qu'est devenu Znamenskoïé! Et jamais il n'a fait aussi chaud. Jamais les arbres n'ont porté autant de feuilles et de fruits.

Klim avance à pas lents sur la route poudreuse, avec tout le village qui piétine par-derrière. Un froissement de robe se rapproche. Il tourne la tête et se heurte à une barbe noire. Le père Séraphin est sur lui :

– Il faut que je te parle.

– Veux-tu venir à la maison? lui demande Klim, qui le soupçonne d'espérer un verre de vodka.

– Non. Viens chez moi, ordonne le père Séraphin.

Et il tourne à gauche, dans le sentier qui conduit au presbytère. Klim le suit à regret. Il redoute un sermon, par cette chaleur. La maisonnette de bois, peinte en blanc, est adossée à l'église. Le père Séraphin chasse les poules qui picorent sur le seuil, entre d'un grand pas botté, se signe devant les icônes, s'affale dans un fauteuil en osier et désigne un tabouret au visiteur. Mais Klim n'a pas le temps de s'asseoir que la femme du pope, sèche comme une sauterelle, pénètre à son tour dans la pièce, avec, accroché à sa jupe, le dernier-né de ses cinq enfants, suçant un croûton de pain. Pâle, tendue et véhémente, elle veut dire au « pauvre veuf » toute la peine qu'elle éprouve et qu'elle n'a pu exprimer au cimetière. Son nez remue tandis qu'elle parle. Sans lui laisser achever son discours, le père Séraphin la renvoie à la cuisine. Elle s'en va, ulcérée, mais laisse la porte entrouverte.

Klim se sent de plus en plus désarmé, démuni. Il se rappelle avoir connu la même gêne dans son enfance, lorsqu'il n'avait pas eu le temps d'apprendre sa leçon et qu'il craignait que Vassili Pétrovitch ne l'interrogeât. Mais ici il n'y a ni petits pois ni grains de blé noir, dans les coins, pour s'agenouiller dessus. Le regard du père Séraphin s'appesantit. Il s'évente avec un vieux journal et dit d'une voix caverneuse :

– Quelle épreuve, mon pauvre Klim! Quelle épreuve!

– Oui, dit Klim en s'asseyant.

– Tu vas te sentir bien seul maintenant!

Klim fronce les sourcils et ne répond pas.

– Il est vrai que tu es courageux! reprend le père Séraphin. Très courageux. Je t'ai observé à l'église, puis au cimetière. Pas une larme!

Il y a un silence, durant lequel Klim sent la chaleur augmenter. Des mouches bourdonnent et se posent sur ses mains.

– Au fait, dit le père Séraphin, es-tu si malheureux que ça d'avoir perdu, coup sur coup, ta fille et ta femme?

– Bien sûr que je suis malheureux! répond Klim.

Et, pour se convaincre lui-même de son affliction, il retourne en pensée aux minutes les plus pénibles qu'il a vécues. Matriona est morte très vite, dans un étouffement. Le matin, ses mains étaient glacées, elle vomissait, et, le soir, fini! Xénia, elle, s'est débattue pendant trois jours encore. Elle appelait le bartchouk. Elle lui parlait comme s'il était réellement là. Et ce flot blanchâtre, comme de l'eau de riz, qui coulait de ses lèvres. Et ces hoquets affreux, ces secousses de tout le corps. Elle sautait sur le lit, telle une tanche dans l'herbe.

– Je connais ton histoire, dit le père Séraphin. Toute ton histoire. Ta croix a été lourde à porter!

– Je... je n'ai jamais porté de croix, mon père, balbutie Klim.

– Mais si! Mais si! Seulement tu ne veux pas l'admettre! Je te répète que ta croix a été lourde à porter!

Comme le prêtre hausse le ton, Klim n'ose plus le contredire et incline la tête en signe d'assentiment.

– Quel que soit le poids de cette croix, continue le père Séraphin, il ne faut pas te réjouir qu'elle te soit ôtée.

Du coup, Klim, décontenancé, arrondit les yeux. Le père Séraphin se fâche :

– Ne joue donc pas l'imbécile! Ta femme n'était pas ta femme, et ta fille n'était pas ta fille! Mais tu n'as pas le droit, maintenant qu'elles sont mortes, d'être soulagé!

– Pourquoi n'ai-je pas le droit?

– Parce que je t'ai uni à Xénia devant Dieu, et parce que j'ai baptisé Matriona comme étant ton enfant.

– Mais ce n'était pas vrai...

– Aux yeux de Dieu, si!

– Dieu ne peut accepter le mensonge.

– Il ne l'accepte pas : il le transforme en vérité! dit le père Séraphin en posant deux doigts sur sa croix pectorale et en levant les yeux au plafond.

Puis sa barbe devient tout sourire.

– Dans ma paroisse, dit-il, je veux que ceux qui restent pleurent ceux qui ne sont plus! C'est clair?

– Très clair.

– Alors tu dis que tu es triste?

– Oui.

– Je vais donc t'apporter les secours de la religion. Sache, mon fils, que tes chers disparus sont assis à la droite du Seigneur. Quand tu mourras – ce qui peut t'arriver demain avec le choléra – tu les retrouveras là-haut, dans la lumière divine...

Klim songe qu'il serait en effet heureux de revoir la

petite Matriona dans son berceau, mais la perspective d'une rencontre, au paradis ou ailleurs, avec Xénia le glace. Le dernier regard qu'elle lui a lancé était chargé d'une telle haine!

– Tu as peur de la mort? demande le père Séraphin.

– Oui, avoue Klim.

– C'est bien! Il faut avoir peur de la mort. Mais pourquoi en as-tu peur?

– Je ne sais pas...

– Sans doute parce que tu as conscience d'être un vil pourceau devant la face de Dieu.

– Je n'ai rien fait de mal.

– Tout être qui vit en blesse un autre.

– Qui aurais-je blessé?

– Ta défunte épouse, par exemple. Peux-tu me jurer que jamais tu ne lui as causé de chagrin?

Scrupuleusement, Klim repasse en mémoire les étapes de sa vie avec Xénia et dit :

– Je lui ai peut-être causé du chagrin, mais sûrement moins qu'elle ne m'en a causé, elle!

– Malheureux! s'écrie le père Séraphin. Tu oses incriminer un être que le Seigneur a rappelé à lui! Tu n'as donc que des pierres à la place d'entrailles?

– Puisque c'est la vérité...

– Encore? Combien de fois faudra-t-il te répéter, bougre d'âne, que le souvenir de la défunte est sacré, qu'en passant de vie à trépas elle s'est lavée de toutes les souillures terrestres et que tu n'as plus rien à lui reprocher? En revanche, elle a sans doute des griefs contre toi. Lui as-tu demandé pardon, au moins, avant qu'elle ne monte au ciel?

– Non... Je ne sais pas... On n'a pas parlé de ça...

– Elle est donc partie avec toutes ses doléances sur le cœur?

– Peut-être bien! C'est grave?

– C'est plus que grave! C'est irréparable! À moins, bien sûr, que tu ne te rachètes par la prière! Si Dieu le veut, ton repentir touchera l'âme de ton épouse dans les hauteurs où elle s'est réfugiée!

Klim hoche la tête et pense qu'il y a quelque injustice dans cette primauté accordée aux morts sur les vivants. Mais, au fait, rien ne prouve que Xénia soit précisément au ciel. Il faudrait en parler au père Séraphin. Klim ouvre la bouche et se retient, par crainte d'être, une fois de plus, remis à sa place. Il est évident que le père Séraphin est toujours, par ses fonctions mêmes, du côté des disparus.

– Nous sommes tous de grands pécheurs! soupire le prêtre.

Et, unissant ses grosses mains aux phalanges velues, il baisse les yeux et mâchonne une prière. Klim voudrait prier, lui aussi. Mais, par la porte entrebâillée, arrive jusqu'à lui la chaude odeur d'une koulebiak. La *popadia* [1] passe pour être une fameuse cuisinière. Klim se sent plus proche de la koulebiak que de Dieu. Une faim brutale creuse un trou sous sa cage thoracique. Depuis la veille, il n'a rien mangé. Les soins aux malades, cette affreuse souillure, cette odeur putride, l'enterrement de Matriona, trois jours plus tard celui de Xénia. Impossible de penser à la nourriture, tant qu'il les a eues sous les yeux. Avant la fermeture des deux cercueils, il a posé lui-même une pièce de monnaie sur les paupières closes de l'enfant et de la mère, comme Timothée le lui a enseigné. Maintenant qu'elles sont loin, l'appétit lui revient. Un appétit énorme et impatient. Si le père Séraphin lui offrait un petit morceau de koulebiak!...

– Ton âme est ballottée comme un bouchon par les vagues, dit le père Séraphin. Tu ne connaîtras la paix qu'en te remettant tout entier à la volonté du Seigneur.

– Oui, mon père, dit Klim en ravalant sa salive.

– Reviens me voir, si tu as besoin d'un conseil.

– Merci, mon père.

1. *Popadia*, femme du pope.

– Et n'oublie pas l'Église.

Klim tire de sa poche un rouble d'argent qu'il a préparé et le pose sur le coin de la table. Depuis le début de l'épidémie, le père Séraphin a abaissé ses tarifs. Il se lève, bénit Klim et lui désigne la porte. Pas celle qui conduit à la cuisine, l'autre, celle qui ouvre sur le chemin.

Klim se retrouve dehors, avec le soleil, la chaleur et le vol zigzagant des moucherons. Avec son désarroi aussi, sa faim et sa fatigue. Pendant la maladie de Matriona et de Xénia, Julie l'a tenu éloigné du barine, par crainte de la contagion. Et, ce matin, avant l'enterrement, elle l'a envoyé prendre un bain de vapeur pour tuer les derniers germes. Le voici de nouveau inoffensif et disponible. Cependant, à cause de son double deuil, Vassili Pétrovitch l'a déchargé de tout service jusqu'au lendemain. Plus de femme, plus de fille et plus de travail, cela fait trop de vide à la fois. Il flotte mollement dans une large vacance, dans une immense permission. Le chemin qu'il suit coupe en deux des prairies rases où les meules de foin sèchent au soleil, puis se faufile dans un petit bois de bouleaux au feuillage mince. La tombe du Français tremble sous une résille de lumière et d'ombre.

Des figures longues accueillent Klim à l'office. Même les jeunes gardent un sérieux de vieillard : on ne sourit pas devant un veuf. Le personnel dîne avant le barine. Il fait encore clair, lorsqu'on passe à table. Soupe aux choux et bouillie de sarrasin. Autour de Klim, ce ne sont que bruits de mâchoires. Les cuillers de bois vont et viennent de l'écuelle à la bouche. Personne ne parle. Manger est trop grave. Klim se restaure amplement. À la fin du repas, il ne sent plus cette cavité en lui ni cette angoisse. Il se redresse un peu, rote, et, tout à coup, une tristesse l'envahit à l'idée qu'il ne servira pas le barine à table, ce soir, puisqu'il ne doit reprendre son travail que le lendemain matin. Déjà, parmi les domestiques repus et désaltérés, les langues se délient. Egor, qui revient de Koustarnoïé, donne les dernières nouvelles des malades : Porphyre a commencé à vomir du sang; Loukéria a reçu l'extrême-onction; Iakov promet la guérison à quiconque boira du lait de sa chèvre, et il y a des imbéciles pour lui en acheter!

– J'en ai acheté moi-même! s'écrie Ossip, qui remplace Karp dans les fonctions de cocher. Et je ne pense pas être un imbécile! Quand les savants se trompent, il faut écouter les ignorants! Pourquoi une mixture vaudrait-elle mieux que du lait de chèvre? La mixture est faite par l'homme, le lait de chèvre est fait par Dieu! Est-ce que nous ne serions plus orthodoxes?

Une discussion s'engage sur les mérites comparés des différents remèdes. Mélanie, en larmes, s'écrie que le seul vrai remède, c'est la prière. Et elle se met à réciter :

– Notre-Dame de Kazan, Notre-Dame de Smolensk, Notre-Dame de Kiev, Notre-Dame de Pskov et de Pétchersk...

– Avez-vous fini de gémir, là-bas? gronde Julie. Vous allez déranger le barine!

Elle dîne seule, à une table, près de la fenêtre. Tous la regardent et se taisent soudain. Combien d'entre eux, se demande Klim, souhaitent qu'elle meure du choléra? Et si c'était le barine qui mourait? L'épouvante ébranle Klim comme si, en formulant cette supposition absurde, il allait donner à Dieu une idée que, sans lui, il n'aurait pas eue. La disparition du barine équivaudrait – c'est sûr! – à la disparition du monde. Quand le tsar rend l'âme, la Russie continue sous un autre tsar. Mais sans Vassili Pétrovitch, que serait Znamenskoïé? Ce n'est pas son fils qui le remplacerait! Le bartchouk ne comprend ni la terre ni le serf. Il faudrait faire un cercle d'amour autour du barine pour le garder en vie. Si tous les moujiks se serraient contre lui, la poitrine tournée vers l'extérieur, aucune flèche ne pourrait l'atteindre. Or, ils ont plus peur de mourir que de le voir mourir, lui. Jusqu'où ne se hausse pas l'égoïsme, quand la sottise le seconde!

Klim se lève et va dire à Julie qu'il voudrait servir le barine à table, comme d'habitude. Elle le considère avec attention, puis accepte, mi-satisfaite mi-méfiante, et l'envoie se laver les mains.

Lorsqu'il entre dans la salle à manger, portant un plat de viande froide, le barine lui dit :

– Alors, tu ne veux pas prendre de repos?

– Je ne suis pas fatigué, barine, murmure-t-il.

Et il observe avec plaisir que Vassili Pétrovitch a le teint frais et l'œil clair.

– Tâche de ne pas tomber malade, toi aussi! dit Vassili Pétrovitch en se servant.

– Je tâcherai, barine, je tâcherai...

– Où vas-tu habiter maintenant?

Klim ne s'est pas encore posé la question. Pris de court, il bredouille :

– Je ne sais pas, barine.

– De toute façon, tu n'es pas pressé de te remarier, j'imagine!

– Oh! non, barine.

– Alors, pourquoi ne retournerais-tu pas dormir sous l'escalier?

Un éclair de joie éblouit Klim. Son émotion est telle qu'il en oublie de remercier. Il sourit béatement, penché sur la table, le plat posé en long sur l'avant-bras.

– Eh bien! es-tu content? demande Vassili Pétrovitch.

– Oh! oui, barine! Que Dieu te bénisse! répond Klim en se redressant.

« Il a plu à Dieu de rappeler à lui ma chère fille Matriona et ma regrettée épouse Xénia. Je suis très triste de ces deux morts qui sont dues au choléra. Me voici, comme on dit, seul au monde. »

Klim relève la tête, pose la plume et cherche ce qu'il pourrait bien écrire d'autre. Les marches, au-dessus de lui, forment un dais rigide qui s'enfonce dans l'ombre. Balais et torchons l'entourent avec la modeste amitié des choses nécessaires. Il écoute les rumeurs du premier étage et reconnaît chaque bruit avec gratitude. Claquements de pieds nus sur le plancher, grincement d'une porte, tintement d'un broc contre une cuvette. Tout reprend pour lui comme auparavant. À croire qu'il vient de s'éveiller à sa place habituelle, après un rêve de mariage et de paternité. Le barine tourne en rond dans sa chambre. Un pas plus léger l'accompagne. Sans doute est-ce Julie qui lui rend les comptes de la semaine. Bien que la porte du réduit soit entrebâillée, pas un souffle d'air n'incline la flamme de la bougie. Klim étouffe de chaleur, avec délices. « Ne pas oublier de faire dire une messe pour le neuvième jour », note-t-il encore. Puis il range le cahier, l'encrier, la plume, dans la cachette, et sort de dessous l'escalier.

Une nuit extraordinairement pure et calme l'accueille sur le perron. Adossé à une colonne, il regarde, droit devant lui, l'allée pâle qui s'allonge entre deux rangées de bouleaux aux troncs blanchâtres cerclés de noir. Tout autour, le jardin n'est qu'un fouillis spongieux et sombre où luisent, çà et là, des herbes tranchantes et des toiles d'araignée chargées de larmes. Plus loin, les ombres obliques de quelques sapins rayent une pelouse grise. Une vapeur d'argent marque la courbe de la rivière. Mille et une étoiles scintillent au ciel. Un chat-huant pousse son petit cri mélancolique dans le bois et se tait. Des grenouilles se répondent. Et de nouveau, le chat-huant... Klim l'écoute et sent que sa poitrine s'élargit et s'allège. Il a beau penser à sa fille et à sa femme, qui dorment sous la terre, l'allégresse, en lui, ne fait que grandir. C'est Dieu même qui l'invite à être heureux. Malgré ces deux morts. Ou à cause de ces deux morts. Comment est-ce possible? Il n'a jamais connu un tel désir de vivre. Sous l'escalier. À côté du barine. Pour longtemps, longtemps encore. Il se signe, remercie Dieu et rentre dans la maison. La porte refermée, il entend le veilleur de nuit qui passe en frappant ses planchettes de bois l'une contre l'autre.

3

« JE CROYAIS passer toute ma vie à Znamenskoïé, et voilà qu'on m'envoie à Moscou. Ça s'est décidé si vite que je n'en reviens pas. Il faut dire que, vers la mi-septembre 1857, il n'y avait déjà plus du tout de choléra par chez nous. Le dernier malade à mourir a été Dimka, le kazatchok. Je l'aimais bien. Il était toujours gai ; il courait vite. Heureusement, il n'a pas beaucoup souffert. Il claquait des dents et il demandait pardon. Je lui avais fait cadeau d'une racine tordue, en forme de patte de coq. Il l'a regardée, il a encore dit pardon, et il est mort. Après son enterrement, tout est redevenu normal. Les médecins ont supprimé la quarantaine.

Le 13 octobre, le barine m'a appelé et m'a dit : "Mon fils travaille maintenant dans les bureaux du gouverneur civil de Moscou. Il a besoin d'un serviteur, là-bas. Tu vas y aller. À dater d'aujourd'hui, ce n'est plus à moi que tu appartiens, mais à lui!"

Ça m'a fait tout drôle de penser que j'allais changer de maître et de vie. Pour moi, la terre s'arrêtait à Znamenskoïé. Même Smolensk, c'était l'étranger! J'ai été triste toute la nuit. Il me semblait que le barine ne m'aimait plus, puisqu'il se séparait de moi. Ensuite je me suis dit que, s'il le faisait, c'était au contraire parce qu'il m'aimait bien. Il sait que son fils ne manquera de rien avec moi. Cette idée m'a rendu courage. Le lendemain matin, tous les domestiques se sont réunis à l'office pour me souhaiter bonne route. Le vieil Egor, qui a passé quelques jours à Moscou, il y a trente-cinq ans, avec le barine et la barynia, m'a dit que j'avais de la chance d'aller en ville. "Mais fais attention! a-t-il ajouté. Là-bas, ce n'est pas comme ici! Il faut être rapide et débrouillard. Malheur aux empotés! Si tu rêvasses, tu es perdu! Si tu grattes les grands où ça leur démange, tu es sauvé!"

Julie a fait servir à tout le monde du gruau de froment et de la gelée de pois au beurre. Puis je suis allé dire adieu aux amis du village. Chacun m'offrait à boire. Le père Séraphin m'a reçu avec gentillesse, m'a béni et m'a recommandé, si je rencontrais de riches seigneurs à Moscou, de leur expliquer les besoins de notre église. En le quittant, je me suis rendu au cimetière et me suis incliné sur mes chères tombes.

Le soir, il y a eu encore un grand dîner à l'office, en mon honneur, avec une soupe de pommes de terre et des beignets à la crème aigre. Chaque fois que quelqu'un levait son gobelet, c'était en disant : "À ta santé, mon pauvre Klim!" Et je devais boire, moi aussi. Les femmes soupiraient et pleuraient. Sauf Julie. Quand je serai à Moscou, c'est elle qui massera la jambe du barine.

Il était tard lorsque je suis sorti de table. Aussitôt après, j'ai servi le maître pour la dernière fois. Il a mangé beaucoup et ne m'a pas dit un mot. C'est vrai qu'il a de plus en plus de soucis. Au moment de se coucher, il m'a remis une lettre cachetée de cire rouge pour son fils, et trois roubles sur lesquels je devrai payer mon voyage. C'est Kouvalo, le roulier, qui m'emmènera de Smolensk à Moscou. Il part demain. Il m'a promis de ne me prendre qu'un rouble, et la nourriture en plus. »

4

LES CHEVAUX fatigués se sont mis au pas. La charrette craque. Assis à côté de Kouvalo, géant roux et barbu, à l'encolure puissante, Klim écarquille les yeux pour lutter contre la somnolence. Il voudrait ne rien perdre du paysage monotone qui, depuis deux jours, défile devant lui à grands cahots. Une plaine terne et plate sous un ciel gris pommelé, un bouquet de bouleaux au feuillage jaune, un village avec ses isbas enfumées, ses potagers aux palissades démolies, sa mare ridée par le vent d'automne, des moujiks en discussion autour d'un tas de fumier, une fillette debout à côté d'une chèvre – comment a-t-il pu vivre sans soupçonner l'existence de cet univers tout proche? La Russie est immense. Il suffit de respirer à fond pour sentir pénétrer en soi des verstes et des verstes de champs, de forêts, d'eau courante et de brume. Et tous ces gens qu'il croise au hasard de sa route! Qui sont-ils? Comment vivent-ils? Il a envie de leur crier du haut de son siège : « Je m'appelle Klim, je viens de Znamenskoïé, je vais à Moscou! » Son cœur déborde d'amitié inemployée. Ce n'est pas Kouvalo qui le comprendrait. Celui-là ne pense qu'à une chose : le chargement! Il a acheté à Smolensk, pour pas cher, une énorme quantité de gibier, et il espère le revendre au prix fort, à Moscou. Mais hier soir, au relais, il s'est aperçu que sa marchandise commençait à sentir. Arrivera-t-il à destination avant que ses faisans, ses bécasses et ses cailles ne tombent en pourriture? Un claquement de fouet, et les chevaux se remettent au trot, lourdement. Les essieux grincent à se rompre. Derrière le dos de Klim, la masse bâchée oscille de gauche à droite.

– Laisse-les souffler, ces pauvres bêtes! dit Klim.

– Elles souffleront à Viazma. Je leur donnerai deux heures. Et, en route!

– C'est encore loin, Viazma?

– Une dizaine de verstes. La nuit, nous conduirons à tour de rôle.

Les têtes des deux chevaux se balancent à contretemps. Une côte se présente. Klim saute à terre et suit à pied la charrette. Avec hébétement, il regarde un seau qui brimbale, attaché à l'arrière, entre les roues.

– Remonte! lui crie Kouvalo.

Il remonte. Le tonnerre gronde au loin. On croit qu'il va pleuvoir. Mais le ciel se découvre. De nouveau, Klim lutte contre le sommeil. Ses yeux se ferment, ses idées se brouillent, comme si quelqu'un les remuait doucement dans sa tête avec une cuiller. Il s'endort.

Un choc le réveille. La charrette est à l'arrêt, devant une barrière. Des gendarmes l'entourent. L'un d'eux, le teint cuivré et la moustache noire, grogne :

– Non, je ne te laisserai pas entrer à Viazma avec ton chargement!

– Qu'est-ce qu'il a, mon chargement? proteste Kouvalo.

– C'est une véritable pourriture! Il suffit de soulever la bâche pour que l'odeur vous saisisse! Tu veux infester la ville?

– Mais, voyons, gémit Kouvalo, il faut que le gibier soit un peu... un peu avancé pour avoir du goût!... En France, les cuisiniers prennent les faisans par les pattes, et si les pattes ne se détachent pas toutes seules, fini, ils les refusent!...

– Nous ne sommes pas en France. Tu empestes, et c'est tout! Rebrousse chemin! Et que je ne te revoie plus avec ta saleté!

– Votre Noblesse, vous ruinez un chrétien orthodoxe! C'est toute ma fortune que j'ai mise dans cette marchandise! Si je ne peux pas la vendre, autant me passer la corde au cou!

– Mange un de tes oiseaux, tu mourras plus vite! dit le gendarme avec un rire cruel.

Et, fronçant les sourcils, il ajoute :

– Si dans une minute tu es encore là, je te coffre et je fais vider ta charrette dans la fosse aux ordures.

Les traits de Kouvalo se crispent sous l'effet d'une grande douleur morale. Victime innocente des autorités, il lève les yeux au ciel et secoue les guides. Les chevaux piétinent, tournent sur eux-mêmes et repartent en sens inverse.

– Que vas-tu faire? demande Klim.

Longtemps Kouvalo rumine en silence l'injustice qui vient de le frapper. Soudain son œil se rallume, tel un tesson de poterie touché par le soleil, et il dit gaiement :

– Pour abattre Kouvalo, il faut le cogner d'en bas et d'en haut, de gauche et de droite à la fois! As-tu vu ce village où nous sommes passés tout à l'heure? Il y avait un marché! Beaucoup de monde! Ces gens-là doivent aimer le gibier! Évidemment j'en tirerai moins qu'à Moscou, mais ce sera toujours ça de pris!

– Ils n'en voudront jamais!

– Pourquoi?

– L'odeur, Kouvalo, l'odeur! Le gendarme avait raison!

– Heureusement pour nous, le vent s'est levé! Maintenant le tout est de bien choisir son coin et d'agir vite. Tu vas me donner un coup de main, fiston!

En effet, de grands souffles tièdes balayent la route et jouent avec les bâches, qui claquent bêtement.

Quand la charrette s'arrête sur la place du village,

personne ne prête attention aux nouveaux venus. Kouvalo déballe ses paniers à l'angle d'une rue, juste sous le vent, pour que l'odeur soit emportée vers la plaine. Puis il ordonne à Klim de se promener dans le marché comme un quelconque visiteur :

– Tu vas, tu viens, tu fais semblant de ne pas me connaître. Mais, dès que tu me vois en discussion avec un client, tu t'amènes et tu m'offres un peu plus que lui.

– Pourquoi?

– Parce que ça le pousse à m'offrir plus encore, nigaud! C'est comme ça qu'on gonfle les prix. Je te clignerai de l'œil quand tu devras t'arrêter d'enchérir.

– Ce n'est peut-être pas très bien...

– Mais si! Mais si! Tout le monde le fait! On voit que tu n'es jamais sorti de ton trou!

Klim s'éloigne, perplexe, et se mêle à la cohue qui déambule devant les éventaires. Les coupons d'étoffe aux couleurs criardes voisinent avec des étalages d'écuelles de bois, de couteaux et de peaux brutes; des poules caquettent dans leurs cages; une pie apprivoisée chante sur une montagne de sacs; un porcelet, attaché par une patte à un piquet, s'égosille, tombe sur le flanc, se tortille, se relève. Des gamins rient autour de lui. C'est un petit marché de campagne. Mais le village semble riche. À trois reprises, Klim repasse devant Kouvalo, qui pérore dans le vide. Les gens ralentissent le pas, hésitent, reniflent et s'en vont. La quatrième fois enfin, un client se penche sur les paniers : un moine très vieux, au grand chapeau cylindrique et à la barbiche couleur de chanvre. Sa soutane, d'un noir pisseux, pend sur lui, à longs plis maladroits, comme la défroque d'un épouvantail. Il parle d'une voix chevrotante :

– D'habitude, c'est le frère Tikhone qui s'occupe d'acheter la nourriture pour notre couvent. Mais il est tombé malade. Un mauvais catarrhe des poumons... Tu le connais, sans doute!

– Oui, oui, dit Kouvalo avec aplomb. C'est chez moi qu'il se sert toujours!

– Bon. Alors tu vas me comprendre. Nous attendons beaucoup de pèlerins pour la Saint-Luc. Et, parmi les pèlerins, il y a des connaisseurs. Tu vois ce que je veux dire? On ne peut pas leur offrir n'importe quoi. Je prendrais bien ton gibier, mais tu le fais trop cher! Notre maison est pauvre...

– Moi aussi, je suis pauvre, soupire Kouvalo.

Et il cligne des paupières, comme si une poussière lui était entrée dans l'œil. C'est le signal. Klim s'avance et dit :

– C'est de la belle marchandise!

– Oui, tu vois! Des bécasses, des cailles, des faisans, des perdreaux... Rien que du premier choix! dit Kouvalo.

– Combien?

– Soixante-quinze kopecks le panier.

– Je les prends tous, dit Klim.

– Attends, attends! s'écrie le moine. J'étais dessus, moi, mon pigeon! J'étais dessus!

– Mais tu n'étais pas d'accord pour le prix, mon père! dit Kouvalo en souriant.

– Si! Si!

Kouvalo se tourne vers Klim et demande :

– Ne me donnerais-tu pas dix kopecks de plus pour le panier?

– Je... je..., oui, je te les donne, dit Klim.

Et il a honte devant le moine, dont le vieux regard délavé se pose avec étonnement sur lui.

– Je te les donne, moi aussi, marchand, dit le moine au bout d'un moment sans quitter Klim des yeux.

Le vent souffle plus fort, déviant la barbe du moine et collant sa robe effrangée contre ses mollets maigres. Qui a prétendu que ce gibier sentait la chair faisandée? Il embaume la forêt, l'herbe tendre, la mousse.

– Ne m'en donnerais-tu pas vingt-cinq kopecks de

plus? interroge Kouvalo, avec une audace insensée, en se tournant de nouveau vers Klim.

– Vingt-cinq, oui, balbutie Klim.

Le moine hoche la tête et soupire :

– Eh bien! la marchandise est à toi, mon fils! Je ne peux aller plus loin!

À ces mots, Kouvalo étend le bras et s'écrie :

– Mon père, non!... Il ne sera pas dit... La sainteté de ton état... Peu importe l'argent... Toute ma vie, j'ai respecté l'Église, et ainsi de suite... Prends... prends ce gibier à quatre-vingt-cinq kopecks... J'y perds, mais c'est ma façon de servir Dieu!...

Il ment avec une telle véhémence, que Klim en est gêné. Est-il possible que le moine soit dupe? Sans doute le commerce de Dieu renforce-t-il la naïveté chez ses plus fidèles serviteurs.

– Je te remercie, mon fils! dit le moine avec gravité.

Il bénit Kouvalo d'un signe de croix, trousse sa soutane et tire de ses plis un portefeuille de cuir marron entouré d'une ficelle. Ses mains veinées tremblent pendant qu'il compte les billets de banque. Klim, son rôle terminé, bat en retraite et se perd entre les badauds. Quand il revient, le moine a disparu et Kouvalo a déjà porté tous les paniers dans le chariot du couvent.

– Ça a bien marché, hein? dit le roulier en se frottant les mains.

– Tu n'aurais pas dû..., dit Klim.

– Et pourquoi?

– C'est un saint homme, un homme de Dieu!

– Si Dieu n'avait pas voulu que je vende mon gibier à ce saint homme, il ne nous aurait pas envoyé un petit vent providentiel pour chasser les mauvaises odeurs.

L'argument ébranle Klim. Kouvalo remonte lestement dans la charrette et dit encore :

– Je t'offre un dîner, à Viazma! Nous avons bien mérité ça!

Klim grimpe à son côté, sur le siège. Il voudrait se

réjouir lui aussi, mais un poids encombre sa poitrine. Tout au long du trajet, il ne cesse de penser au vieux moine, dont le regard pâle avait une telle candeur. À la barrière, les gendarmes laissent passer la charrette sans l'inspecter.

– Et voilà! dit Kouvalo. Nous sommes redevenus des citoyens respectables!

– Tu veux toujours repartir dans deux heures? demande Klim.

– Pourquoi? Nous ne sommes plus pressés maintenant!

L'auberge que Kouvalo a choisie pour y passer la nuit est située en dehors de Viazma, à l'écart de la grande route, ce qui fait que peu de gens s'y arrêtent. Mais il connaît le patron, un petit homme rabougri, à la calvitie luisante, et semble en affaire avec lui.

Après le repas, composé d'une soupe aux choux et de tranches d'esturgeon frit, les deux compères s'installent côte à côte, pour discuter, devant une bouteille de liqueur de cassis. Ils ne s'occupent pas de Klim, qui, assis sur le même banc, regarde avec ennui une grosse mouche tournoyer autour de la lampe à huile. Mille petites ailes brûlées, mille corselets infimes sont collés au verre. Plus loin, dans la pénombre, on devine une icône, la panse luisante d'un samovar et, dans un cadre, un « Règlement » surmonté de l'aigle bicéphale. La salle est vide; un chien aboie dans la nuit; et Kouvalo inscrit des chiffres dans un calepin. Puis il tire les billets de banque de sa poche et les compte. Des billets de deux roubles, des billets de cinq roubles. De sa vie, Klim n'a vu autant d'argent. Les doigts de Kouvalo palpent allégrement les coupures aux couleurs salies. Il en fait deux parts, les contemple en inclinant la tête, et pousse une liasse vers le patron de l'auberge.

– Bon, dit celui-ci en se levant, je vais tout de suite chez Grichka. Demain matin, tu auras la marchandise.

– Quelle marchandise? demande Klim quand le patron de l'auberge s'est éclipsé.

– Tu penses bien que je ne vais pas repartir à vide! dit Kouvalo. Qu'est-ce qu'on vend, à Viazma? Du pain d'épice! Alors, voilà, j'achète ici du pain d'épice pour le revendre à Moscou. Seulement je ne prends pas le meilleur pain d'épice. Cela, n'importe quel imbécile le ferait! Je prends du pain d'épice un peu... un peu moisi... Avec un léger goût, quoi!... Bien des gens ne font pas la différence. C'est pour ceux-là que je travaille!

Il vide un verre de liqueur et ajoute, penché vers Klim :

– Il ne faut jamais que l'argent dorme. Dès que tu en as, tu le mets en mouvement. D'une affaire dans l'autre. C'est ça, le secret de la réussite... Sais-tu comment j'ai débuté? J'étais un moujik, un serf, comme toi. J'ai demandé à mon maître la permission d'exercer le métier de roulier, moyennant une redevance. Pour la redevance, il m'a sonné dur. Deux cent cinquante roubles par an. Mais j'ai tenu le coup. Au début, tout ce que je gagnais passait dans sa poche. Puis j'ai mis de l'argent de côté. Et, quand il est mort, j'ai racheté ma liberté à son fils, pour pas cher, en me prétendant malade!

Il rit, les yeux plissés, et Klim contemple avec crainte ce monument de ruse, de force et de satisfaction.

– Qu'en dis-tu? demande Kouvalo.

– Tu es très habile, murmure Klim. Mais il a fallu que tu mentes beaucoup...

– On ne peut pas s'en sortir autrement! Ou tu mens et tu te pousses au premier rang, ou tu dis la vérité et on t'écrase! Par exemple, aujourd'hui, j'ai menti à droite, à gauche, et sais-tu quel est mon bénéfice? Cinquante-sept roubles soixante-cinq kopecks. Avec le coup du pain d'épice, je doublerai ma mise!... Ah! l'argent, l'argent, l'argent!... Tout est à vendre, tout est à acheter!... Cette maison, cette bouteille, toi, moi, les gendarmes!... Mais il faut connaître les tarifs!... Tous les tarifs!...

Emporté par son éloquence, Kouvalo cite des chiffres. Tout ensemble émerveillé et effrayé, Klim perd pied sous cette cataracte financière. À Znamenskoïé, quand il regardait autour de lui, il voyait un pré, une vache, une fille. Ici, depuis qu'il a rencontré Kouvalo, derrière chaque objet, derrière chaque être, il voit un prix en roubles. Comme dans la grande épicerie de Smolensk, où il y a des étiquettes sur chaque article.

– Je n'arriverai jamais à être comme toi, Kouvalo.

– Mais si, mais si! Tu es jeune! Tu n'es pas bête! La vie de Moscou te formera!...

Kouvalo boit encore deux verres de liqueur de cassis, en offre un à Klim et annonce qu'il est temps de dormir. Ils s'enveloppent dans leurs touloupes et se couchent sur le banc. Leurs pieds se touchent, semelle contre semelle, et leurs têtes sont à l'opposé l'une de l'autre. La lampe éteinte exhale une odeur d'huile chaude. Dans les ténèbres, une porte bat en grinçant. De l'écurie proche, arrive un léger tintement de chaînes. Des chevaux bottent contre le mur. Klim pense au moine barbichu et maigre. Ne s'est-il pas fait attraper par son supérieur pour avoir acheté du gibier pourri? « Pardonne-nous, Dieu tout-puissant, marmonne Klim. Pardonne-nous ça et le reste! »

Le patron revient, se glisse à tâtons, dans l'ombre, vers le banc, et chuchote :

– Tu es là, Kouvalo?

– Oui.

– C'est arrangé, pour le pain d'épice! Cinq kopecks au lieu de sept, ça te va?

– Ça me va, dit Kouvalo.

Et, dès que le patron est reparti, il se met à ronfler. Sa respiration sifflante prend possession de la nuit. Klim s'endort, peu après.

5

KOUVALO tend son fouet vers l'horizon et proclame avec emphase :

– Moscou aux pierres blanches! Moscou aux quarante fois quarante églises! Moscou notre petite mère!

Klim voudrait déjà être dans la ville. Mais le mirage recule à proportion que les chevaux avancent, fourbus, sous la petite pluie fine. Tout est mouillé, le ciel, la terre, les courroies des harnais. Le crépuscule fond en poussière d'eau, en reflets gris et bleus. Les sabots claquent dans la vase et s'en détachent avec un bruit de succion. Bientôt la charrette se trouve prise dans un flot de véhicules disparates qui roulent vers le même point. Voitures de maîtres, *tarantass,* télègues, fourgons bâchés, fardiers chargés de pierres et de bois. Le gémissement des roues et les éclats de voix se mêlent en une rumeur continue. À chaque instant, Klim craint qu'un maladroit n'accroche le chariot de Kouvalo en le serrant de trop près.

Subitement, tout se fige. Les chevaux renâclent. Dans la bruine du soir, se dressent une guérite rayée et deux poteaux avec des lanternes. Des invalides en uniforme passent entre les attelages. Chaque conducteur, à tour de rôle, saute à bas de son siège et va montrer ses papiers au poste de garde. Les passeports de Kouvalo et de Klim sont en règle. Le chargement de pain d'épice ne soulève aucune objection.

Kouvalo reprend ses guides en main et les chevaux s'ébranlent. Klim tourne la tête à droite, à gauche, avec vivacité : tout ce qu'il voit l'étonne : les maisons hautes et serrées, les lanternes au bout de leur potence, la foule sur les trottoirs de bois, le bruit et le mouvement des équipages, les enseignes aux lourdes lettres dorées, les agents de police avec leurs hallebardes.

– Ils peuvent arrêter n'importe qui, à propos de n'importe quoi! affirme Kouvalo. Tu n'as qu'à bien te tenir, fiston!

– Et ça, qu'est-ce que c'est? demande Klim en désignant une énorme voiture noire à six roues, pleine d'hommes et de femmes entassés.

– Un chœur d'église, dit Kouvalo. On le transporte pour un mariage ou pour un enterrement.

Des tintements de grelots couvrent sa voix. Une calèche passe en trombe, tirée par deux chevaux bais. À l'intérieur, un gendarme raide, en capote grise, et un jeune homme, tête basse, les mains sur les genoux.

– T'as vu? dit encore Kouvalo. Sûrement on l'emmène en prison! Ou plus loin, en Sibérie!...

– Et ça? C'est... c'est un général, au moins! s'écrie Klim en tendant le bras vers une autre voiture.

– Des généraux, nous n'en manquons pas, à Moscou! Ça n'étonne plus personne! Mais je ne te conseille pas de les montrer du doigt! Rappelle-moi donc l'adresse où tu vas...

– Boulevard Nikitsky, dans l'Arbat. La maison du comte Moltchanoff.

Kouvalo hoche la tête avec importance :

– C'est un bon quartier. Pour habiter là, il ne faut pas avoir les poches percées!

Klim est fier de cette appréciation venant d'un homme qui connaît la ville.

– Mon jeune barine est un fonctionnaire... un haut

fonctionnaire, dit-il. Maintenant il travaille avec le gouverneur civil de Moscou.

Kouvalo clappe et se tait.

À mesure que la charrette progresse vers le centre de la ville, les rues paraissent plus propres et mieux éclairées, les maisons plus belles, les équipages plus rapides et plus élégants. Une cloche sonne, et d'autres lui répondent. La pluie redouble de violence. Les passants se réfugient sous les porches. Des parapluies s'ouvrent, çà et là, et rampent le long des murs. Klim s'amuse de ces tortues noires qui se suivent à la queue leu leu. Des reflets de lanternes tremblent dans les flaques, sautent dans les carreaux des fenêtres.

Kouvalo arrête les chevaux devant une grande façade blanche, bordée par une grille en fer forgé. Sur la vitre embuée du fanal qui domine l'entrée, Klim lit un numéro et un nom, inscrits en noir : *Comte I. F. Moltchanoff.* Pas de doute, c'est bien ici! Le bartchouk habite un palais.

– Eh bien! Eh bien! grogne Kouvalo. C'est vraiment du premier choix! Il n'y a rien à dire!

L'émerveillement paralyse Klim. Sera-t-il digne de servir dans une si belle demeure? Kouvalo le pousse du coude :

– Qu'attends-tu, fiston? Descends, prends ton baluchon et ôte ton chapeau. Un domestique doit pénétrer tête nue dans la cour de son maître. C'est la coutume, à Moscou! Bonne chance! Si tu as besoin de moi, tu me trouveras un samedi sur deux au marché Soukhareff. Et n'oublie pas : un rouble pour le voyage, plus vingt kopecks pour la nuit à Viazma!

Klim lui donne un rouble vingt kopecks, le remercie de ses conseils, saute à terre, retire son bonnet et s'avance, le cœur battant, vers la grille ouverte sur la rue.

Un portier rogue lui barre le passage :

– Où vas-tu?

– Je suis attendu par mon barine, Vissarion Vassiliévitch Variaguine.

– Il n'habite pas ici.

– Comment?

– Ici, c'est la maison du comte Moltchanoff.

– C'est bien chez lui que loge mon barine.

– Impossible! Le comte Moltchanoff n'héberge personne de ce nom. Mais je sais qu'il a des locataires dans les communs. Va voir là-bas. L'entrée est dans la ruelle, à droite.

Refoulé dans la nuit, Klim constate avec soulagement que la charrette est déjà repartie. Il lui eût été pénible d'être détrompé au sujet du bartchouk devant Kouvalo, le rieur. Vite, il longe la grille de fer forgé, tourne à droite, et découvre un grand bâtiment à la façade grise, mouillée de pluie, et percée de fenêtres toutes pareilles, où brillent de faibles lueurs de lampes. Un autre portier l'accueille, plus vieux et moins important que le premier, avec du coton dans les oreilles, un tablier sale sur le ventre et un canari apprivoisé sur l'épaule.

– Variaguine? dit-il. Oui. C'est au troisième. La porte 71, je crois. Le nom est dessus.

En montant l'escalier de bois, large et branlant, Klim se dit qu'il préférera, à coup sûr, ce logis modeste au palais du comte Moltchanoff.

Pas besoin de lire le numéro sur la porte : ce bruit de conversation, ces rires, la voix du bartchouk! Soulevé par la joie, Klim tire la sonnette. L'instant d'après, il est au paradis. Une chambre enfumée. Six jeunes gens autour d'une table. Des bouteilles, des assiettes sales. Et le bartchouk, en gilet rouge, qui s'écrie :

– Tu en as mis du temps à venir, espèce de soliveau! Messieurs, je vous présente mon factotum!

Ce mot de factotum, que Klim entend pour la première fois, l'enchante par sa consonance scientifique. Il sourit à la ronde et salue, en courbant l'échine, tous ces jeunes messieurs qui le regardent avec une curiosité bienveillante. Mais la pluie l'a trempé. Des gouttes tombent de ses vêtements sur le plancher nu. Bredouillant des excuses, il s'avance vers le bartchouk et tire de la poche de sa touloupe la précieuse enveloppe cachetée de cire rouge. Au lieu de lire la lettre, Vissarion la jette négligemment sur la table, parmi d'autres papiers.

– C'est une lettre de ton père, chuchote Klim.

– Je sais, je sais, dit Vissarion d'un ton désinvolte. Alors, Klim, comment ça va, à Znamenskoïé?

– Mal, Vissarion Vassiliévitch, très mal! Le choléra est passé sur nous comme un râteau! Que de morts, que de pauvres morts!...

– Oui, oui, c'est terrible! soupire Vissarion.

Son affliction paraît si sincère, que Klim croit utile d'insister :

– Vingt-trois en tout! Karp..., le petit Dimka... Tu te souviens de Dimka, le kazatchok?...

– Évidemment!...

Le genou gauche de Vissarion se met à tiquer, tandis que sa jambe droite reste raide. Klim hésite un instant : il est difficile de savoir ce qu'il faut dire et ne pas dire à un jeune maître qu'on n'a pas vu depuis longtemps. Enfin il marmonne :

– Et puis, bien sûr, il y a eu ma femme et ma fille...

Vissarion, le regard lointain, ne semble pas avoir compris.

– Xénia et Matriona, précise Klim.

– Mais maintenant, il n'y a plus aucun danger, n'est-ce pas? demande Vissarion.

– Plus aucun...

– Tant mieux, tant mieux...

– Seulement le pauvre barine est encore dans l'embarras!

– Il l'a toujours été! s'exclame Vissarion en riant.

Klim se dit que, probablement, le bartchouk répugne à parler de choses tristes devant ses invités. Pourquoi ces messieurs s'intéresseraient-ils aux histoires de Znamenskoïé? On attendra leur départ pour raconter tout. Déjà le bartchouk pousse Klim par les épaules vers la cuisine :

– Installe-toi là! Je t'appellerai!

La cuisine est petite, grise, humide. Le vent siffle à travers les fentes de la fenêtre. Il y a une paillasse, par terre, contre le fourneau. « C'est un bon coin pour dormir », décrète Klim. Mais que d'assiettes et de verres sales empilés sur la chaise, la table, le carrelage! La vaisselle n'a pas dû être faite depuis des semaines. Klim se débarrasse de sa touloupe, retrousse ses manches, verse de l'eau d'une seille dans un baquet, et se met à l'ouvrage. Par la porte restée entrebâillée, il entend les messieurs qui discutent. Ils parlent d'une actrice qui a manqué son entrée en scène, et ils rient, d'un camarade qui s'est marié, et ils rient encore, d'un cheval qui a quelque chance de gagner une course, et ils deviennent sérieux, d'un ministre qui n'a plus l'oreille de l'empereur, et ils recommencent à rire. « C'est bien! pense Klim. Ils sont gais! »

– Klim! Apporte-nous du cognac. Tu en trouveras une bouteille dans le renfoncement, sous la fenêtre!

Klim se précipite, découvre la bouteille de cognac, dispose des verres propres sur un plateau, et se présente, rayonnant et indispensable, à l'assemblée qui ne paraît guère surprise de sa dextérité. Le bartchouk sert à boire largement. La bouteille y passe. Un grand blond, qui s'appelle Constantin, propose d'aller tous ensemble chez une certaine Paracha. On met le projet aux voix. Adopté! Et on se cotise.

– Ne m'attends pas, Klim! crie le bartchouk.

Avant d'avoir pu comprendre ce qui se passait, Klim se retrouve seul dans un appartement qu'il ne connaît pas. Il rit, en hochant la tête, et marmonne :

– Ah! ce bartchouk, ce bartchouk! Vif comme une étincelle!...

Et il décide d'inspecter les lieux. La visite est vite

terminée. Une pièce servant de salle à manger, avec un canapé au cuir craquelé, six chaises de paille, une guitare dans un coin et une table ronde en acajou ; à côté, une chambre à coucher, avec un lit, une barbière, un coffre, une cuvette et un broc. C'est évidemment moins spacieux et moins confortable qu'à Znamenskoïé. Mais, quoi! il faut bien que la maison du père soit plus belle que celle du fils! Ce qui gêne Klim, ce n'est pas l'exiguïté des pièces ni la pauvreté des meubles, mais la sensation d'être enfermé dans ce logis comme dans une boîte. L'air lui manque. Il ouvre une fenêtre, se penche, et un vertige le prend. À perte de vue, dans la nuit piquée de vagues lueurs, des maisons, des maisons, des maisons... Les murs se heurtent, les toits se chevauchent, les cheminées se déboîtent l'une de l'autre. Et, de cette immensité habitée, monte un grondement sourd et sombre. Est-il possible que tant de gens vivent là, entassés ?

Un vent glacé joue avec des papiers, sur la table. Klim referme la fenêtre, regagne la cuisine, s'allonge sur sa paillasse, près du fourneau, puis se relève, va retaper le lit du maître, déniche des bottes crottées, les cire avec amour, et, ne sachant plus à quoi s'employer, retourne se coucher et s'endort.

Au milieu de la nuit, les chevaux s'emballent, la charrette verse dans un fossé, et Klim, dressé parmi les débris de bois, voit le bartchouk, une bougie à la main, qui se balance au-dessus de son épaule. Levé d'un bond, il s'affaire. Le bartchouk ne rit plus. Il a même l'air malade. Sans doute a-t-il trop bu avec ses amis. Klim lui chauffe du thé, le déshabille, le couche.

Une fois au lit, le bartchouk consent à avaler quelques gorgées de thé et fait la grimace.

– Bois, bois encore, dit Klim. Après, tu te sentiras mieux.

– Qui t'a dit que je me sentais mal, imbécile ?

– Je vais te laisser...

– Non, reste. Je n'ai pas sommeil. Alors, qu'est-ce que tu racontes de beau?

– De beau? Pas grand-chose! Au pays, c'est le deuil! Tant de braves gens sont partis en nous recommandant de vivre longtemps à leur place! Tu les regardes, ils te sourient et, le lendemain, ils sont dans la terre humide! Karp, Dimka, Loukéria...

– Oui, oui...

– Que veux-tu? Ce n'est pas à nous, pauvres mortels, de discuter la volonté de Dieu!

– Non.

– Ah! tu trouveras bien du changement au village, quand tu y retourneras! Est-ce que tu comptes y aller pour Noël?

Vissarion ne répond pas, roule sa tête sur l'oreiller, ferme les yeux, gonfle les lèvres; et sa respiration s'égalise. Debout à côté de lui, Klim se retient de bouger, par crainte que le plancher ne craque. Peut-être faudrait-il souffler la bougie? La veilleuse de l'icône suffirait à l'éclairer pour sortir de la chambre. Au fait, où est-elle? Il regarde autour de lui. Pas de veilleuse! Pas d'icône! Une chambre sans icône, on n'a jamais vu ça de mémoire d'orthodoxe! En acheter une, dès demain! Il demandera l'argent au bartchouk en lui expliquant que c'est nécessaire, qu'autrement il n'y aura pas de réussite dans leur vie. Des minutes passent. Les jambes de Klim s'engourdissent. Enfin, le bartchouk semble profondément endormi. Comme il a un visage calme et intelligent quand ses paupières sont closes! Il n'a pas ouvert la lettre de son père, qui est restée, avec ses cachets de cire rouge, sur la table.

Klim attend encore un peu, puis éteint la bougie, retourne à l'aveuglette dans la cuisine, se laisse tomber sur sa paillasse, et se recroqueville, les genoux au ventre, la tête dans le coude. Une immense tristesse le saisit. Il pense qu'il est loin de son village, qu'à la légèreté des feuillages succède maintenant, pour lui, le poids des pierres, qu'il ne s'habituera jamais... Et il se rendort, avec un goût de larmes dans la bouche.

Quand il rouvre les yeux, l'obscurité est un peu moins épaisse. Tout à coup, au loin, retentit le chant étranglé d'un coq. Un coq, à Moscou? Klim s'assied sur son séant. N'est-ce pas son rêve qui continue? Il court à la fenêtre et l'ouvre toute grande. Dans la pénombre brumeuse, le coq recommence. D'autres lui répondent. De cour en cour, à travers la ville. Alors un bonheur aigu pénètre Klim. Il s'agenouille et regrette qu'il n'y ait pas une icône devant laquelle se signer.

6

« JE NE SAIS s'il plaira à Dieu de me faire encore voyager, mais je suis sûr que je n'oublierai jamais comment je suis venu de Smolensk à Moscou. Une bonne route, à travers un beau pays, avec un joyeux compagnon – que faut-il de plus à l'homme? Le bartchouk m'a dit, lui aussi, que les véritables amateurs préfèrent le gibier faisandé. Ça fait que Kouvalo n'a pas tellement menti au moine. Peut-être même que, grâce à lui, les pèlerins se sont régalés. Ici, en tout cas, nous ne mangeons pas de gibier. Il est trop cher! Je crois que le bartchouk ne gagne pas beaucoup au gouvernement civil. Il y va un peu le matin, un peu l'après-midi. Il dit que c'est une place de tout repos. Il est content. Seulement j'ai du mal à m'en sortir avec ce qu'il me donne. Je ne peux tout de même pas le nourrir chaque jour de choux aigres et de bouillie de sarrasin! Hier, il m'a dit : "Tu veux m'empoisonner avec tes choux aigres?" Alors, aujourd'hui, je lui ai fait des croquettes de volaille. Demain, je reviendrai aux choux aigres. Vraiment, pour quelqu'un qui arrive de Smolensk, la nourriture, à Moscou, est hors de prix. Une livre de sucre vaut, ici, vingt-trois kopecks en argent, un *poud* [1] de farine, trente-

1. Un *poud* représente 16,38 kg.

six kopecks assignats, un poud de viande, six roubles, les œufs, dix kopecks la douzaine. La vodka même est inabordable : un rouble treize kopecks le seau [1]. La seule chose sur laquelle le bartchouk refuse de faire des économies, c'est la vodka. Nous manquerions plutôt de pain que d'alcool. C'est normal : nous avons tant d'amis! Ils viennent presque chaque jour, à quatre ou cinq. Celui que je préfère, c'est Constantin Grigoriévitch Loujanoff. Il ne fait que rire et taper sur l'épaule des gens en les traitant d'"honorables pourceaux", par amitié. Le bartchouk a passé son été dans la propriété des parents de Constantin Grigoriévitch Loujanoff, à Boïarskoïé, aux environs de Moscou, pendant que nous avions le choléra à Znamenskoïé. Il dit que c'est cent fois plus grand et plus beau que chez nous. Je ne peux pas le croire. Stépan Alexandrovitch Plastounoff, lui, a toujours l'air malade. Il ne vient jamais en même temps que les autres. Il est très bizarre avec moi. Les autres ne me posent jamais de questions : un mot en passant, c'est tout. Lui, il ne peut me voir sans me demander : "Alors, tu te plais à Moscou?" Ou bien : "Et ton village, tu ne le regrettes pas?" Et il me regarde avec des yeux qui me percent l'âme. J'ai aussi fait la connaissance du portier, Trophime, qui élève des serins dans sa chambre. Parfois il sort à votre rencontre, avec un canari posé dans sa barbe. Il m'a indiqué ce qu'il y avait à voir à Moscou. Chaque fois que j'ai des loisirs, je vais me promener en ville. J'ai déjà admiré le Kremlin, avec ses palais et ses églises, la place Rouge, la cathédrale Saint-Basile, le couvent Novo-Dévitchi, la chapelle de la Vierge d'Ibérie... Quelle belle ville! Et comme on est fier d'être russe, quand on marche dans ses rues!

Je lis deux fois plus qu'à Znamenskoïé. Et pas seulement des gazettes. Toutes sortes de livres, que je prends dans la chambre du bartchouk. *Le Démon,* de Lermontoff,

1. Un seau *(védro)* représente 12,298 litres.

m'a beaucoup plu. Et les passages choisis de Verbitzky, où il y a de si nobles pensées et de si doux conseils. Je me suis mis aussi à écrire des vers, comme faisaient Platon et Karp, au village. C'est amusant. On assemble des mots et on les fait tinter à la fin de chaque ligne. Mais les vers que faisaient Platon et Karp étaient drôles. Les miens ne le sont pas. Plus ça va, plus je pense à Znamenskoïé. Parmi tous ceux que le choléra a emportés, c'est Dimka, le kazatchok, qui me revient le plus souvent. Peut-être parce que j'ai été kazatchok, moi aussi, dans mon enfance, après la mort de la barynia. Je me revois, couché par terre, en chien de fusil, sur le seuil de Vassili Pétrovitch, avec une ficelle au poignet. Le bartchouk, lui, dormait dans la chambre d'enfant, avec sa nounou, Akoulina. Quelquefois, il se levait sans la réveiller et se faufilait dans le couloir. Tout à coup je sentais qu'on me tordait le nez, ou qu'on m'enfonçait un tampon d'étoffe dans la bouche. Je me dressais en sursaut, reconnaissais le bartchouk et pouffais de rire, pendant qu'il dansait, en chemise de nuit, devant moi. Il répétait d'une voix caverneuse : "Je suis le fantôme de Napoléon." Puis il rentrait dans sa chambre. Et je me rendormais. Une nuit, il m'a réveillé en me glissant une limace dans le cou. C'était froid et gluant. J'ai poussé un cri. Le bartchouk s'est enfui. Le barine a tiré sur la ficelle. Je lui ai dit, pour m'excuser, que j'avais fait un cauchemar. Il était furieux et m'a tapé sur la tête avec sa pantoufle, longtemps et fort.

Toujours le bartchouk avait des idées extraordinaires. Je me rappelle encore le chat, Mourlyka, blanc et roux, que nous aimions bien. Il lui avait enfoncé les quatre pattes dans de petits pots de bois que le cuisinier réservait pour la crème. Les petits pots avaient juste la dimension des pattes et, de plus, nous avions versé de la colle, au fond. Quand le chat a été ainsi chaussé, le bartchouk m'a ordonné de le monter, par une échelle, sur le toit de la maison. Le chat essaie de se retenir sur la pente, et il glisse, et il miaule, et il saute de côté, et il dérape, maladroit et bête sur ses semelles de bois, et il saute encore, et nous, en bas, nous rions, nous rions!... Enfin il est tombé et s'est cassé une patte. Prokopytch l'a abattu, parce qu'un chat qui boite, ce n'est agréable à voir pour personne.

Et l'histoire de Poustychka, la chienne du bartchouk! Le palefrenier avait noyé ses petits, devant elle, enfermés dans un sac. Alors le bartchouk a eu l'idée de se procurer exactement le même sac, à la cuisine, de le bourrer de liège et de paille, et de le jeter dans la rivière, après avoir attaché la chienne au bord, à un piquet. Elle tire sur la corde, elle s'étrangle, elle pleure en regardant le paquet qui s'en va au fil de l'eau. Quand elle s'est bien tortillée, on la détache. Quelle détente! Elle s'élance, plonge, nage, saisit le sac dans sa gueule, remonte, toute fière, sur la berge, déchire la toile avec ses dents, s'étonne, flaire autour et s'éloigne, tête basse. Dix fois nous avons recommencé. Dix fois elle a sauté à l'eau. Elle n'en pouvait plus, elle tremblait, elle haletait, elle gémissait. La onzième fois elle a suivi des yeux le sac emporté par le courant et n'a plus bougé! Le bartchouk a dit : "Tu en as mis un temps à comprendre, idiote!" »

« Dimanche dernier, je suis allé voir un train, à la gare Nicolas, d'où les voyageurs partent pour Saint-Pétersbourg. Quelle invention diabolique! Cette machine qui court parce qu'elle a du feu dans le ventre inquiète beaucoup de gens. Certains, dans le peuple, chuchotent que la fin du monde est proche, parce qu'il est dit, dans l'Écriture sainte, que, juste avant la fin, on verra des chars de feu. Le métropolite Philarète aurait même refusé de bénir les rails. J'en ai parlé au bartchouk, qui m'a répondu, en riant, que c'étaient des "racontars idiots". Dans tous les pays du monde, il y a, paraît-il, des chemins de fer. Volodka, le valet du professeur de violon, qui habite au même étage que nous, raconte qu'il a été à Paris, l'année précédente, avec son maître, et que, là-bas, on ne trouve pas de serfs, que chacun est libre d'aller où il veut, et que beaucoup de domestiques savent lire et écrire. Je lui ai demandé si les gens étaient plus heureux qu'en Russie, et il n'a pas su me répondre. Je n'aimerais pas vivre à l'étranger. Tout doit y être froid et catholique. Le professeur de violon donne des leçons en ville. Mais souvent il joue pour lui-même. Je l'entends à travers le mur.

J'ai acheté une icône pour le bartchouk. Elle représente la Vierge d'Ibérie. Je l'ai eue pour pas cher, au marché Soukhareff. "Dire que c'est sans doute une icône volée! s'est écrié le bartchouk. Ne sais-tu pas que la moitié des choses achetées au marché Soukhareff sont de provenance douteuse?" Il riait, et j'en avais froid dans le dos. Peut-être une icône volée se retourne-t-elle contre son acheteur, même s'il est de bonne foi? Il la prie, et elle ne l'entend pas, toute pleine de colère. Dans le doute, je me suis rendu à la chapelle de la Vierge d'Ibérie et j'ai demandé à un prêtre de bénir l'image. Il l'a fait sans rien exiger en échange. Maintenant, je suis tranquille. L'icône se plaît chez nous, dans la grande pièce. J'ai également acheté une veilleuse en verre rouge, avec trois chaînettes d'argent pour la suspension. Mais le bartchouk ne se signe pas en entrant. Il dit que le signe de croix arrête le progrès.

Qu'un jeune seigneur proclame des idées aussi hardies, cela ne m'étonne pas. Mais qu'un domestique, un serf quelconque, n'ait aucune religion, c'est incroyable! Rodion, le valet de chambre des Bytchkoff, qui occupent tout le premier étage de la maison, ne porte pas sa croix de baptême. Ses maîtres sont très riches. D'après ce que je sais, ils ont une fabrique de cierges, près de Toula. Ils reçoivent toutes leurs provisions de la campagne. Parfois, au petit jour, des télègues arrivent dans la cour, et les domestiques des Bytchkoff sortent, emmitouflés et à moitié endormis, pour décharger la marchandise : sacs de champignons secs, tonneaux de beurre salé, volailles gelées, farine, graisse... C'est qu'il en faut pour nourrir la maisonnée : ils sont trois maîtres et neuf domestiques. En plus, il y a les invités. Les Bytchkoff reçoivent beaucoup! Mais je n'envie pas Rodion. Je le lui ai dit. Et il m'a traité de saule pleureur.

Un jour, il est venu chez nous, pendant que le bartchouk était à son travail. Il a inspecté nos deux pièces et notre cuisine d'un air dédaigneux, m'a demandé où mon barine rangeait ses costumes et, quand je lui ai indiqué notre unique armoire, m'a dit que son barine à lui en avait six comme ça, dont une seulement pour les chaussures. Il m'a dit aussi que, chez eux, c'était un intendant qui tenait les comptes, et s'est mis à sourire lorsque je lui ai affirmé que, chez nous, l'intendant, c'était moi. Pour le convaincre, je lui ai montré, dans le tiroir de la table de la cuisine, le carnet où j'inscris tous mes achats et la petite boîte en fer où je conserve l'argent que Vissarion Vassiliévitch me donne pour le ménage. "Combien as-tu, là-dedans? m'a-t-il demandé. – Vingt-sept roubles!" ai-je répondu. Il a éclaté de rire et m'a dit que leur intendant à eux dépensait la même somme chaque jour, rien que pour les pourboires. Là, je ne l'ai pas cru et me suis fâché! Pour me calmer, il a reconnu que le luxe n'est pas tout dans la vie et m'a offert de fumer une pipe avec lui. Je n'avais jamais fumé et je n'avais pas de pipe. J'ai pris celle du bartchouk. L'odeur du tabac m'a soulevé le cœur. Mais j'ai tenu bon, aspirant et soufflant, devant Rodion qui faisait de même. Assis l'un en face de l'autre, les jambes croisées, nous avions l'air de deux barines qui prennent du bon temps. Après le départ de Rodion, j'ai aéré la pièce et rangé la pipe. Je ne pense pas que je recommencerai. Le bartchouk ne s'est aperçu de rien.

Je le trouve plus soucieux depuis quelque temps.

D'après ce que j'ai compris par les conversations de ses amis, il a une affaire de cœur. L'élue, comme on écrit dans les poésies, serait une actrice, une nommée Hélène. "Belle comme le jour et bête comme ses pieds", prétend Constantin Grigoriévitch Loujanoff. Mais Constantin Grigoriévitch exagère toujours pour faire rire. Le bartchouk ne pourrait pas s'intéresser à une femme bête. Avant de la voir, il passe une heure à s'arranger devant la glace. Il me demande si son pantalon tombe bien et change trois fois de cravate. S'il y a le moindre grain de poussière sur son épaule, je le brosse de la tête aux pieds. Est-ce qu'il aime autant cette Hélène qu'il a aimé Xénia?

Les fêtes approchent. La neige recouvre tout. Mais la blancheur de la ville n'est pas celle de la campagne. À Moscou, les hommes salissent vite les abords de leurs maisons. Je chauffe fortement les poêles sans parvenir à chasser l'humidité. Un moment, j'ai pensé que nous irions à Znamenskoïé pour Noël. Mais le bartchouk a dit non. Évidemment c'est l'actrice Hélène qui le retient. Tandis que j'écris ces lignes, il doit être encore avec elle.

Neuf heures du soir. Il fait froid. La neige tombe derrière les vitres noires. Depuis que j'ai posé les doubles fenêtres, je n'entends plus les bruits de la rue, je n'entends plus le chant des coqs. Si j'osais, je fumerais encore la pipe du bartchouk. Non! J'ai trouvé une bonne cachette pour le cahier : entre deux bûches, dans le coffre à bois. Personne n'y va jamais. C'est là aussi que je conserve mon trésor : le livre de Pouchkine, cadeau de mon vénéré Vassili Pétrovitch. Ah! le bon temps de Znamenskoïé!

Une fois, je m'en souviens tout à coup – j'avais dix ans – le bartchouk m'a fait confectionner un pistolet avec un os creux pour le canon et un bout de bois pour la crosse. Sur son ordre, j'ai versé de la poudre dedans et j'ai approché une brindille allumée d'un petit trou aménagé sur le côté. L'os a volé en morceaux. Un éclat m'a blessé à la joue, juste sous l'œil droit. Le bartchouk a pris peur et s'est enfui. Moi, je me suis caché dans la remise et j'ai appliqué de la mousse sur ma blessure pour étancher le sang. Le lendemain, j'ai menti au barine en lui disant que j'étais tombé d'un arbre. La marque m'est restée. Encore maintenant, j'ai une trace noirâtre sous l'œil.

Je ne veux pas m'endormir tant qu'il n'est pas rentré. Dès qu'on marche sur le palier, je crois que c'est lui. J'additionne les heures, je regarde mes mains sur la table.

Dans trois jours, Noël. Ça fera quatre mois que Xénia et Matriona sont mortes. Le bartchouk n'a-t-il pas oublié d'écrire une lettre à son père, pour les fêtes? »

7

LA LETTRE est là, depuis plus d'une semaine, étalée sur la table parmi d'autres papiers, non point franchement ouverte, mais comme entrebâillée, se soulevant autour de ses plis nets, tirant l'œil par le peu d'écriture qu'elle montre. Klim tourne autour d'elle et n'ose en approcher. Enfin, n'y tenant plus, il la saisit et la regarde en face. Dès les premières lignes, c'est tout Znamenskoïé qui lui saute au visage. Il lit et croit entendre la voix du barine :

Mon cher fils,

La brièveté de ta dernière lettre me laisse à penser que tu es débordé de travail, au bureau. Bravo pour ce zèle soudain! Mais j'ai beaucoup regretté que tu n'aies pas jugé utile de passer les fêtes de Noël à Znamenskoïé. Tu aurais compris combien la situation est devenue difficile pour moi dans ce domaine dont les revenus sont de plus en plus incertains. Je vieillis, mon fils, et je constate que les moujiks, dès que je ne suis plus sur leur dos, s'endorment. Peut-être ai-je eu tort de renoncer à avoir un intendant! Je n'ai plus la santé de courir à droite, à gauche, de crier, de commander... Les serfs s'en aperçoivent et leur paresse crasse reprend le dessus. Lorsqu'il ne s'agit plus du lopin qu'ils cultivent pour leur propre compte mais des terres de leur maître, ils travaillent avec une lenteur exaspérante. Et pourtant, j'ai diminué la barschina [1]. *Sans doute est-ce encore trop à leur gré! Je suis fatigué de leur esprit obtus et de leur mauvaise volonté systématique. Plus tu leur expliques où est leur intérêt, et moins ils te comprennent...*

Klim s'arrête de lire, saisi d'indignation contre ses frères, qui, malgré tout ce qu'ils doivent au barine, ne savent que l'inquiéter et le décevoir. Certes, on est en hiver et les travaux des champs sont interrompus, mais il y a tant à faire pour des hommes courageux, au village!

... L'isba de Volkoff a brûlé, le mois dernier. Un jeune taureau s'est échappé de l'étable et a défoncé la barrière, près de l'étang. Macha a mis au monde des jumeaux : deux garçons...

Klim respire l'air du pays natal. Et soudain :

... Pour moi, cette année 1858 a mal commencé. J'ai eu des crampes, deux nuits de suite, plus violentes que d'habitude, à un tel point que j'ai regretté de t'avoir envoyé Klim. Comment se comporte-t-il à Moscou, celui-là? J'espère que l'air de la ville ne lui a pas tourné la tête. C'est un bon garçon, mais il est très naïf. Tiens-le bien en main et, au besoin, serre-lui la vis...

Les yeux de Klim se mouillent de larmes. Il ne voit plus que son nom, tracé de la main du barine, sur le papier : le barine, malgré la distance, ne l'a pas oublié, le barine parle de lui à son fils. Quel bonheur! La suite est écrite dans une langue étrangère. En français, sans

1. *Barschina,* prestation de service, connue en Occident sous le nom de corvée. Le paysan serf était tenu de travailler plusieurs jours par semaine sur le domaine exploité directement par le propriétaire. Le reste du temps, il pouvait s'occuper de son *nadel,* parcelle de terre ne lui appartenant pas en propre, mais laissée à son usage.

doute. Klim relit dix fois les dernières lignes écrites en russe, et, dix fois, une vague de joie le submerge.

Un pas se rapproche. Le bartchouk. Déjà? Vite, Klim replace la lettre sur la table, empoigne un torchon et feint d'essuyer les meubles.

– Ah! Klim, je reçois, ce soir.

– Combien de personnes? demande Klim.

– Cinq ou six, dit Vissarion.

Klim en déduit que Stiopa Plastounoff ne sera pas du nombre. Celui-là, Vissarion Vassiliévitch le voit toujours en tête à tête. Ils ont ensemble de longues conversations incompréhensibles au sujet de la terre russe et de la liberté française. Si avec Constantin Loujanoff et Boris Nélinsky le bartchouk s'anime, rayonne, fait le fou, avec Stiopa Plastounoff il se renferme dans une gravité professorale. Il évite même de rudoyer Klim devant ce visiteur à l'œil critique. Ses ordres les plus simples sonnent faux parce qu'il adoucit sa voix pour les prononcer. En vérité, Klim préfère le bartchouk des grandes réunions amicales, qui lui crie de bonnes injures et le bouscule en riant.

– Tu entends, espèce de buse? Tu achèteras quelques petites choses...

– Quel genre de petites choses? demande Klim en débarrassant Vissarion de son pardessus et de ses bottes.

– Tu sais bien, comme d'habitude! Harengs, concombres, petits pâtés à la viande, champignons marinés... Reste-t-il assez de vodka?

– Plus une goutte!

– Prends-en deux bouteilles. Et du cognac!

Klim évalue rapidement la dépense et va dans la cuisine pour chercher de l'argent.

– On pourrait peut-être se passer de cognac, dit-il en ouvrant le tiroir de la table.

– Non! crie Vissarion. Ne sois pas ladre à ce point! Je me serrerai la ceinture demain, s'il le faut!

Klim soupire, hoche la tête, soulève le couvercle de

la boîte en fer et demeure stupéfait. La boîte est vide. Dix-huit roubles vingt-cinq kopecks ont disparu. Ce qui restait pour vivre jusqu'à la fin du mois. Sans doute est-ce le bartchouk qui a tout empoché.

– Peux-tu me donner de l'argent, Vissarion Vassiliévitch? dit Klim en retournant auprès de son maître.

– Comment? s'écrie Vissarion. Tu n'en as plus?

– Eh non! Tu as pris ce qui restait dans la caisse.

– Qu'est-ce que tu racontes? Je n'ai rien pris du tout!

Cloué sur place, Klim sent monter en lui une angoisse froide.

– Alors... alors, je ne comprends pas, balbutie-t-il. J'avais dix-huit roubles vingt-cinq. Où sont-ils passés?

– Tu t'es embrouillé dans tes comptes, imbécile!

– Mais non! J'ai fait ma caisse, hier soir. Il me restait vingt-sept roubles de la semaine dernière; j'en ai dépensé huit soixante-quinze; c'est bien dix-huit vingt-cinq qui devraient être là!

– L'argent aurait donc fondu sans laisser de trace! dit Vissarion en plantant son regard dans les yeux de Klim. Ou bien quelqu'un l'aurait volé!

Brusquement, Klim comprend que son maître le soupçonne. Il se signe et chuchote :

– Je te jure... je te jure sur ma croix de baptême que ce n'est pas moi!

– Qui alors?

– Je ne sais pas! dit Klim.

Et il pense à Rodion, le valet des Bytchkoff. Ce visage lippu, insolent et roublard, ces favoris ébouriffés, ces prunelles jaunes fureteuses... Rodion a vu la cassette en fer. Il est même le seul à l'avoir vue...

– Réfléchis bien! dit Vissarion. Tu l'as peut-être perdu, cet argent...

– Un jour, murmure Klim, Rodion, le valet des Bytchkoff, est venu ici!

– Et tu l'as reçu?

– Oui.

Une veine se gonfle sur le front du bartchouk. Il s'empourpre et crie :

– Qui t'a permis? Comment as-tu osé? Sais-tu que tu mériterais...?

– J'ai eu tort, Vissarion Vassiliévitch. Mais c'est par bêtise, par simple bêtise, bredouille Klim. Il était là. Il posait des questions. Il se moquait de tout. Il a voulu savoir comment je tenais mes comptes, où je rangeais mon argent...

– Bûche, buse, soliveau! gronde le bartchouk en serrant les poings. Je ne sais ce qui me retient...

Cette avalanche d'injures roule aux oreilles de Klim et le soulage : venant des maîtres, toute colère exprimée comporte une promesse de pardon. Leurs silences sont graves, non leurs tempêtes.

– Je vais tirer cette affaire au clair, décide Vissarion.

Et il se précipite hors de l'appartement.

– Où vas-tu? demande Klim en courant derrière lui dans le couloir.

– Chez les Bytchkoff! répond Vissarion.

Klim le regarde s'enfoncer dans l'escalier, attend une minute, regagne la cuisine et, machinalement, rouvre la boîte en fer. Il n'y a pas de miracle : l'argent manque toujours. Que se passe-t-il au premier étage? À l'idée d'avoir, peut-être, accusé un innocent, Klim éprouve un remords si vif, qu'il voudrait reprendre ses paroles. Pourquoi le bartchouk reste-t-il si longtemps en bas? Une affaire pareille devrait se régler comme on retourne une crêpe. C'est oui ou non! Subitement, Klim tressaille. Le bartchouk, très pâle, est devant lui :

– Viens. On va vous confronter.

– Nous confronter? Pourquoi?

– Pas de questions! Suis-moi!

Klim lui emboîte le pas, avec un sentiment funèbre d'abandon.

Dans un vaste salon, tout en draperies grenat à pompons, se tiennent Ivan Kouzmitch Bytchkoff, son épouse et sa fille. Devant ce tribunal, Rodion, le front bas.

– Voici Klim, annonce Vissarion en s'adressant au valet de chambre. Tu vas répéter devant lui ce que tu viens de nous dire.

– Oui, dit Rodion en relevant la tête. J'ai rencontré Klim, un jour, sur le pas de sa porte. Nous avons bavardé un peu. Mais jamais il ne m'a parlé d'argent et jamais il ne m'a montré de cassette.

L'œil de Rodion est si clair, sa voix si ferme, que Klim, pendant une seconde, doute de ses propres souvenirs. Il sent les regards des maîtres fixés sur lui. Il voudrait se disculper. Mais son cerveau est vide. Comme la boîte en fer. Affolé, il murmure :

– Toi, alors... Comment oses-tu?... Rappelle-toi... Tu es entré... Nous avons causé... J'ai sorti la boîte...

Rodion, imperturbable, secoue la tête. Un sourire méprisant lui élargit la face entre les deux bandes pelucheuses de ses favoris.

– Ne te donne donc pas tant de peine, Klim, dit-il. Avoue. Ce sera plus simple!

Une fureur bouillonnante s'empare de Klim, et sa mâchoire se met à trembler.

– Avouer quoi? bégaye-t-il. Espèce de diable! Antéchrist!

– Combien de fois m'as-tu répété que ton barine n'était pas assez riche, que tu manquais de tout à la maison! L'occasion s'est présentée. Tu t'es servi. Et maintenant tu mets la faute sur moi. Ce n'est pas bien!

– C'est toi qui as volé! hurle Klim.

– Non, c'est toi! réplique Rodion.

Visiblement, les maîtres ne savent qui croire. Même le bartchouk semble ébranlé. Son regard scrute Klim avec une sévérité nouvelle. La fille d'Ivan Kouzmitch Bytchkoff, Eudoxie, blanche et potelée, soupire au bras de sa mère, Nastasia Grigoriévna, qui considère la scène, du haut de ses trois mentons, à travers un face-à-main.

– Nous n'en sortirons pas! dit Ivan Kouzmitch Bytchkoff. Il faut envoyer ces deux bougres au commissariat! Là-bas, on leur déliera la langue!

– Permettez, honoré Ivan Kouzmitch, dit Vissarion. Vous avez tout de même trouvé de l'argent dans la poche de Rodion!

– En effet! Quinze roubles. Mais ils sont à lui!

– Oui, oui! ils sont à moi, gémit Rodion. Je les ai amassés kopeck par kopeck!

– Tu mens! dit Klim. C'est ce qui te reste sur l'argent que tu as volé dans ma boîte!

– Prouve-le!

Klim arrondit les yeux et se tait.

– Prouve-le! répète Rodion. Tu vois, tu ne peux pas!

– Cette comédie a assez duré! tonne Ivan Kouzmitch Bytchkoff. Allez ouste, chez le commissaire! Tous les deux!

– Dans ma boîte en fer, dit Klim, il y avait un billet de cinq roubles qui était un peu déchiré, en haut et à gauche. Je l'ai recollé moi-même...

Il dit cela d'une voix humble, sans grand espoir. Son seul regret est que le bartchouk ne le croie pas. Pour le reste, il est résigné, ouvert, il accepte l'injustice comme une maladie inséparable de sa condition. Mais que se passe-t-il? Ivan Kouzmitch Bytchkoff et le bartchouk échangent un regard rapide. Nastasia Grigoriévna et sa fille s'agitent. Les épaules de Rodion se voûtent légèrement.

– Tiens, tiens! dit Ivan Kouzmitch Bytchkoff. Nous allons vérifier ça tout de suite!

Il se retourne, prend quelques billets chiffonnés sur un guéridon et les élève, l'un après l'autre, devant son nez. Entre son pouce et son index, apparaît une coupure de cinq roubles au coin déchiré et recollé de travers. Un bruit sourd retentit. Rodion s'est laissé tomber à genoux. Il bafouille :

– J'ai menti, barine! La nécessité m'a poussé, mauvaise conseillère! Faites paraître votre clémence! Je rembourserai tout!

La main charnue d'Ivan Kouzmitch Bytchkoff s'abat lourdement sur la joue du domestique. Rodion oscille de gauche à droite sous la violence du choc. Son visage devient gris. Il souffle :

– Oh! comme vous avez tapé!

– Ce n'est rien, ça! grogne Ivan Kouzmitch Bytchkoff. Tu verras avec quel soin on va te caresser les côtes, là-bas, à la police!...

Et, saisissant Rodion par le collet, il le relève brutalement. Rodion roule des yeux effarés et ses dents s'entrechoquent :

– Non, barine, non! Je vous en prie! Au nom du Christ!...

Klim, ému, détourne les regards. Maintenant qu'il n'a plus rien à craindre de Rodion, il plaint cet homme fourbe et veule, convaincu de mensonge et renié par son propre maître.

– C'est affreux! murmure Eudoxie en se penchant vers sa mère.

Le bartchouk, qui observe la jeune fille depuis un moment, fait un pas en avant et dit avec une expression énergique et douce :

– Laissons sa chance à ce misérable! Si vous le dénoncez à la police, on le jugera, on l'enfermera en prison, et ce sera à jamais un homme perdu. Renvoyez-le plutôt dans son village. Et chargez votre intendant de lui mener la vie dure!

Eudoxie remercie le bartchouk d'un regard chaleureux. Nastasia Grigoriévna elle-même paraît subjuguée par tant de mansuétude.

– Excellente idée! dit Ivan Kouzmitch Bytchkoff. Nous n'avons pas besoin du commissaire pour dresser notre monde! Dès demain, je mettrai ce gaillard en route avec des recommandations précises... très précises...

Il frotte ses mains à plat, l'une contre l'autre, comme

s'il roulait une baguette entre ses paumes. Puis, tourné vers Rodion, il aboie :

– Entends-tu, vermine? Grâce à la bonté de Vissarion Vassiliévitch, tu échapperas au cachot où tu aurais dû moisir pendant des années! Mais ne te réjouis pas trop tôt! Tu n'as pas fini d'entendre parler de moi! Et maintenant, hors de ma vue! À l'office! À l'office!...

Rodion recule, pas à pas, vers la porte, et Klim s'étonne que tant de peur, de désordre, de bassesse, puissent succéder à tant de morgue sur un visage humain. La voix d'Ivan Kouzmitch Bytchkoff le tire de ses pensées :

– Tu t'appelles Klim, n'est-ce pas?

– Oui, Votre Noblesse.

– Eh bien, Klim, reprends ton argent, mon bon! Il te manque combien?

Klim empoche les quinze roubles que lui tend Bytchkoff et dit :

– Trois roubles vingt-cinq, Votre Noblesse.

– Je vais compléter ça tout de suite...

– Ah! non, estimé Ivan Kouzmitch! s'écrie le bartchouk. Je vous en prie! Je n'accepterai jamais!...

– Mais pourquoi?

– Mais comme ça!

– Voilà qui me gêne, Vissarion Vassiliévitch!

– Qu'est-ce que trois roubles vingt-cinq à notre époque!

Klim regarde son maître avec surprise. Pourquoi le bartchouk veut-il renoncer à ces trois roubles vingt-cinq? Ils auraient suffi à payer les hors-d'œuvre, ce soir!

– À votre guise, cher voisin! dit Ivan Kouzmitch Bytchkoff. Mais alors je reste votre obligé!

– Pour si peu!...

Les hommes font assaut de politesse devant Nastasia Grigoriévna et Eudoxie qui sourient. Des bouteilles de liqueur et des verres de cristal à facettes apparaissent sur un plateau. Les messieurs se carrent dans leurs fauteuils.

On a oublié Klim. Au bout d'un moment, Vissarion lui fait signe de se retirer. Il part, sur un profond salut.

Revenu dans l'appartement du bartchouk, il s'affole. Que de temps perdu! Les invités ne vont pas tarder. Et rien n'est encore prêt pour les recevoir. Il dégringole l'escalier, se précipite chez l'épicier, chez le pâtissier, remonte avec des paquets de victuailles, dresse la table, fourgonne dans le poêle pour ranimer le feu qui étouffait sous la cendre. Cette activité fiévreuse l'empêche de réfléchir.

Le soir même, au souper, le bartchouk raconte à ses amis l'histoire de l'argent volé. Il le fait d'une manière tellement drôle, que Klim reconnaît à peine sa propre aventure et rit en l'écoutant, comme s'il s'agissait des malheurs d'un autre.

– Et voilà mon Klim qui prend une tête de navet cuit à l'eau! Je me dis : « Non! Il est trop balourd pour mentir!... Sûrement il s'est laissé voler, l'imbécile!... »

Autour de Klim, on s'esclaffe. Il est fier de retenir, à lui seul, toute l'attention des messieurs. Les invités restent jusqu'à deux heures du matin.

En aidant le bartchouk à se déshabiller et à se coucher, Klim demande :

– Alors, comme ça, Rodion sera renvoyé au village?

– Non, dit Vissarion. Son barine a changé d'avis : il va le donner comme soldat.

– Comme soldat?

– Oui.

– Pour vingt-cinq ans [1]?

– Oui.

Klim regagne sa cuisine, s'allonge sur sa paillasse,

1. Avant la loi du 1er janvier 1874, la durée du service militaire, en Russie, était de vingt-cinq ans pour ceux qui, désignés par tirage au sort, n'avaient pas les moyens de racheter leur billet ou de se faire remplacer. Un seigneur pouvait envoyer un serf au service militaire, pour vingt-cinq ans, par mesure disciplinaire, sans en référer à personne.

souffle sa bougie et s'abandonne au malaise qui, depuis des heures, tente de le circonvenir. Rodion paye cher. Trop cher. Vingt-cinq ans sous les drapeaux. De quoi tuer toute lumière dans un homme. Pour calmer ses scrupules, Klim se rappelle un certain Ivan Boulyguine, que le barine avait envoyé jadis comme recrue et qui est revenu au village, voici trois ans, tout fier, rougeaud et moustachu, dans son uniforme de tambour-major. Peut-être Rodion finira-t-il tambour-major, lui aussi? Klim prie la Vierge d'Ibérie d'intercéder auprès du haut commandement pour hâter l'avancement du valet des Bytchkoff.

8

LE JOUR se lève à peine, froid et brumeux. Alerté par Volodka, le valet du professeur de violon, Klim descend dans la cour et tombe sur un rassemblement de domestiques. Tous attendent la sortie de Rodion, que deux policiers en uniforme sont venus chercher pour le conduire au commissariat. De là il sera dirigé sur une caserne. Un murmure accueille son apparition dans l'encadrement de la porte.

On lui a déjà coupé les favoris et rasé le crâne. Au lieu de son bel habit de laquais à boutons de cuivre, il porte une vieille touloupe. Les femmes pleurent en le bénissant d'un signe de croix, les hommes essayent de lui remonter le moral en disant qu'à l'armée on mange bien et on boit sec. Chacun lui donne quelque chose pour le voyage : un peu d'argent, un mouchoir... Les deux policiers laissent faire et grognent, pour la forme : « Allons!... Plus vite que ça... Dégagez, dégagez!... »

Klim s'avance à son tour et tend cinquante kopecks. Rodion les empoche et lui lance un regard de bête prise au piège, qui voudrait mordre.

Les policiers l'emmènent. Après son départ, les domestiques commencent à se disperser. En passant près de Klim, ils détournent les yeux. Personne ne lui dit rien, mais il devine leur pensée. Brusquement, un homme d'une trentaine d'années, râblé, sanguin, à la mâchoire proéminente et aux prunelles glauques, se plante devant lui et le considère avec un tranquille mépris. C'est Kouzma, le barbier du comte Moltchanoff. Il est venu en voisin. Quelqu'un a dû lui raconter toute l'affaire. Il plisse les lèvres, bouge les joues rondement, comme s'il mastiquait, et crache aux pieds de Klim.

Les domestiques qui partaient se rassemblent en cercle autour des deux hommes. La fureur roule dans la tête de Klim. Un soleil de sang l'aveugle. Il saisit Kouzma à bras-le-corps et le soulève en lui cassant les reins. Un instant ils sont face à face, grinçant des dents et haletant. Leurs forces s'équilibrent. Puis Klim, d'une détente de tous ses muscles, jette son adversaire contre le mur. Le dos de Kouzma résonne sous le choc, telle une barrique vide. Il pousse un « ah! » enroué. Son visage blêmit et il laisse pendre la langue. Peu à peu, cependant, les couleurs lui reviennent. Il serre les poings. Il a sa réputation à défendre. On le dit capable de faire ployer les genoux à un bœuf. Klim se prépare à l'assaut. Une minute passe. Kouzma ne bouge pas. Un étrange sourire élargit sa figure. Il desserre les poings, hoche la tête et marmonne d'une voix entrecoupée :

– Tu es fort, Klim! Plus fort que moi, peut-être! Mais tu emploies mal ta force! Tu te mets du mauvais côté de la barrière. Quand on est fort, il faut aider les faibles. Et toi, qu'est-ce que tu fais? Tu aides les forts : ceux qui nous oppressent! Ceux qui boivent notre sueur! Tu dénonces un frère, tu le fais envoyer à l'armée...

– C'est un voleur!

– Voleur, pas voleur, laisse ces distinctions aux barines! Ce n'est pas à toi qu'il a pris l'argent!

– Je ne pouvais tout de même pas me laisser accuser à sa place, alors que je n'avais rien fait!

– Tu n'avais qu'à dire que tu les avais perdus, ces dix-huit roubles, espèce de salaud! Ton maître t'aurait rossé et c'est tout!

– Mais l'argent, l'argent! Qui l'aurait rendu? crie Klim.

– Personne.

– Ce n'est pas possible! C'est... c'est un dépôt sacré!...

– Rien de ce qui est à un barine n'est sacré!

– Il en avait besoin pour vivre!

– Moins que Rodion, crois-moi! Ah! je vois que tu as la main rapide et l'esprit lent, mon garçon. Tu débarques de ta campagne avec un cœur plein de dentelles. Tu te figures que les barines sont des amis pour nous, des protecteurs... Ça te passera!...

Un murmure d'approbation accueille ces paroles. Les domestiques ont rapproché leurs têtes pour mieux entendre. Même ceux que Klim a vus naguère pleins de prévenance envers leurs maîtres semblent, en cette minute, les détester. Une telle unanimité l'attriste. Il plaint cette valetaille au cœur sec, tout sourire par-devant, toute hargne par-derrière. Si ces gens passent si vite de la platitude au dénigrement, c'est qu'ils sont indignes d'obéir. Perdu dans ces idées, comme dans l'ombre d'un sous-bois, Klim s'aperçoit que, depuis un moment, sa colère est tombée. Il regarde Kouzma et se demande pourquoi il en veut à cet homme plus qu'à un autre.

– À quoi bon discuter de ça? dit-il. Tu ne me comprends pas et je ne te comprends pas...

Au même instant, une ondulation craintive agite le groupe des domestiques. Certains jettent un regard par-dessus leur épaule et s'éloignent. Le portier Trophime s'avance d'une démarche claudicante vers Klim et vers Kouzma. Comme tous les portiers, il doit être en cheville avec la police. On se méfie de lui, tout en l'aimant bien.

– De quoi discutez-vous? demande-t-il.

– De rien, de rien, marmotte Kouzma en clignant de l'œil à Klim. On plaignait ce pauvre Rodion! C'est tout!

– Eh oui! soupire le portier. Adieu, la chère liberté! Pour vingt-cinq ans! Si on savait ce qu'on risque en laissant traîner sa main, on se ferait couper les doigts à la naissance!

Tout en parlant, il mâche des graines de tournesol et en recrache les écales.

– Ne restez pas là, dans la cour, conclut-il. Ce n'est pas un endroit de réunion. Que des barines sortent, et je me ferai attraper!

– Il est trop tôt pour que les barines mettent leur nez dehors! dit Kouzma en riant.

Et, tourné vers Klim, il ajoute :

– Viens à la maison, toi! Nous y serons plus tranquilles pour causer. Justement, le comte et sa famille sont à la campagne...

– Oui, mais mon maître à moi...

– Il doit dormir encore! Tu as bien le temps d'avaler un verre de thé avant qu'il se réveille!

– Non...

– De qui as-tu peur? De lui ou de moi?

– De personne! dit Klim avec violence.

Et il emboîte le pas à Kouzma.

La maison du comte Moltchanoff communique avec la cour par un porche surbaissé. L'office est au sous-sol. Il y fait chaud et humide. Une dizaine de personnes, valets de chambre et femmes de chambre, sont réunies autour d'une grande table et prennent le thé du matin avec des confitures. Kouzma présente Klim à la ronde et le fait asseoir à côté de lui. Un mitron casse un pain de sucre avec un marteau et en donne un bout à chacun. Le thé est bouillant. Mais Klim a déjà observé que les gens simples ne se brûlent jamais. Ce sont les seigneurs qui soufflent sur leur cuiller avant d'avaler une gorgée de liquide. Les langues clappent, les joues aspirent, les estomacs se réchauffent. Après le premier verre, Kouzma se remet à parler des barines :

– Comment peux-tu encore te fier à eux? dit-il. Même les meilleurs ne valent pas la corde pour les pendre. Regarde-nous, ici : la maison est riche, vaste, nous ne manquons de rien, mais le maître est assis sur notre dos comme un vautour. Nous n'avons pas d'heure pour nous lever, pas d'heure pour nous coucher. Et, quand il a perdu de l'argent au jeu, il entre en fureur et tape sur le premier venu!

– Lui, ce n'est rien encore! s'écrie une nourrice au kakochnik bleu. Mais son frère, Arkady Fédorovitch, quel choléra! À la campagne, il a subitement triplé le chiffre de la redevance. Les paysans protestent. Il appelle la police. Tout le monde a été passé par les verges!

– Et chez les Fadéïeff, nos voisins, grogne l'aide-cuisinier, la barynia a tellement crié sur un kazatchok, que, de frayeur, le gamin s'est jeté dans un puits. On a repêché le corps trois jours après. Il y a eu enquête. Mais aucun moujik n'a osé parler. « Si nous accusons notre maîtresse devant les gendarmes, disaient-ils, quand les gendarmes seront partis, elle se retournera contre nous! »

– Tu crois que c'est sans raison qu'on voit des villages entiers se révolter contre les seigneurs? reprend Kouzma. Hier encore, j'ai rencontré au marché un gars de Riazan. Il paraît que, là-bas, le peuple est mécontent. Les routes sont surveillées par la troupe. Ce n'est pas par bonté d'âme que les barines pensent à nous libérer, c'est par peur!

D'autres domestiques interviennent. Chacun y va de son histoire. Injustes, cupides, brutaux, les barines dont ils dénoncent les vices ne ressemblent en rien au bartchouk.

– Pourquoi parlez-vous toujours des mauvais barines, dit Klim calmement, et jamais des mauvais moujiks? Il y en a pourtant...

– Bien sûr qu'il y en a! réplique Kouzma. Mais un mauvais moujik ne fait de tort qu'à lui-même, tandis qu'un mauvais barine rend malheureux des centaines de serfs!

– Et qu'est-ce que tu proposes comme solution?

– Supprimer les barines.
– Comment?
– Comme ça! Plus de barines et plus de moujiks, plus de riches et plus de pauvres...
– ... plus de grands et plus de petits, plus de blonds et plus de bruns, plus d'intelligents et plus de sots, poursuit Klim. Vous êtes tous fous, ou quoi? Les barines sont comme ils sont. De naissance. Et nous sommes comme nous sommes. De naissance aussi. Les uns sont faits pour commander, et les autres, pour plier. Si vous n'êtes pas contents, plaignez-vous à Dieu. Lui seul a décidé de la place de chacun. Est-il raisonnable, pour un crapaud, d'envier l'hirondelle qui vole par-dessus les terres et les mers? Que ça te plaise ou non, si tu es un crapaud, tu n'auras jamais d'ailes, autrement qu'en rêve!
– C'est bien vrai, ce que tu dis là! soupire une blanchisseuse cramoisie aux avant-bras nus.
– Non, ce n'est pas vrai! s'exclame Kouzma en tapant du poing sur la table. Je ne veux pas que ce soit vrai, et ce ne sera pas vrai!
– Pourquoi hurles-tu? dit le doyen des valets de chambre. Ce sont les tonneaux vides qui font le plus de bruit! Laisse-nous boire et manger tranquillement. Dirait-on pas que la maison est si mauvaise!
– Ne crache pas dans le puits, tu pourrais avoir besoin de son eau! renchérit le cocher en s'essuyant le visage avec un mouchoir rouge.

Il y a un long silence. Klim devine que son intervention a pacifié les esprits. Dominé sur son propre terrain, Kouzma se renfrogne et dit à la blanchisseuse qui siège près du samovar :

– Verse-moi encore du thé, Assia. Les verres n'aiment pas attendre!
– Chez nous, au village, murmure une femme de chambre, sur le toit de chaque isba, il y a un coq, ou un lapin, ou un écureuil en bois découpé.
– Ce doit être joli, dit Klim poliment.

Elle est jeune, rondelette, avec une poitrine en encorbellement, des yeux pervenche et un bonnet blanc plissé. Tandis que Klim la regarde, Kouzma le pousse du coude et chuchote :

– Celle-là, le barine l'a engrossée, il y a cinq ans. Le bâtard est au village, où il traîne, les pieds nus, loqueteux et morveux. Et elle, eh bien! elle sert de femme de chambre à la barynia, elle lui met des papillotes dans les cheveux, elle lui savonne le dos...

– Il faut que je parte, dit Klim.

Il se lève, remercie la compagnie pour le thé et le sucre, et se dirige vers la porte.

« Rodion est parti. Tous m'en veulent. J'ai essayé de leur expliquer. Mais ils ne peuvent pas comprendre. Ils jugent les barines au lieu de se juger eux-mêmes. Maintenant je sais que les domestiques, en ville, sont tous voleurs, menteurs et méchants. Il faut que je sois froid et dur au milieu d'eux, comme un roc. »

« Le bartchouk n'a toujours pas répondu à la dernière lettre de son père. Ça fait deux semaines qu'elle traîne sur sa table. Je le lui ai encore dit, et il s'est fâché.

La nuit, j'ai écrit dans ma tête une lettre pour le barine. Je m'adressais à lui au nom du bartchouk. Je disais : "Mon cher père, c'est avec un sentiment de profonde gratitude que je relis votre dernière lettre." Et d'autres phrases dans ce genre. J'ai aussi composé des vers pour lui, avant de m'endormir. À mon réveil, je me les suis rappelés :

"À Moscou, les saisons vieillissent vite et mal :
L'hiver mange l'automne et l'été le printemps.

Ah! quand retournerai-je au village natal?
Là-bas on est heureux même par mauvais temps."

Je me suis répété cette poésie à voix basse en faisant le ménage. Puis, je n'y ai plus tenu, je l'ai dite au bartchouk. Il m'en a fait compliment. Alors je l'ai inscrite sur une feuille de papier, et j'ai signé : "Kliment Baranoff."

Le soir, nous avions une réunion, chez nous. Tous les amis sont venus, sauf, bien entendu, Stépan Alexandrovitch Plastounoff. Ces messieurs discutaient en buvant et en fumant, comme d'habitude. Et tout à coup, voilà le bartchouk qui m'appelle et qui dit : "Lis-leur les vers que tu as écrits, Klim." Comment refuser? Rouge de confusion, j'ai récité ma poésie. Ils l'ont écoutée avec attention jusqu'au bout. Ils m'ont dit que c'était très bien, qu'il fallait que je continue.

J'étais si fier qu'en regagnant ma cuisine il me semblait marcher sur des nuages. »

« Il neige toujours. Le bartchouk a un visage triste. Il fait des comptes sur un calepin et peste contre la terre entière. Je crois que ses affaires ne vont pas fort avec cette actrice. Cette année encore, je le sens, nous n'irons pas à Znamenskoïé. On raconte que, bientôt, une comète va paraître dans le ciel. N'est-ce pas un mauvais présage? Je n'ai jamais vu de comète. Mais je me rappelle une éclipse de Soleil, quand j'étais enfant, à Znamenskoïé. Le barine avait bien prévenu les moujiks que c'était un phénomène naturel, mais, lorsque la lumière du jour a commencé à pâlir, ils se sont tous enfuis dans leurs isbas et se sont prosternés devant les icônes. Moi, je suis resté avec le barine et le bartchouk. Et j'ai regardé le soleil après eux, à travers un verre fumé. Le soir, à l'office, j'ai répété ce que Vassili Pétrovitch m'avait dit : que tout le monde, à Saint-Pétersbourg et à Moscou, savait, depuis un mois, quel jour et à quelle heure la lune cacherait le soleil. Alors les domestiques se sont jetés sur moi et m'ont dit que j'étais impie, car il n'est donné à personne de connaître d'avance la volonté de Dieu.

Une autre fois, j'ai eu la preuve que le calcul peut servir à deviner des choses cachées aux yeux des ignorants. C'est quand un arpenteur est venu vérifier le bornage de nos terres. J'accompagnais les moujiks qui portaient les piquets et la chaîne. Soudain, l'arpenteur regarde à travers sa drôle de lunette, fait placer les piquets, tirer la chaîne, et déclare : "Creusez à cet endroit. C'est ici que doit se trouver le fossé d'arpentage. Les bornes sont trois morceaux de charbon de bois." On creuse et, en effet, on tombe sur les trois morceaux de charbon de bois, qui attendaient là depuis, peut-être, cinquante ans! Les moujiks se sont signés. Moi aussi. Mais je ne pensais pas à Dieu en le faisant. Je pensais au calcul. Je me signais devant le calcul. Je rêvais de devenir arpenteur pour pouvoir tout deviner en additionnant des chiffres. Je ne suis pas devenu arpenteur. Je ne suis rien devenu du tout. Et je suis heureux ainsi.

Un orgue de Barbarie joue dans la cour. L'homme qui tourne la manivelle est aveugle. Un petit singe costumé grelotte sur sa boîte. Ce n'est pas son climat, Moscou, à cette bête! Et pourtant elle vit là, elle travaille, elle obéit au maître qui la frappe et la nourrit.

C'est drôle, depuis quelque temps, quand je ferme les yeux, je revois toujours la même chose : une vieille femme ébouriffée qui chasse des oies, avec une badine, autour de la mare. Qui est cette femme? Je ne la connais pas. Mais je connais la mare, les oies, tout le reste...

Mon Dieu, pardonne-moi pour Rodion! »

9

– IL A CERTAINEMENT été retenu au bureau, dit Klim en prenant le pardessus et la casquette de Stiopa Plastounoff. Si vous voulez vous donner la peine...

Stiopa Plastounoff entre, se frotte les mains à petits coups secs pour les réchauffer, s'enfonce frileusement dans un fauteuil et déplie un journal. Contrairement à son habitude, il n'a pas essayé d'engager la conversation. Klim en est bizarrement soulagé. Vite, il retourne dans la cuisine pour continuer à nettoyer l'argenterie. Il astique avec un bouchon la lame d'un couteau piquée de points noirs et, de temps à autre, jette un coup d'œil par la porte restée ouverte : Stiopa Plastounoff lit, lit, lit, à longs traits, comme un assoiffé boirait une cruche d'eau. Puis il repose le journal, tourne la tête et dit :

– Hé! Klim! Viens par ici!

Klim accourt en s'essuyant les mains à un torchon.

– As-tu lu le journal? demande Plastounoff.

– Non, Stépan Alexandrovitch. Pourquoi?

– Il y a là une nouvelle importante pour toi.

– Pour moi?

– Pour toi, oui, et pour tes semblables! Le tsar vient d'autoriser l'assemblée des nobles du gouvernement de Moscou à élaborer un projet pour la libération des serfs!

– Ça veut dire quoi, au juste?

– Ça veut dire que la machine est en marche, mon bon!

– En marche..., en marche? répète Klim.

Il réfléchit et ajoute :

– Il y a quand même une chose que je ne comprends pas, Stépan Alexandrovitch. Si le tsar veut nous libérer, il n'a qu'à le faire tout de suite, il est le maître...

– Un vrai maître aime toujours mieux convaincre que contraindre. Le tsar, dans sa profonde sagesse, souhaite que l'abolition du servage s'accomplisse au moyen d'accords librement consentis entre les seigneurs et les paysans. C'est pourquoi, plutôt que d'imposer brutalement ses vues, il demande aux nobles d'examiner la question et de lui soumettre un plan de réforme inspiré par les principes qu'il a lui-même définis. Ainsi, tout se passera à l'amiable, sans heurts et sans surprises, le servage tombera, non parce que l'empereur l'aura exigé, mais parce que les propriétaires fonciers auront reconnu la nécessité de cette mesure. Déjà les nobles des gouvernements de Vilno, de Saint-Pétersbourg, de Novgorod ont été autorisés, sur leur demande, à élire des comités d'étude pour l'amélioration du sort des paysans. Voici que Moscou, à son tour, entre dans la danse. Moscou! C'est un fameux morceau! Quand les assemblées de nobles de tous les gouvernements de Russie auront donné leur avis, il n'y aura plus qu'à passer aux actes!

Tout en parlant, Plastounoff étale sur la table le journal aux feuilles imprimées très fin. Son doigt souligne un titre en première page : *Le Rescrit impérial. Il lit d'une voix solennelle :*

– Le comité s'en tiendra aux principes essentiels suivants : les propriétaires fonciers garderont leur droit de propriété sur toute la terre, mais les paysans retiendront leur enclos et ils pourront en acquérir la propriété dans un délai déterminé, moyennant un rachat. En plus de cela, conformément aux conditions locales, une étendue de terre sera laissée en jouissance aux paysans, afin de garantir leur subsistance ainsi

que l'exécution de leurs obligations envers le gouvernement et envers le propriétaire foncier. En contrepartie de cette terre, ils paieront une redevance en effectuant des travaux pour le propriétaire...

– C'est compliqué! dit Klim.

– Crois-tu qu'il soit facile de renverser, du jour au lendemain, l'ordre établi depuis des siècles?

Klim hoche la tête et Plastounoff continue sa lecture :

– *En donnant à la noblesse du gouvernement de Moscou la possibilité d'aménager et d'améliorer le sort des paysans seigneuriaux, Je suis convaincu que ladite noblesse, mue par des sentiments de fidélité au trône et à la patrie, justifiera Ma confiance et s'appliquera avec zèle à la poursuite du but que J'ai fixé pour son bien à elle et celui de la Russie tout entière...*

– C'est beau! dit Klim. On voit tout de suite que c'est le tsar qui parle! Et les propriétaires sont d'accord?

– Bien sûr qu'ils sont d'accord! Ils grognent, mais ils sont d'accord! Maintenant on peut dire que l'abolition du servage n'est plus qu'une question de temps. Cela prendra un an, deux ans, trois ans peut-être. Mais rien ne pourra arrêter le mouvement. Qu'en penses-tu, toi?

Interrogé à brûle-pourpoint, Klim ne sait que répondre. Tout se mélange dans sa tête. Il balbutie :

– Je pense... je pense que, probablement, ce sera mieux.

– Probablement? s'écrie Plastounoff. Tu doutes encore?

Il a bondi sur ses pieds. Son poing s'abat sur la table :

– Dans quelle crasse d'ignorance et de soumission vous a-t-on enfoncés, les uns et les autres, pour que vous craigniez même d'en sortir?

Klim se croit revenu dans l'office des Moltchanoff. La violence verbale de Plastounoff rejoint celle de Kouzma, le barbier du comte. Comment se fait-il que deux êtres appartenant à des mondes si différents défendent les mêmes idées? En tout cas, sur ce point précis, il est plus difficile de répondre à un étudiant qu'à un domestique. Autant Klim se sentait la langue bien pendue devant les laquais et les femmes de chambre, autant, devant cet ami du bartchouk, il se découvre l'esprit embarrassé et le vocabulaire déficient.

– Ouvre les yeux, Klim, reprend Plastounoff. Penche-toi sur ce journal! À la première page, il y a le rescrit impérial, c'est-à-dire la promesse d'un avenir juste et honorable, et, à la dernière page, les petites annonces. Lis-tu quelquefois les petites annonces?

– Non, Stépan Alexandrovitch, murmure Klim, vaguement effrayé.

– Eh bien, tu as tort! C'est très instructif, les petites annonces! Écoute!

Et, reprenant le journal en main, Plastounoff lit d'une voix métallique :

– *À vendre, par suite du décès de l'assesseur de collège A. P. Solovieff, une propriété de 312 déciatines, peuplée de 77 âmes... À vendre, dans le gouvernement de Tver, à 10 verstes de la ville, une propriété de 350 déciatines et 62 âmes du sexe mâle... À vendre un habit de bal... À vendre un cocher et un cuisinier de bonne conduite...* Lorsque ce genre de publicité aura disparu, je serai fier d'être russe! Pas avant!

Klim acquiesce du menton, sans comprendre au juste pourquoi Stépan Alexandrovitch Plastounoff est tellement indigné. Quand on a quelque chose à vendre, il faut bien le faire savoir, pense-t-il. D'autre part, si on libère les paysans, qui servira les barines? Les barines ne peuvent accepter de rester sans moujiks. Ils se fâcheront. Malheur à qui touche aux habitudes!

Plastounoff rejette le journal sur la table et soupire :

– J'ai l'impression que tu ne te rends pas très bien compte de ce qui t'attend lorsqu'on t'aura libéré!

– Non, pas très bien...

– Tu seras comme ton barine, comme moi! Tu pourras aller, venir, dire ce que tu penses...

– C'est impossible, Stépan Alexandrovitch!
– Pourquoi?
– Un moujik restera toujours un moujik. Nous sommes d'une autre espèce...
– Vous n'avez pas une tête, deux bras, deux jambes comme nous?
Klim rit et se balance d'un pied sur l'autre :
– Si, mais... voilà... notre chair est plus lourde, nos os sont plus épais... Et puis nous manquons d'instruction...
– L'instruction, cela s'acquiert! D'ailleurs, parmi les gens libres, il y en a beaucoup qui sont moins instruits que toi! Tu sais lire, écrire...
Une étincelle d'orgueil enflamme l'esprit de Klim. Les compliments du bartchouk tournoient dans sa mémoire.
– Oui, dit-il. J'écris même des vers!
– Des vers? dit Plastounoff. Diable!
– Vous voulez que je vous les montre?
– Bien sûr!
Klim tire le papier de sa poche et le défripe avant de le présenter. Plastounoff fronce les sourcils et commence à lire. Au garde-à-vous devant lui, Klim guette la surprise, l'admiration qu'il ne manquera pas de laisser paraître. Arrivé à la dernière ligne, Plastounoff lève les yeux et dit tranquillement :
– Je vais être franc avec toi, Klim. Tu as étagé des rimes, sans penser, comme tu aurais fait des nœuds à une ficelle. Tu me diras que c'est amusant, que ça t'occupe l'esprit. D'accord! Mais ne t'imagine surtout pas que ce tu écris là ait un rapport quelconque avec la poésie!
Abasourdi, Klim murmure :
– Vissarion Vassiliévitch m'avait dit que c'était bien, que je devais continuer...
Un sourire plisse les longues lèvres de Plastounoff.
– Vissarion Vassiliévitch a été si surpris de voir que tu écrivais des vers, toi, un serf, qu'il n'a pas mesuré

ses compliments, dit-il. Qu'est-ce que ça change que tu sois serf? Il ne faut plus qu'on dise : « Ce n'est pas trop mal pour un serf! » comme on dirait : « Ce n'est pas trop mal pour un enfant! » Il faut qu'on vous traite, toi et tes semblables, en adultes. Sans indulgence!

Klim ramasse le papier sur la table et le tourne entre ses doigts, ne sachant quelle contenance prendre. Il est déçu, découragé, et, en même temps, une confuse fierté lui vient à l'idée que Stépan Alexandrovitch Plastounoff lui parle comme à un égal. Un long silence s'établit entre eux. La lampe fume. Klim baisse la mèche. Au milieu de la pièce sombre, il y a cet homme à bec d'oiseau, assis dans un cercle de lumière. Un pas se rapproche.

– Voilà Vissarion Vassiliévitch! s'écrie Klim gaiement.

L'arrivée du bartchouk est, pour lui, une délivrance. Rien qu'en apparaissant, son maître le dispense de réfléchir à des problèmes qui le dépassent. Vissarion le renvoie à la cuisine, allume une cigarette et s'affale sur le canapé de cuir.

– Alors? demande Stiopa Plastounoff. Que dit-on du rescrit impérial dans les bureaux?

– Pas grand-chose, marmonne Vissarion.

– Tu m'étonnes!

– On savait d'avance ce qu'il contiendrait, ce rescrit! C'est la même chanson qu'à Saint-Pétersbourg...

– Dans l'ensemble, oui. Et pourtant, de le voir imprimé noir sur blanc, pour Moscou, ça m'a donné un choc! J'en parlais tout à l'heure avec Klim...

– Avec Klim? dit Vissarion. Tu n'aurais pas dû!

– Pourquoi?

– C'est trop tôt. Il va se monter la tête...

– Tu le connais mal! Veux-tu que je te dise? Le plus difficile, ce ne sera pas de leur octroyer la liberté, à ces gaillards, mais de la leur faire accepter comme indispensable. Leur cerveau est encroûté par des siècles d'esclavage. Toute une éducation à refaire! Comme on réapprend les mouvements de la marche à un malade qui, pendant des mois, est resté cloué à son lit. Après nous être érigés en juristes, il faudra nous transformer en infirmiers, mon cher!...

– Sans doute, sans doute, grogne Vissarion.

Une lassitude le prend. L'enthousiasme de son ami lui paraît, à la longue, fastidieux. Certes, il approuve ce mouvement d'idées généreuses qui soulève l'élite intellectuelle russe, mais il se refuse à vivre en mettant les préoccupations sociales au-dessus de toutes les autres. Pour l'instant, la seule chose qui lui importe, c'est l'avenir de ses relations avec Hélène. Il revient de chez elle indigné et meurtri. On n'invite pas un homme à une entrevue en tête à tête lorsque, soi-disant, sa présence vous importune. On n'accepte pas, pendant des mois, ses déclarations, ses billets doux, ses fleurs (hier encore une corbeille de roses!) quand on n'a pas l'intention de lui céder. Il avait bel air, tout à l'heure, dans le petit salon, la suppliant à genoux, tandis qu'elle secouait la tête : « Non, mon ami, n'insistez pas, je vous en prie! Laissez-moi vous conserver toute ma tendre estime! » Qui est-elle pour le traiter avec tant de dédain? Une petite actrice de troisième ordre. Réduite aux rôles de soubrette et de confidente. Connue pour avoir été entretenue naguère par un fabricant de chocolat. Ah! qu'il aimerait se venger d'elle!

– C'est étrange! dit Stiopa Plastounoff. Je me rappelle encore une époque où il n'était pas de bon ton de parler du moujik. On ne l'évoquait que pour déplorer sa saleté, son entêtement, sa bêtise. Ou bien alors, on l'habillait d'une chemise rouge, on le chaussait de bottes noires, on lui frisait le toupet, et on le lançait sur la scène pour célébrer la générosité de son maître ou la gloire de l'empereur. Et alors, sous les feux de la rampe, il paraissait tellement faux qu'il n'intéressait personne...

Vissarion dresse l'oreille. Pourquoi Stiopa Plastounoff parle-t-il de théâtre devant lui? Évidemment il ne peut se douter combien toute allusion à ce sujet lui est pénible. Encore un peu, et il va lui demander des nouvelles d'Hélène!

– Mais dernièrement, poursuit Stiopa Plastounoff, voilà que des écrivains comme Grigorovitch et Tourguénieff ont osé peindre les moujiks tels qu'ils sont! Et de beaux yeux de dames ont pleuré sur le sort d'Anton Gorémyka, ou de Khor et Kalinytch... Et le moujik est devenu à la mode... Un de ces jours, ce sera un titre de gloire d'avoir un serf parmi ses ancêtres. On dira avec fierté : « Mon père était un serf, il a appris à lire et à écrire par lui-même! » Comme j'entends dire aujourd'hui : « Je descends en droite ligne des princes Dolgorouky. »

Vissarion respire : Plastounoff est passé à côté d'Hélène. Il vaut mieux lui laisser ignorer les derniers développements de cette histoire. Incapable de la comprendre, il donnerait de mauvais conseils. En revanche, rien n'empêche de mettre les autres amis dans la confidence. Lorsqu'ils sauront la vérité, ils prendront fait et cause pour Vissarion. Peut-être même organiseront-ils ensemble une cabale contre cette pécore! Elle le mérite! Oh! combien elle le mérite! Tous ses camarades disséminés dans le public et, quand l'actrice paraît sur scène, un coup de sifflet, deux coups de sifflet, une tempête de coups de sifflet... Vissarion exulte comme s'il y était!

– Que fais-tu, ce soir? demande Stiopa Plastounoff.

– Rien de spécial.

– Tu ne vas pas au théâtre?

– Non.

– Je suppose que, de ce côté-là, tout marche bien...

Vissarion hésite une seconde et s'entend prononcer d'une voix plate :

– Pas mal, oui...

Et, pour détourner la conversation, il propose une

partie de piquet. Klim apporte les cartes, un flacon de vodka, du pain noir et du fromage.

– À la santé d'Hélène! dit Stiopa Plastounoff en levant son verre.

– À la santé d'Hélène! répète Vissarion.

Il boit. L'alcool brûle son gosier agréablement. Demain, il racontera tout à Constantin et à Boris. On en fera un sujet de plaisanterie. Il allonge les jambes, allume une autre cigarette et se rapproche de la lampe. Bientôt il oublie les moujiks, Hélène, le rescrit impérial, le théâtre et, captivé par le jeu, ne songe plus qu'à gagner.

Dans la cuisine, Klim relit ses vers. Comment a-t-il pu les trouver bons? Même la signature a quelque chose d'emprunté : « Kliment Baranoff. » Ce n'est pas lui! Il ouvre le fourneau, jette le papier au feu et rabat le couvercle. Puis il tire du coffre à bois le volume de Pouchkine dont le barine lui a fait cadeau. Une page, au hasard, et la musique des mots l'enveloppe. Tout à l'heure, à travers la porte, il a entendu Stépan Alexandrovitch Plastounoff qui disait au bartchouk : « Un de ces jours, ce sera un titre de gloire d'avoir un serf parmi ses ancêtres! » Parlait-il sérieusement? On ne sait jamais avec les barines. Kouzma, le barbier du prince Moltchanoff, aurait été heureux d'entendre ça. Mais qu'ont-ils tous? Pourquoi ne veulent-ils pas rester tranquilles?

10

– MERVEILLEUX! Incroyable! Regarde-toi! Regarde-toi!

Poussé par Vissarion, Klim s'avance vers la glace et s'immobilise, pétrifié, devant un inconnu en habit noir et cravate blanche. Le visage pourrait être celui d'un barine. Et pourtant!... Ce regard bleu, cette fine cicatrice au-dessus de la pommette, ces cheveux blonds collés à plat... Derrière son dos, le bartchouk, Constantin Loujanoff et Boris Nélinsky sourient.

– Alors? demande Constantin. Tu te reconnais?

– Pour ça, non! marmonne Klim, qui ose à peine remuer les lèvres tant il s'impressionne lui-même.

– Dépêchons-nous! crie le bartchouk. Il est déjà six heures vingt-cinq, et le lever de rideau est à sept heures. Où sont les gants? Sans gants, il ne peut pas y aller! Vous m'attendez ici, vous autres! J'en ai pour un quart d'heure à peine!

L'instant d'après, Klim glisse, en traîneau fermé, à travers une ville de rêve. Le bartchouk est assis en face de lui, sur la banquette. Derrière les vitres translucides, défilent des fantômes blancs, des trous noirs, des bouquets de lueurs confuses.

– Tu te souviens de ce que je t'ai dit! chuchote le bartchouk. Tu as ton billet? Ne le perds pas. Veux-tu bien ne pas tripoter tes gants! Tu ne les enlèveras sous aucun prétexte, tu entends!...

Le traîneau s'arrête enfin.

– Va, dit le bartchouk.

Une bourrade dans le dos, et Klim se trouve debout, au milieu d'un immense champ de neige, entouré de hauts édifices, et éclairé, de loin en loin, par des lampadaires aux vitres givrées. Là-bas, le Grand Théâtre et le Petit Théâtre brillent, telles deux gigantesques lanternes, posées côte à côte au bord de la nuit. Klim se retourne. Le traîneau a disparu, emportant le bartchouk. Il est seul. La neige tombe. Marchant à pas feutrés, il s'avance vers la façade du Petit Théâtre, et débouche en pleine cohue. Des gendarmes montés règlent la circulation. De toutes parts, arrivent des traîneaux fermés, dont les fanaux lancent des rayons obliques; les chevaux hennissent, s'ébrouent; les cochers jurent en tirant sur leurs guides; des femmes aux diadèmes scintillants descendent de voiture, rejettent mollement leur manteau de fourrure sur leurs épaules et s'élancent, suivies de messieurs en frac et en uniforme, vers les grandes portes lumineuses.

Ébloui, Klim n'ose se joindre à ce flot prestigieux et le contourne, en rasant les murs. À chaque instant, il craint qu'un appariteur ne l'arrête. Ce grand diable, en livrée rouge et noir, là-bas, près d'une colonne. Déjà il croit l'entendre : « Hé! où vas-tu, toi? » Mais, c'est vrai! il n'est pas habillé en moujik! Pourquoi l'interpellerait-on? Il regarde ses mains tendues de chevreau jaune paille. Elles aussi sont costumées. Cette peau morte colle à sa peau. Il transpire dedans. Il voudrait libérer ses doigts de l'étreinte lisse qui les emprisonne. Mais le bartchouk a dit : « Sous aucun prétexte! » Il laisse pendre ses mains gantées sur ses cuisses et marche, la tête en avant. Lorsqu'il pénètre dans le vestibule brillamment éclairé, il lui semble que tous les regards convergent sur lui. Rien que des généraux, des conseillers privés actuels, des princesses, des comtesses, des gouverneurs... En l'envoyant ici, le bartchouk n'a réfléchi qu'au meilleur moyen de transmettre un message urgent à cette actrice. Et lui, tout à la joie d'aller pour la première fois au théâtre, n'a pas imaginé une seconde le danger qu'il courait en usurpant une identité au-dessus de sa condition. Quoi qu'il en soit, maintenant il est trop tard pour reculer.

Il suit le mouvement, confie, comme les autres, son manteau et son chapeau à un soldat médaillé, en uniforme de vétéran, tend son billet à un ouvreur aux favoris poivre et sel, se laisse conduire, à travers une galerie de glaces, débouche dans un gouffre de lumière, de gaz et de poussière blonde, et s'assied, les jambes coupées, entre deux inconnus. Le premier vertige passé, il essaye de se reprendre et d'observer, en cachant sa surprise, cet univers mystérieux et chatoyant, comme doit l'être le fond de la mer. La foule est en bas, en haut, à droite, à gauche, suspendue, flottante, omniprésente. Les étages courbes des balcons sont garnis de mille petites têtes roses et mobiles. À l'or des moulures, au rouge des fauteuils, répond alentour le miroitement des épaulettes, des diamants, des éventails et des décorations. Quelle richesse! pense Klim. Chacun de ces hommes, chacune de ces femmes possède au moins trois cents déciatines de terre et quatre cents âmes. Pas étonnant qu'il ait fallu construire un palais pour les recevoir!

Son voisin de gauche est un jeune officier, à l'uniforme vert, sa voisine de droite, une dame à cheveux blancs qui regarde tout le monde à travers son face-à-main. Si elle savait, elle le ferait jeter dehors. Mais, à proportion que le temps passe, il se tranquillise. Il fait bouger ses orteils à l'intérieur de ses chaussures. Elles lui sont à peine trop petites. Des pieds à la tête, il a les mêmes mesures que Vissarion Vassiliévitch. Quelle chaleur! Du public monte un parfum douceâtre. La dame s'évente avec un éventail à paillettes de jais. Soudain les lumières s'éteignent. Un rideau de toile peinte s'envole. Le théâtre s'agrandit. Devant le parterre, une maison vient de perdre sa façade, emportée par un coup de vent. Les gens qui l'habitent ne se sont pas aperçus de la catastrophe et continuent à causer, comme s'ils étaient encore enfermés chez eux, à l'abri des regards. Au vrai, pourtant, ils ont une façon de parler singulière : la voix forcée, l'œil brillant, la bouche exagérément active, ils crient, alors même qu'ils sont censés échanger des confidences. L'affaire se déroule en Russie, au temps des robes à paniers et des perruques. Une princesse amoureuse, au corsage gonflé comme un sac plein de pommes, confie ses tourments à une amie aussi jolie qu'elle. Laquelle des deux est Hélène Borissovna Schmidt? Mais voici un seigneur qui entre, avec une épée au côté. Il est furieux, il vocifère, il gesticule. Klim, assourdi, perd le fil de l'intrigue. Machinalement, il tâte dans sa poche la lettre destinée à Hélène Borissovna. La lui remettre en main propre, à l'entracte! Cette seconde partie de la mission l'embarrasse plus que la première. Il se répète les recommandations du bartchouk. Et le rideau tombe. Un accident? Non! Les applaudissements éclatent, tandis que le rideau se relève lentement. Le bartchouk l'a prévenu : ce doit être la fin de l'acte. Des spectateurs hurlent : « Bravo! Bravo! » Klim les observe du coin de l'œil et se met, lui aussi, à battre des mains. Mais il n'ose crier. Il se contente de heurter fortement ses paumes l'une contre l'autre. Les acteurs saluent. Le rideau descend, se lève, descend encore. Klim applaudit toujours. Cette comédie, dont il n'a rien compris, lui semble admirable, au même titre que les dorures des balcons, les parures des jolies femmes et les épaulettes des généraux. Il nage en plein rêve. Il applaudit, il applaudit... Subitement il s'aperçoit qu'il est le seul à le faire et, gêné, laisse retomber ses mains. Les spectateurs se mettent debout, tournent la tête en tous sens, se saluent d'une travée à l'autre; des officiers, le dos à la scène, braquent leurs jumelles sur les loges; quelques groupes se dirigent, à pas comptés, vers les portes latérales. Pris dans un immense murmure mondain, Klim quitte la salle à son tour et se laisse porter mollement jusqu'au vestibule. Là, il avise un appariteur chenu, lui montre une carte du bartchouk avec quelques mots écrits en travers, et, conformément aux instructions qu'il a reçues, lui glisse un rouble dans la main. C'est la première fois qu'il lui arrive de donner un pourboire. Son cœur bat jusque dans sa gorge. Le sang aux joues, il se dit que l'appariteur va refuser, se fâcher, lui jeter peut-être l'argent à la figure en le traitant de moujik. Mais l'autre s'incline, chuchote : « Par ici, je vous prie... »; et le voici, lui, Klim, marchant sur les talons d'un homme plus âgé, plus méritant sans doute, et qui, cependant, lui témoigne le respect dû à un supérieur.

Au brouhaha et aux lumières aveuglantes de la salle, succèdent le silence et la pénombre des coulisses. De rares quinquets éclairent une région grisâtre, encombrée de pans de décor. Des arbres tout plats, au feuillage tremblant, descendent du plafond et s'arrêtent à un doigt du sol. Un machiniste passe, portant sous son bras une colonne de faux marbre. Après avoir promené Klim dans un dédale de couloirs, l'appariteur s'arrête devant une porte basse et dit :

– La loge d'Hélène Borissovna Schmidt.

Klim ramasse son courage et frappe à la porte.

– Qui est là? demande une voix enrouée.

– Je viens de la part de Vissarion Vassiliévitch Variaguine, dit Klim.

Le battant s'entrouvre sur la figure d'une vieille servante soupçonneuse, au bonnet blanc. Derrière elle, se tient l'amie de la princesse. C'était donc celle-là, Hélène Borissovna! Elle porte encore son costume de scène : corsage décolleté et jupe rose semée de rubans bleu ciel.

– Fais entrer, Katia! dit-elle.

La porte s'ouvre tout à fait, la vieille femme de

chambre s'écarte, et Klim se trouve face à face avec l'actrice. Comme elle est petite! Il est étonné par le rose épais de ses joues, le rouge incarnat de ses lèvres, le crayonnage noir de ses yeux. Le visage que Dieu lui a fait disparaît sous cette pellicule de peinture. Elle considère son visiteur avec curiosité. Il se rappelle la leçon et balbutie :

– Je suis Klim, le domestique de Vissarion Vassiliévitch Variaguine. Il m'a dit de vous dire qu'il m'avait envoyé au théâtre à sa place. Il m'a dit aussi de vous remettre ça...

Sous le fard, le visage d'Hélène Borissovna paraît durcir et se préciser. Ses prunelles brillent de fureur entre les deux traits charbonneux qui bordent ses paupières. Elle saisit la lettre que lui tend Klim et, sans la lire, la déchire en mille morceaux. « Allons, pense Klim, je vais en entendre! D'ici qu'elle appelle, qu'elle me dénonce et que je me retrouve au poste de police, il n'y a pas loin... » Une vague de froid l'enveloppe. « Ah! ce bartchouk! Il n'en fait jamais d'autres! » Il s'incline et veut se retirer.

– Reste! dit Hélène Borissovna.

Il s'immobilise.

– Tu t'appelles Klim, n'est-ce pas? dit-elle plus doucement.

– Oui, barynia.

– Je suppose que tu ne vas pas souvent au théâtre, Klim.

– C'est la première fois, barynia.

– Et je vois que ton maître t'a prêté son habit pour la circonstance!

– Oui.

– Comme c'est gentil de sa part!

Elle rit, et on dirait une petite cuiller qui tremble dans un verre de cristal. La loge, exiguë, est tapissée de soie jaune. Devant une grande glace, sont disposées des corbeilles de fleurs qui sentent fort. L'une d'elles vient sûrement du bartchouk.

– Dis-moi, Klim, reprend Hélène Borissovna, as-tu aimé le premier acte?

– Oh! oui...

Elle sourit :

– La suite te plaira davantage. Retourne vite dans la salle. Sinon tu vas manquer le début du deux.

– C'est que, dit Klim, il faut que je rentre à la maison...

– Tout de suite?

– Oui... Mon maître m'a ordonné...

– Ah! je comprends : il est pressé de savoir comment je t'ai reçu!

– Oui.

De nouveau, Hélène Borissovna part d'un éclat de rire. Klim rit, lui aussi, par politesse. Pourtant il est un peu gêné. Sans doute n'aurait-il pas dû dire cela. Si Hélène Borissovna a déchiré la lettre du bartchouk, c'est qu'il y a entre eux quelque bisbille!

Subitement, elle s'arrête de rire et semble calculer quelque chose de lointain et de compliqué en regardant Klim au fond des yeux. Sous ce regard fardé, il éprouve une sensation d'engourdissement et de bien-être, comme aux étuves, quand la chaleur est trop forte.

– Eh bien, Klim! dit-elle après un silence, puisque tu n'as pas le temps aujourd'hui, je vais te donner un billet pour dans huit jours. Tu auras la même place et tu pourras voir le spectacle jusqu'au bout!

Tout en parlant, elle a saisi un carton dans un tiroir et griffonne quelques mots dessus, au crayon.

– Voilà, Klim.

Il prend le carton, salue très bas et murmure :

– Merci, Hélène Borissovna... Merci de toute mon âme... J'espère que mon maître me permettra...

– Pourquoi ne te permettrait-il pas?...

– Il n'aime pas beaucoup que je sorte le soir...

– Du moment que c'est moi qui te donne ce billet, Vissarion Vassiliévitch sera heureux de te laisser sortir et de te prêter encore une fois son costume.

Instantanément, les craintes de Klim s'apaisent. Comment ne pas croire une femme aussi belle, aussi généreuse et aussi calme? Il quitte la loge à reculons. Dehors, une sonnette tinte.

Comme un somnambule, il rebrousse chemin, longe des couloirs, se heurte à des machinistes, pousse une porte, deux portes, et tombe dans le vestibule éclairé, où flotte la joyeuse odeur du gaz. C'est la fin de l'entracte. Le public, chamarré et bourdonnant, reflue vers la salle. Klim reprend son chapeau, son manteau, entre les mains du vétéran impassible, et sort dans la nuit. Il neige toujours. Mais les flocons sont moins serrés. Les frontières de la place des Théâtres s'effacent.

Au bord de cet immense rectangle blanchâtre, ponctué de pâles lanternes, les cochers, les gendarmes, les mendiants, les valets attendent en grelottant la sortie des maîtres. Klim hésite : le bartchouk lui a recommandé de prendre un fiacre pour rentrer. Cependant la maison n'est pas si loin! Il relève le col de son pardessus, noue un mouchoir sur son chapeau haut de forme pour le protéger de la neige, et part à pied.

Il marche d'un grand pas dans la ville morte. Toutes les fenêtres sont éteintes. Mais une telle lumière est en lui, que la nuit extérieure ne l'effraye pas. Ses chaussures lui font de plus en plus mal. Il bute contre un tas de neige. On n'y voit rien. Sans doute s'est-il trompé de direction. Pas âme qui vive. Il revient en arrière, tourne à gauche, à droite, repart au jugé. Tiens, un fiacre! Le cocher, vissé à son siège, bombe le dos sous la neige qui tombe; le cheval, immobile sur ses quatre pattes raides, allonge le cou. À quoi rêvent-ils, l'un et l'autre? Peut-être sont-ils morts de froid? Monter dans le traîneau. Donner l'adresse. Au moment de le faire, Klim, tournant la tête, constate qu'il est devant la maison.

– Une heure qu'on t'attend! crie le bartchouk.

Il est vautré, en manches de chemise, sur le canapé de cuir. Ses amis sont encore là. Il y a même, en plus, Stépan Alexandrovitch Plastounoff. Sur la table, traînent des bouteilles, des verres, des cartes. Les visages sont rouges, les voix éraillées. On a tellement tiré sur les pipes que la fumée flotte en nappe autour de la lampe. Klim se secoue et enlève son manteau. En le revoyant dans son habit, Constantin et Nélinsky éclatent de rire. Stiopa, lui, garde un visage impassible – mèche sur l'œil et lèvres plissées. Klim est presque déçu de son indifférence. Pourtant les autres ont dû le mettre au courant...

– Ah! Klim! mon Klimouchka! hoquette Constantin. Tu as une de ces dégaines!...

– Alors? demande le bartchouk. As-tu bien fait ce que je t'ai dit?

– Parfaitement, Vissarion Vassiliévitch, répond Klim avec élan. Je l'ai vue à l'entracte, je lui ai dit que j'étais ton valet de chambre, que tu m'envoyais à ta place, avec une lettre, que...

– Elle a dû faire une drôle de tête! s'écrie le bartchouk.

Il jubile. Sa figure, marquée par la fatigue et le vin, exprime une expectative méchante.

– Elle... elle a déchiré la lettre, dit Klim avec appréhension. Mais, tu sais, elle l'a sûrement regretté, parce que, tout de suite après, elle m'a fait entrer et elle m'a parlé gentiment...

Malgré lui, en évoquant sa rencontre avec Hélène Borissovna, il se met à sourire. Le bonheur lui remonte au visage. Il s'aperçoit à peine que son maître, entre-temps, a bondi sur ses pieds. Soudain le bartchouk est tout contre lui, grimaçant, haletant :

– Qu'est-ce que tu racontes?

– La vérité, barine... Elle m'a dit...

– Je me fiche de ce qu'elle t'a dit!... Tu ne comprends pas qu'elle a fait exprès de te recevoir?... Pour me narguer! Pour me narguer!...

– Pas pour te narguer, Vissarion Vassiliévitch! balbutie Klim. J'en suis sûr! Elle est très bonne! Elle m'a donné un billet pour la semaine prochaine!

– Quoi? rugit le bartchouk. Ce n'est pas possible! Montre!

Klim tire le billet de sa poche. Le bartchouk s'en saisit et le parcourt du regard. Ses lèvres tremblent. Toute la peau de son visage n'est qu'un frémissement haineux :

– Ça, par exemple! C'est trop fort!...

– Laisse donc! dit Constantin. Elle ne mérite pas que tu te mettes dans des états pareils!

– Les jolies femmes ne manquent pas à Moscou, renchérit Nélinsky.

– Non, non, mes amis! gronde le bartchouk. Il y a des limites! Cette charmante personne se moque un peu trop de moi! Je lui envoie mon domestique pour la moucher, et elle le gratifie d'une invitation en bonne et due forme...

Il titube légèrement, se retient à la table, se redresse à demi et, le cou tordu, dit, comme il cracherait :

– Salope! Catin! Qu'est-ce qu'elle se figure?... Traînée!

Chaque injure cingle Klim en travers de la poitrine, tel un coup d'étrivière, et suspend sa respiration. Il voudrait protester, supplier le bartchouk de se taire. Mais une pitié gluante le retient. Il ne sait plus au juste pourquoi il a mal, ni qui il a envie de plaindre. Comme son maître déteste cette femme! Comme il doit souffrir pour l'insulter ainsi! Comme il a tort de boire! L'œil stupide, le bartchouk tourne le billet entre ses doigts.

Brusquement il le déchire. Du même geste qu'Hélène Borissovna a déchiré la lettre.

– Voilà ce que j'en fais, de ton invitation! dit-il d'un ton de défi.

Klim regarde s'éparpiller les morceaux, et serre les lèvres. Au-dedans de lui, quelque chose tombe en miettes, aussi légèrement, aussi bêtement. Quel besoin avait-il de placer si haut son espoir? Ce billet de théâtre ne lui appartenait pas plus que son habit.

Le bartchouk est retombé, de tout son poids, sur le canapé. Il a une expression triste et veule.

– Laisse-nous, dit-il à Klim d'une voix traînante.

L'épaule fléchie, les bras ballants, dans le bel habit noir qui le serre un peu aux entournures, Klim regagne la cuisine et s'assied sur un tabouret. Son menton baissé écrase sa cravate blanche. Il soupire et remue les doigts sur ses genoux.

Vissarion empoigne une bouteille de kummel et remplit les verres à la ronde. Mais personne ne boit, personne ne parle. Une gêne pèse sur ces quatre têtes. Même Constantin ne sourit plus. Subitement, Stiopa Plastounoff, qui n'a pas prononcé un mot depuis le début, se lève, prend son manteau, sa casquette, sur le coffre, et se dirige vers la porte.

– Tout cela est ignoble! dit-il. Adieu, messieurs!

La porte claque. Nul ne bouge. Puis Vissarion, comme frappé de folie, se précipite dehors. Il dévale l'escalier, rattrape Stiopa Plastounoff dans la cour enneigée et le saisit à bras-le-corps. Stiopa Plastounoff se dégage d'une secousse :

– Qu'est-ce que tu veux?

La lanterne de l'entrée éclaire d'en haut son visage crispé par le dégoût.

– Pourquoi es-tu parti comme ça? s'écrie Vissarion.

– Tu le sais très bien!

– J'aime cette femme, Stiopa!

– Ce n'est pas vrai!

– Si, je l'aime... Je t'assure... C'est une garce, et je l'aime... J'ai voulu lui donner une leçon... Et voilà qu'elle se sert de mon domestique pour me ridiculiser!... Mets-toi à ma place!...

– Comme toujours, tu ne penses qu'à toi!

– Et à qui veux-tu que je pense? gémit Vissarion.

Son chagrin et son écœurement l'emplissent d'amertume. Il a envie de vomir et de mourir à la fois. À travers ce brouillard nauséeux, une lumière le visite.

– C'est au sujet de Klim que tu te fais du souci? reprend-il. Eh bien! là, je crois que tu as tort! Après tout, je lui ai donné l'occasion d'aller au théâtre. Il n'y a rien compris. Et, crois-moi, il ne tient pas tellement à y retourner! Un serf n'est qu'un serf!

– Pas pour moi, dit Stiopa Plastounoff, excédé.

Et il se dirige vers le portail.

Vissarion sort derrière lui dans la rue et l'agrippe par la manche :

– Stiopa, je t'en prie... Tu ne vois pas dans quel état je suis?... Ce n'est pas de Klim qu'il faut avoir pitié, mais de moi... de moi qui crève dans ma peau...

Stiopa Plastounoff s'arrête et sourit avec commisération.

– Quel drôle de garçon tu fais! soupire-t-il. Capable du meilleur et du pire. On veut te saisir, et tu glisses entre les doigts!

– Oui, oui c'est ça! Je ne sais pas où j'en suis moi-même! Il y a des gens dont le caractère est nettement enfermé dans un cadre. Ils sont rectangulaires, ronds, triangulaires, ovales. Moi, je flotte sans limite aucune. Je suis tout et rien. Pour cette histoire de Klim, je me suis laissé entraîner par les autres!... Je te le jure... C'est avec toi seulement que je me retrouve... Dis-moi que tu ne m'en veux pas... Dis-moi que je ne t'ai pas trop déçu... Dis-moi que je puis toujours compter sur ton amitié... D'ailleurs j'ai trop bu...

– En effet, dit Stiopa Plastounoff. Tu as trop bu. C'est même ta seule excuse!

– Alors, laisse-moi t'embrasser! En frère!

Stiopa Plastounoff se laisse embrasser. Vissarion renifle profondément et marmonne :

– Merci, mon cher! Je n'oublierai pas... je n'oublierai jamais...

Il regarde partir son ami sous les flocons de neige qui tournoient et, le cœur léger, remonte dans l'appartement où Constantin et Nélinsky l'attendent en sirotant leur verre de kummel.

11

L'ESCALIER de service, étroit et raide, n'en finit pas de tourner sur lui-même dans la lueur poussiéreuse des lucarnes. Plus Vissarion approche du but, plus il se persuade que sa première visite chez Stiopa Plastounoff scellera définitivement leur amitié. En l'invitant ce soir, alors qu'il ne reçoit jamais personne, ce garçon violent et secret lui a donné une preuve d'estime extraordinaire. La maison est bien telle qu'il l'imaginait : sale, vétuste, habitée par de très petites gens. Sur chaque palier, une dizaine de portes marron, numérotées. Des bruits de voix et de vaisselle traversent les murs. Et aussi de basses odeurs de cuisine. Quel contraste avec la somptueuse demeure des parents de Constantin, chez qui Vissarion a dîné la veille! Leur intérieur moscovite l'a encore plus impressionné que leur vaste propriété de Boïarskoïé. De grands seigneurs, optimistes, solides et bienveillants. Un froncement de sourcil, un mot, et voici un serviteur qui accourt avec un verre de liqueur sur un plateau, ou une pipe tout allumée. Vissarion s'admire d'être également à l'aise dans l'univers de l'extrême richesse et dans celui de l'extrême pauvreté. Sa largeur d'esprit et sa souplesse de caractère en font, songe-t-il, un être d'exception, capable de tout comprendre et de s'adapter à tout. C'est pour cela que des personnages aussi différents que Constantin et Stiopa recherchent sa compagnie. Lequel des deux préfère-t-il? Difficile à dire. L'été, à Boïarskoïé, il s'est amusé sans arrière-pensée avec le turbulent Constantin. Promenades, pique-niques, baignades, parties de pêche, chaque jour apportait son plaisir. Dans cette atmosphère de luxe et d'insouciance, il lui arrivait d'évoquer Stiopa Plastounoff comme un témoin lointain et ennuyeux, comptable maniaque de la moralité d'autrui. Il craignait même de renouer avec lui à son retour de vacances. Et puis, en le revoyant, cet hiver, il a eu du remords, comme si tout le temps qu'il avait passé avec Constantin était du temps perdu et que seules ses conversations avec Stiopa pouvaient lui élever l'âme. Quatrième étage. Numéro 53. Il frappe. On ouvre. S'est-il trompé de porte? Ce n'est pas Stiopa qui est devant lui, mais une jeune fille maigre, olivâtre et voûtée, aux gros yeux noirs luisants.

– Je te présente ma sœur, Ida, dit Stiopa en s'avançant à son tour vers Vissarion.

Vissarion pense dans un éclair : « Il a une sœur et il ne m'en a jamais parlé. Une sœur laide et bossue. C'est admirable! » En revanche, la chambre – propre, quiète, avec du papier à fleurs et des coussins de velours jaune sur un sofa rouge – le déçoit un peu. Ce n'est pas ainsi qu'il imaginait le nid d'aigle d'un intellectuel libéral.

– Débarrasse-toi, dit Stiopa.

Il fait chaud. Un samovar trône sur la table. Soudain, Vissarion se trouve bourgeoisement assis devant un verre de thé et des tranches de pain d'épice. Tandis qu'Ida s'occupe à quelque rangement dans le fond de la chambre, Stiopa se penche vers lui et dit :

– Ça y est! J'ai pu enfin entrer en contact avec Herzen, à Londres!

Vissarion sursaute, inquiet :

– Avec Herzen? Mais... pour quoi faire?

– Pour l'aider!

– Il n'en a pas besoin!

– Tu te figures ça! Songe que lui et Ogareff mènent seuls, de l'étranger, la bataille qui libérera la Russie et l'alignera sur les autres nations européennes. Il leur faut, pour leur journal, un nombre toujours plus grand de correspondants. J'ai accepté de réunir pour eux des renseignements sur l'état d'esprit des étudiants à l'université de Moscou!

– Comment les leur enverras-tu?

– C'est déjà fait! J'ai remis mes informations à un homme sûr qu'on m'a indiqué.

– N'est-ce pas très dangereux?

– Mais non! La filière existe depuis longtemps!

– Tout de même, murmure Vissarion, si tu te faisais pincer...

Ida s'est approchée de son frère et lui a posé une main sur l'épaule. Elle doit être à peine plus âgée que lui. Comme ils se ressemblent! Vissarion ne s'en était pas avisé plus tôt.

– Il faut savoir prendre des risques pour une idée, dit-elle d'une voix douce. Autrement, la vie n'aurait pas de goût!

Son regard se fixe sur Vissarion et il en éprouve la sombre chaleur dans tout l'intérieur du corps. « Plus enragée encore que son frère », pense-t-il. Et il bredouille :

– Évidemment, dans un certain sens, vous avez raison...

– Ce sera une telle joie pour moi de lire mon article dans *La Cloche*! reprend Stiopa. Je l'ai signé d'un pseudonyme : Prométhée.

– Pourquoi Prométhée?

– Parce que, au fond, c'est le premier révolutionnaire! Ah! si mon article pouvait plaire à Herzen! S'il me prenait comme collaborateur régulier!...

– Oui, dit Ida. Il est important de soutenir Herzen par tous les moyens. Avez-vous lu son adresse à Alexandre II, après la publication des rescrits pour la préparation de la réforme?

– Non, répond Vissarion.

– Mais vous connaissez *La Cloche*!

– Bien sûr... enfin... j'en ai entendu parler...

– Comment? dit Ida en se tournant vers son frère. Tu ne lui as pas montré...?

– J'ai préféré attendre d'être tout à fait sûr de lui.

Ida regarde Vissarion et sourit de ses grandes dents trop écartées. Puis elle fait un signe de tête à Stiopa. Il tire de dessous le sofa des brochures poussiéreuses, ficelées par piles.

– Tiens! dit-il. Voilà une bibliothèque où tu pourras puiser quand tu voudras. J'ai là toute la collection de *L'Étoile polaire* et de *La Cloche,* plus pas mal d'opuscules révolutionnaires de haut intérêt.

Il dénoue les ficelles. Des brochures grisâtres, chiffonnées s'étalent sur la table entre les verres de thé et les pots de confiture. Vissarion prend en main, avec respect, une de ces feuilles subversives. C'est la revue *L'Étoile polaire.* Sur la couverture, dans un médaillon noir parsemé d'étoiles, se détachent en blanc les profils des cinq décembristes pendus par ordre de Nicolas Ier après l'échec de leur coup d'État : Pestel, Ryléïeff, Bestoujeff, Mouravieff et Kakhovsky. *La Cloche,* elle, se présente comme un supplément politique à *L'Étoile polaire.* En tête, la formule latine : *« Vivos voco* [1] *! »* Et, dans un coin, en petits caractères : *Publication mensuelle, éditée à Londres. Prix : six pence. On peut se procurer ce journal à la Libre Typographie russe, 2, Judd Street, Brunswick square, W C.* Des articles de fond sur deux colonnes, des échos de la lointaine Russie, l'éditorial de Herzen : *Sire, donnez la liberté à la parole russe... Notre esprit est à l'étroit... Nous avons quelque chose à dire au monde et à notre pays... Donnez aussi la terre aux paysans... Hâtez-vous, sauvez le paysan des crimes à venir, sauvez-le du sang qu'il devra verser...* Et ailleurs : *La réaction pourrie, égoïste, sauvage, rapace, des*

1. « J'appelle les vivants! »

propriétaires endurcis, leurs hurlements de loups ne sont pas dangereux. Que peuvent-ils opposer quand ils ont contre eux le pouvoir et la liberté, la minorité cultivée et tout le peuple, la volonté du tsar et l'opinion publique?... Vissarion saute d'une ligne à l'autre, se grise de mots nobles, s'embarque sur les hautes vagues du sentiment.

– Sublime! Sublime! murmure-t-il. Exactement ce qu'il fallait dire! Mais – excuse-moi, Stiopa! – quelque chose m'échappe. Pourquoi Herzen, qui approuve avec tant de flamme les initiatives libérales du tsar, continue-t-il à être considéré par le gouvernement comme un individu dangereux? Pourquoi ses publications sont-elles interdites en Russie? Pourquoi dois-tu te cacher pour collaborer avec lui?

– Tu es un enfant! dit Stiopa. Si, sur le point précis de l'émancipation des serfs, les idées de Herzen rejoignent celles du tsar, le reste de sa doctrine est résolument hostile au principe de la monarchie autoritaire. C'est un vrai théoricien de la révolution. En 1826, après l'exécution des cinq chefs décembristes, il s'est juré de consacrer toute sa vie à la lutte pour la liberté. Deux fois arrêté, il a fini par émigrer en France, puis en Angleterre. Grâce à lui, la capitale de l'esprit russe, du cœur russe, de l'avenir russe, ce n'est pas Saint-Pétersbourg, ni Moscou, mais Londres. Alexandre II sait que ses moindres faux pas seront dénoncés par Herzen, dans *La Cloche,* avec la dernière rigueur. Il sait que Herzen et ses amis exigeront de la monarchie bien plus qu'elle ne pourra jamais leur concéder. Il sait qu'après l'abolition du servage nous combattrons pour la suppression des châtiments corporels, pour la liberté de la presse et de la parole, pour l'égalité des droits entre tous les citoyens, pour la réorganisation de la justice, de la police, et plus tard, sans doute, pour le remplacement du gouvernement despotique de droit divin par un gouvernement représentatif élu par le peuple. Il le sait! Et il se méfie! Et il a raison de se méfier!

– Oui, oui, dit Vissarion. Maintenant je comprends... Je comprends et j'admire... Permets-tu que j'emporte quelques numéros de *La Cloche* pour les lire chez moi, à tête reposée?

– Si tu veux, dit Stiopa. Mais fais attention.

– Il faut savoir prendre des risques pour une idée, dit Vissarion en regardant Ida avec insistance. Autrement, la vie n'aurait pas de goût!

Ils rient tous trois et Ida enveloppe quelques brochures dans un papier. En la voyant faire, Vissarion éprouve le désir de l'étonner et de s'étonner lui-même. Une audace fulgurante, la crainte d'être pris, l'ivresse de céder à un vent de folie, la fierté de dépasser ses propres intentions, tout cela se mélange en lui et l'exalte.

– Je voudrais, dit-il, je voudrais, moi aussi, collaborer à *La Cloche*...

Stiopa s'arrête de rire et le considère longuement, les yeux plissés.

– Que ferais-tu avec nous, Vissarion? dit-il enfin.

– Eh bien! mais je pourrais, comme toi, donner des informations à Herzen... Sur la vie à la campagne, par exemple. Mon père, tu le sais, possède un grand domaine. J'ai été, dès mon jeune âge, en contact avec les serfs. Si je racontais tout ce que j'ai vu dans les villages de notre région – la misère des moujiks, leur obscurantisme, la dureté et l'incompréhension de certains maîtres – cela intéresserait sûrement tes amis!

– Pour que cela intéresse mes amis, il faudrait d'abord que tu t'éloignes des tiens! dit Stiopa en se rasseyant à table.

Il boit son verre de thé à petites gorgées, en gardant un morceau de sucre au creux de la joue, à la manière du peuple.

– Je ne te comprends pas! dit Vissarion vexé. De qui veux-tu parler? Je n'ai d'autre ami que toi!

– Et Constantin? Et Nélinsky?

– Ce sont de bons camarades, tout au plus!

– De bons camarades avec qui tu passes presque toutes tes soirées, à qui tu parles trop librement et qui, malheureusement, n'ont rien pour nous comprendre. Dans l'état actuel des choses, avec tous les mouchards qui surveillent les milieux libéraux, la moindre indiscrétion peut avoir de graves conséquences.

– Tu crois que Constantin serait capable de...

– Il est bête! C'est plus grave que s'il était méchant! Que tu lâches un mot imprudent, un jour, devant lui, il le répétera, et tu auras sur la conscience l'arrestation de quelques amis. Si tu veux être des nôtres, il faut que tu renonces à voir Constantin et Nélinsky. Surtout Constantin. N'est-ce pas ton avis, Ida?

Ida incline la tête, sans quitter Vissarion du regard.

– Eh bien! si c'est nécessaire, je ne le verrai plus, dit Vissarion. Ce ne sera pas pour moi une grande perte. Il m'ennuie un peu avec ses grands airs!

– Tu as tout de même passé les vacances d'été chez lui!

– Et puis après? s'écrie Vissarion. Cela m'a permis de mieux le juger! Cette richesse étalée... Ce... cette insouciance du sort des humbles... Ce mépris de tout ce qui ne peut être monnayé, exploité...

Lancé dans l'accusation, il s'étonne de trouver tant d'arguments pour appuyer sa thèse. Détestait-il Constantin sans le savoir? Certes, il a gardé un bon souvenir de son séjour à Boïarskoïé. Mais on peut profiter des avantages de la richesse tout en la condamnant. En fait, il n'a jamais approuvé Constantin et ses parents dans leur attitude rétrograde à l'égard du peuple. Bien que jouissant de leur hospitalité, il a implicitement critiqué leurs manières. Sa main tient un verre de thé chaud dans un support d'argent. Il le porte à ses lèvres et pense – Dieu sait pourquoi! – aux contorsions d'un acrobate qu'il a vu à la foire de Smolensk. La tête à la place du derrière et les mains à la place des pieds, l'homme semblait à jamais noué sur lui-même. Et puis, grâce à une série de mouvements onduleux, il s'est recomposé, redressé, et il est apparu debout, souriant et complet.

– De toute façon, dit Stiopa, il vaut mieux que tu te débarrasses de Constantin. Mais fais-le progressivement, pour ne pas éveiller ses soupçons...

– Oui, oui, dit Vissarion. Progressivement...

Soudain il se rappelle que les parents de Constantin l'ont invité à dîner pour le prochain dimanche. Eh bien! il se décommandera; le mieux serait d'envoyer Klim avec un mot d'excuse... L'acrobate avait des moustaches, un maillot mauve et un nom allemand. Ida se rassied et pose au bord de la table ses doigts pâles, étroits et longs, aux phalanges lisses, aux ongles nettement dessinés. « Comment un être aussi disgracié peut-il avoir d'aussi jolies mains? songe Vissarion. On dirait une farce de la nature! »

– As-tu dit à Constantin que tu venais me voir? interroge Stiopa.

– Non, répond Vissarion précipitamment.

Il regarde droit devant lui, avec des yeux limpides, et se demande ce qui le pousse à mentir. Stiopa ne lui ayant pas recommandé la discrétion, il n'a rien fait de mal en parlant hier à Constantin de cette visite. Maintenant le voici un peu plus empêtré. Si jamais Constantin rencontre Stiopa et que l'un dise à l'autre...! Plutôt que d'imaginer la suite, Vissarion préfère se féliciter d'avoir rassuré son ami au prix d'une légère entorse à la vérité. Est-ce un crime de chercher, en toute circonstance, à préserver la tranquillité d'autrui?

– J'aime mieux ça! dit Stiopa. Il n'est pas nécessaire que Constantin sache où j'habite. D'ailleurs, un de ces jours, je vais déménager.

– Pourquoi? demande Vissarion.

– Par prudence, répond Ida.

Vissarion approuve gravement et mange une tranche de pain d'épice. D'une minute à l'autre, il se sent gagné par les sombres délices de la conspiration. Un univers de messages chiffrés, de déguisements, de traquenards, d'amitiés farouches et de fuites nocturnes l'enveloppe.

– Ah! mes amis, dit-il, vous ne pouvez savoir comme je suis bien entre vous deux! Merci, merci de votre confiance!...

Sa voix s'étrangle. Des larmes de joie lui piquent les yeux. Il serre la main de Stiopa, à la broyer, par-dessus la table, et demande un autre verre de thé.

12

IL FAUDRAIT décrire la propriété sans la nommer, étudier le rapport entre le travail que le moujik exécute pour lui-même et celui qu'il exécute pour le compte du barine, relater quelques anecdotes personnelles pour colorer le tout. Vissarion rêve devant le papier où s'alignent des phrases raturées. Dix fois, il a recommencé le début. Par la porte entrebâillée de la cuisine, il voit Klim qui récure une casserole. En ont-ils des souvenirs, à eux deux! Ce serait intéressant de les raconter. En lisant cette histoire simple, noble et véridique, Stiopa éprouverait le choc d'une révélation. Et Herzen après lui, bien sûr! Le manuscrit, cent fois recopié, circule sous le manteau. L'enthousiasme gagne, de proche en proche, toutes les villes de Russie. Les étudiants s'enflamment, de vieux professeurs redressent la tête, des écrivains fameux se reconnaissent dépassés. Personne n'a parlé du peuple comme ce jeune auteur, hier encore inconnu. On chuchote son nom : Vissarion Vassiliévitch Variaguine. Inquiet de l'influence qu'il exerce sur ses compatriotes, le gouvernement le fait arrêter, exiler. Des émeutes répondent à cette injustice. Après six ans de Sibérie, il revient à Moscou avec l'auréole du martyre. La lampe éclaire ses mains, posées à plat, de part et d'autre de la page. S'il savait par où commencer!...

« Je suis né le 9 février 1836, dans la propriété de N., appartenant à mon père. Le domaine comptait autrefois mille trois cent vingt-cinq âmes. Bon nombre ont été vendues depuis. Mon père ne se séparait de ses moujiks qu'à regret. Il les considérait comme son bien, certes, mais les traitait avec justice. Je ne me rappelle pas avoir assisté à un seul châtiment corporel... »

Vissarion s'arrête d'écrire, avec le sentiment de s'être fourvoyé. En présentant Znamenskoïé sous cet aspect idyllique, ne va-t-il pas à l'encontre du but cherché? Ce que Herzen attend de ses correspondants, ce ne sont pas d'aimables souvenirs, mais la dénonciation éloquente des horreurs du servage. Klim récure toujours sa casserole en chantonnant d'une voix traînante. Incontinent, le voici transformé en victime. Une bête de somme. Un chien. Privé d'affection. Roué de coups dans son enfance. Oui, oui... Pour Herzen, pour la cause, il le faut! Vissarion déchire la page noircie et en commence une autre.

« Quand je ferme les yeux et pense au domaine de N. où je suis né et dont j'hériterai un jour – que ce soit le plus tard possible! – je vois d'un côté une belle maison de maître à colonnes, un parc touffu, aux allées soigneusement balayées, et, de l'autre, des villages sordides, pouilleux, croulants, où gîte une population d'esclaves. Comme ils travaillent mal, souvent mon père leur fait administrer les verges par Prokopytch, exécuteur des basses œuvres dans la propriété. Après la correction, il rend toujours visite aux coupables et leur soigne le dos avec des onguents de sa composition. Il ne tolère aucun médecin sur ses terres. Si l'un de ses moujiks meurt, il lui ouvre le ventre pour étudier de plus près la maladie. Chacun le sait, en ville, mais mon père est un personnage trop important pour que le gouverneur lui envoie une commission d'enquête. Bien entendu, les serfs ont un petit lot de terre destiné à les nourrir. D'après l'usage, ils doivent travailler un jour pour eux-mêmes, un jour pour le barine, avec leur propre cheval et leurs propres outils. Mais c'est le barine qui décide la date des travaux. Ainsi voit-on que les champs du propriétaire sont labourés profondément, régulièrement, avec des sillons rapprochés, à une époque où la terre est encore humide de la fonte des neiges, alors que les champs réservés aux paysans sont griffés à la va-vite, en pleine période de sécheresse. Et, pour les moissons, il en est de même : les moujiks n'ont droit qu'aux restes. Parfois, indignés, ils se révoltent. J'ai vu, un jour, des policiers arriver dans notre domaine, sous la conduite d'un officier gonflé de bêtise. Ce qui a suivi dépasse l'entendement. Tous nos serfs mâles ont été rangés en ligne et fouettés. Les femmes sanglotaient et se tordaient les mains. Craignant mes réactions (j'avais quatorze ans), mon père m'avait enfermé à double tour dans ma chambre. J'ai encore dans mes oreilles les cris des malheureux... »

Vissarion relit ce qu'il vient d'écrire et se demande s'il n'a pas trop noirci le tableau. Mais non, il faut frapper l'esprit du lecteur par des images fortes. Znamenskoïé aurait pu être exactement tel qu'il le dépeint. D'autres domaines sont pires. Stiopa et Ida seront enthousiasmés. Dommage qu'il faille attendre demain pour leur montrer ces pages! Il change de plume, rêvasse une minute et continue :

« Que le servage soit une école d'amoralité pour les femmes, je n'en veux pour preuve que l'anecdote suivante... »

Subitement sa main tombe, morte, sur le papier. Des pas se rapprochent. Quelqu'un sonne à la porte. La police. Une perquisition. Tout est perdu! Pris de panique, Vissarion rassemble ses papiers et tourne dans la pièce, à la recherche d'une cachette. Sa tête est vide, ses genoux faibles. À Klim qui s'avance pour ouvrir, il fait signe d'attendre. Enfin il se rue dans sa chambre et fourre les feuillets dans son lit, entre le matelas et le sommier. Et les numéros de *La Cloche* qui sont restés en évidence, sur la table! Vissarion n'a que le temps de les glisser dans le tiroir. On sonne de nouveau. Des coups ébranlent le battant. Une voix d'homme retentit, vigoureuse et amicale :

– Eh là! il n'y a personne? Klim, tu dors, espèce de crapaud? Ouvre!

Pas de doute : c'est Constantin! Vissarion respire à pleine poitrine, regarde Klim et crie :

– Alors? Qu'est-ce que tu attends, imbécile? Va!

Klim se précipite. Constantin et Nélinsky pénètrent dans la pièce, apportant avec eux une bouffée d'air froid de la rue.

– Klim dormait, selon son habitude, dit Vissarion. Et moi aussi, je m'étais allongé sur mon lit, je somnolais...

– À huit heures du soir? dit Constantin. Tu exagères!

– J'ai eu une journée très fatigante, au bureau.

– Combien as-tu fait de cocottes en papier aujourd'hui?

Ces plaisanteries qui, autrefois, amusaient Vissarion lui paraissent soudain inacceptables. Il regarde Constantin et déteste en silence son sourire fat, son long nez mince, et la doublure blanche de son manteau d'étudiant. Comment a-t-il pu naguère jucher sur un piédestal ce hâbleur au cœur sec? Comment a-t-il pu essayer de lui ressembler, de rire avec lui, d'adhérer bassement à ses opinions, de barboter dans son sillage?... Constantin et Nélinsky s'installent sur le canapé et allument leurs pipes. Klim apporte le samovar.

– Tu ne nous attendais pas! dit Constantin.

– Non, dit Vissarion.

– Et tu ne te doutes pas de l'objet de ma visite?

– Pas du tout!

– Qu'est-ce qui t'a pris d'écrire cette lettre à ma mère?

– Ah! oui... Malheureusement, je ne pourrai pas assister à ce dîner, dimanche prochain, balbutie Vissarion. J'ai voulu m'excuser...

– Et tu n'as réussi qu'à te montrer doublement impoli. On ne se décommande pas comme ça, à la dernière minute, lorsqu'on est un homme bien élevé!

Souffleté par cette remarque, Vissarion se redresse et dit d'une voix tremblante :

– Je n'ai pas de leçons à recevoir de toi!

– Il ne s'agit pas de moi, mais de ma mère. Pourquoi ne peux-tu pas venir?

– Je l'ai dit dans ma lettre : après avoir accepté l'invitation de tes parents, je me suis rappelé que j'étais déjà pris par ailleurs, ce jour-là. J'ai été très ennuyé, mais que faire?

– Renoncer à l'autre dîner.

– Impossible, mon cher...

– C'est extraordinaire, le nombre de gens qui se disputent ta présence à leur table! dit Constantin en levant un sourcil.

Nélinsky éclate de rire. Et Vissarion frémit, des talons aux mâchoires, sous l'effet d'une montée de rage.

– Quand je pense, reprend Constantin, qu'à cause de toi mes parents ont invité le colonel Bazaroff, qui est le bras droit du gouverneur de Moscou!... Tu l'aurais rencontré, tu te serais montré brillant, courtois et souple, comme tu sais l'être et, très vite, il t'aurait tiré de ton trou à paperasses...

Une angoisse pénètre Vissarion. Il ne savait pas que le colonel Bazaroff... Mais alors, ça change tout! On ne repousse pas du pied une chance pareille. Puisque sa carrière est en jeu, il doit aller chez les Loujanoff. Du reste, il ne s'est pas fixé de date pour rompre ses relations avec Constantin. Stiopa ne lui a-t-il pas dit lui-même d'agir « progressivement »? Voilà où mène l'excès de zèle! Allons, rien n'est perdu! Un peu de calme. Constantin s'est tu et observe Vissarion avec une méchanceté ironique. Klim apporte des biscuits. Mais personne n'en prend.

– Écoute, dit Vissarion, je viens de réfléchir à quelque

chose. Peut-être pourrais-je m'arranger avec ces amis qui m'ont invité chez eux, dimanche prochain. Je dînerais chez tes parents et j'irais les voir, eux, en fin de soirée...

Constantin balance la tête avec lenteur et laisse tomber du bout des lèvres :

– Non, mon cher. C'est trop tard. Ma mère a recomposé sa table.

Ce refus tranchant déçoit Vissarion et, en même temps, le soulage. Maintenant il n'a plus aucune raison de biaiser.

– Eh bien! tant pis, dit-il, ce sera pour une autre fois!

– Une autre fois? ricane Constantin. Tu ne connais pas ma mère! Elle a des principes! Quand on lui a manqué d'égards, c'est fini!

Rabroué devant Nélinsky! Vissarion ne peut tolérer cela. Il doit répondre. Stiopa, Ida, Herzen sont derrière son dos et l'exhortent à voix basse. Le moment est venu de rompre avec éclat.

– Si, Constantin, dit-il, je la connais, ta mère. J'ai pu l'apprécier, cet été, à Boïarskoïé. Son plaisir, c'est de rabaisser les petites gens et de briller devant les gens en place...

– Qu'est-ce qui te prend, Vissarion? marmonne Nélinsky. Tais-toi!...

– Non, non, laisse-le parler, grogne Constantin qui a pâli et dont le cou s'est allongé. Ça m'intéresse trop de savoir ce qu'il a sur le cœur!

Loin d'impressionner Vissarion, ce visage coléreux attise son audace. Il lui semble qu'il découvre enfin les défauts de la famille Loujanoff, comme s'il s'était saisi d'une loupe et la promenait au-dessus d'un tableau hier encore confus. Mille détails lui sautent aux yeux et le blessent.

– Tu disais donc que ma mère..., insiste Constantin, le nez dressé.

– Assez! Vous êtes ridicules! supplie Nélinsky. Vissarion, je t'en prie...

Klim s'est collé contre le mur et cligne des yeux, par intervalles.

– Ta mère est certainement une personne remarquable, reprend Vissarion, mais, pendant tout le temps que j'ai passé chez vous, elle n'a pas manqué une occasion de m'humilier. Il lui suffisait d'un mot, d'un regard, pour me rejeter au dernier rang. Un peu moins qu'un invité, un peu plus qu'un domestique. Voilà ce que j'étais pour elle!...

Il sent qu'il passe la mesure, mais ne peut s'arrêter. Une griserie lui vient à l'idée de l'irréparable. Il est la vague qui déferle, la pierre qui roule emportée par son poids...

– Et cela simplement parce que je n'ai pas d'argent, dit-il encore d'une voix saccadée, parce que je gagne ma vie en grattant du papier dans un bureau, parce que mon père ne possède pas un domaine immense comme le vôtre, parce que...

Il se tait, le souffle coupé par la poigne de Constantin, qui l'a saisi au collet et voudrait le soulever de terre. Nez à nez et les yeux dans les yeux, ils louchent de haine, respirent fort et ne trouvent plus leurs mots.

– Eh! Eh! crie Nélinsky. Vous n'allez pas vous battre! Tu as tort, Vissarion!... Constantin, tu vois bien qu'il n'est pas dans son état normal!...

Il s'agrippe à eux et les secoue pour les séparer. Enfin Constantin lâche prise. Après un long silence, Vissarion dit entre ses dents :

– Va-t'en! Je ne veux plus te revoir!

– Tu me reverras! hurle Constantin. Que tu le veuilles ou non! Mais sur le terrain! Pour une explication d'honneur!

Abasourdi, Vissarion murmure :

– Tu es fou?

– Tu as insulté ma mère! Je ne le permettrai pas! Étant l'offensé, j'ai le choix des armes. Ce sera le pistolet. Nélinsky, acceptes-tu d'être mon témoin?

– Attends! bredouille Nélinsky. Ce n'est pas possible!... Ne crois-tu pas que des excuses...?

– Non, non, pas d'excuses! Je t'ai posé une question : acceptes-tu d'être mon témoin? Réponds!

– Évidemment... Mais je voudrais...

– Tu n'as plus rien à vouloir. Je vais, de ce pas, chercher un autre témoin, et vous vous mettrez tous les deux en rapport avec ceux que mon adversaire aura désignés. L'affaire ne souffre pas de retard. Demain, à l'aube, il faut que tout soit réglé!

Il saisit son manteau, sa casquette, et sort, suivi de Nélinsky affolé.

La porte retombe. La grisaille des murs bouge doucement autour de Vissarion, comme la toile peinte d'un décor. À deux pas de lui, il voit Klim, la bouche ouverte, les yeux ronds, les mains jointes. La terreur qu'il lit sur ce visage paysan augmente son propre désarroi. Risquer si gros pour quelques mots ineptes! Il n'a pas voulu cela! Il s'est laissé gagner de vitesse! Il est prêt à se rétracter! Voyons, voyons! C'est sa vie qui est en jeu. Sa chère vie. Va-t-elle s'échapper de lui, demain, à l'aube, par un trou sanglant? Empêcher cette rencontre. Impossible sans perdre la face. L'honneur exige... Tout homme digne de ce nom... Le voici seul, sans soutien, titubant, ballotté...

– Tu ne vas pas te battre en duel, barine! marmotte Klim, les larmes aux yeux.

– Si, dit Vissarion. Il le faut!

Certaines paroles, une fois prononcées, donnent la sensation du devoir accompli. Pour avoir répondu si noblement à son domestique, Vissarion a l'impression que le duel a déjà eu lieu et qu'il en est revenu indemne, ou mortellement blessé, mais la conscience nette. En même temps, il décide que le mieux serait de courir chez Stiopa Plastounoff pour lui demander conseil.

La colère de Stiopa est bien telle que Vissarion l'espérait. Il marche de long en large dans la chambre et gronde :

– C'est insensé! Tu ne pouvais pas tenir ta langue? Nous ne sommes plus au temps de Pouchkine et de Lermontoff! Libre à ton Constantin de jouer les héros romantiques! Tu ne vas pas, toi, un homme d'opinions avancées, te prêter à cette comédie d'un autre âge! Qu'on risque sa peau pour un idéal, bravo! Mais pour une dispute de collégiens, c'est pis qu'immoral, c'est stupide! Notre cause a besoin de toutes les énergies!...

Assis, tête basse, en coupable, sur le sofa rouge, Vissarion savoure le plaisir un peu répugnant d'entendre un autre dire ce qu'il n'aurait jamais osé dire lui-même, par crainte de passer pour un lâche. Sûr de n'être pas suivi, il s'accorde même le luxe de protester :

– Mais enfin, Stiopa, je ne puis m'abaisser jusqu'à reconnaître mes torts envers Constantin, alors que c'est lui qui m'a insulté!

– Que signifie cette comptabilité absurde? Lui, moi, ses torts, mes torts...

– D'ailleurs il a dit qu'il refuserait mes excuses.

– Pas si elles lui sont présentées dans les règles, devant ses deux témoins, et constatées par le procès-verbal.

– C'est... c'est mon déshonneur que je signerais là! dit Vissarion en se dressant d'un bond.

Et il s'ouvre à une sensation d'apaisement, de mollesse et de flottaison agréable. Quelqu'un a pris le gouvernail. Il n'a plus rien à se reprocher. Irresponsable et pourtant glorieux, il franchit les derniers rapides. Ida, qui a suivi la conversation sans intervenir, s'approche de lui et murmure :

– Je comprends que vous soyez ulcéré, mais il faut savoir renoncer à la sotte approbation du monde pour ne rechercher que son approbation personnelle. La dignité, c'est parfois de paraître indigne.

– Merci, dit Vissarion. Merci pour vos claires paroles. Oui, je commence à comprendre mon devoir. Bien qu'il m'en coûte, je vais... je vais refuser ce duel. Mais comment faire?

– Laisse-moi arranger ça, dit Stiopa. Je me présenterai à Nélinsky comme ton témoin. Nous rédigerons ensemble un procès-verbal. Puis nous te le soumettrons pour signature.

– Et après, Constantin racontera par toute la ville que j'ai eu peur!

– Nous tournerons le procès-verbal de façon à ménager ta susceptibilité. D'ailleurs, même si Constantin se vante de t'avoir ridiculisé, tu dois avoir assez de ressources morales en toi pour traiter ses fanfaronnades par le mépris!

Stiopa s'est levé. Il met son manteau.

– Je t'accompagne? demande Vissarion.

– Non. Attends-moi ici.

– Tu penses en avoir pour longtemps?

– Sans doute. Ce n'est pas une petite affaire. Il faudra calmer et convaincre cet imbécile de Constantin, élaborer une formule acceptable... Quand tout sera prêt, je reviendrai te chercher.

Resté seul avec Ida, Vissarion se rassied et tire sa montre de son gousset : dix heures du soir. Il soupire et allume un petit cigare. Ida lui sourit tristement. Pourquoi est-elle si laide? Il n'a jamais su parler à une femme qui ne lui plaisait pas physiquement.

Deux heures du matin, et toujours pas de bartchouk. Klim, rongé d'impatience, perd toute notion de respect et s'assied sur le canapé de cuir. En partant, le bartchouk lui a lancé, par-dessus l'épaule, qu'il allait chercher des témoins.

Le duel est une affaire de seigneurs. Un moujik ne peut en comprendre les règles. Lui, quand il est furieux, il se bat avec ses poings. Un œil poché, un nez qui saigne, une oreille déchirée, ce n'est pas grave. Mais les barines, qui ont de l'honneur, font les choses plus proprement. Ils ne se salissent pas les mains. Et ils vont jusqu'au bout de leur colère. Que l'adversaire périsse! Trop souvent, c'est le meilleur des deux qui tombe. Pouchkine n'a-t-il pas été frappé à mort par la balle d'un Français? Ce Constantin va sûrement tuer le bartchouk. Il a l'œil méchant et la main ferme. Que dira le barine? Il accusera Klim de n'avoir pas veillé sur son fils. Et il aura raison. Un bon serviteur est celui qui sait détourner les coups destinés au maître. Comment vivre avec un tel deuil sur la conscience? On ne doit plus trouver de goût à rien, ni au travail, ni au sommeil, ni à la nourriture! Incapable d'accepter une si grande douleur, Klim balance le buste de gauche à droite et gémit :

– Mère céleste, bienfaitrice des voyageurs égarés...

Soudain il s'arrête. On vient. C'est lui!

– Alors? s'écrie Klim en ouvrant la porte.

– Quoi? marmonne Vissarion en entrant.

– Tu... tu as trouvé des témoins?

– Le duel n'aura pas lieu, dit Vissarion.

Son visage est sombre. Il jette son manteau, sa casquette à Klim, que l'étonnement rend muet, passe dans sa chambre et s'effondre, tout habillé, sur son lit. Klim va pendre le manteau et la casquette à la patère, s'agenouille devant l'icône de la Vierge d'Ibérie et, le cœur brisé de bonheur, les lèvres tremblantes, prie à voix basse, avec de lents saluts qui le courbent jusqu'au plancher.

QUATRIÈME PARTIE

1

LE PREMIER à partir est Mékhodanoff, un vieil expéditionnaire. Vissarion le regarde boutonner sa capote sur son ventre, qui subitement double de volume. Comme chaque soir, Mékhodanoff emporte, pressées contre son sein, deux bûches prises subrepticement dans la caisse à bois du bureau. Se chauffer aux frais de l'Administration est devenu son idée fixe. Il sort, la bedaine en avant, à la façon d'une femme enceinte. Puis c'est Smirnoff, le rédacteur, qui se lève, lisse ses cheveux devant un fragment de glace fixé au mur, près de la fenêtre, tourne les pointes de sa moustache sur un crayon et soupire :

– Avez-vous bien réfléchi, Vissarion Vassiliévitch?

– Oui, dit Vissarion.

Ce matin, après avoir vu son nom sur le cahier de service, il a failli accepter l'offre que lui a faite Smirnoff de prendre la garde à sa place, moyennant trois roubles. Ensuite il a pensé que trois roubles, c'était une somme, et que, n'ayant pas de projet pour la soirée, il serait aussi bien au bureau. Mais, à regarder ses collègues ranger leurs plumes et leurs papiers, il est moins sûr d'avoir eu raison. Smirnoff lui cligne de l'œil :

– Deux roubles cinquante, non?

– Non, répond Vissarion en raidissant sa volonté.

Alors Smirnoff s'assied sur le bord de la table, avance le cou et dit :

– N'en parlons plus. J'ai une meilleure proposition à vous faire. Achetez-moi mon uniforme. Pas celui-ci, évidemment! L'autre. Vous le connaissez. Il est encore en très bon état.

– Que ferais-je d'un uniforme? dit Vissarion. Je ne suis pas titularisé.

– Vous le serez un jour. Et alors, vous serez très content d'avoir, dans votre armoire, un uniforme en bon drap qui ne vous aura presque rien coûté. Achetez-moi mon uniforme, et ce soir, je prendrai le service à votre place, gratis!

– Non.

– Dans ce cas, faisons une loterie.

– Une loterie?

– Oui. Je prépare vingt billets numérotés que je vends un rouble chacun, dans le bureau. Et le gros lot, le lot unique, ce sera mon uniforme!

– Faites votre loterie si vous voulez, mais ne comptez pas sur moi pour vous acheter un seul billet, grogne Vissarion excédé.

Smirnoff se redresse et proclame, en tournant sur lui-même comme s'il s'adressait à un auditoire pressé sur les gradins d'un cirque :

– Savez-vous, messieurs, de quoi nous crevons, en Russie? Du manque de confiance!

Il enfonce sa casquette à cocarde sur ses cheveux gras et ondulés, et sort en claquant des talons. Deux autres expéditionnaires le suivent, qui emportent du travail à domicile. L'économe leur a délivré du papier, de l'encre et des bougies contre un reçu. Ils ont dû en prendre six fois plus qu'il n'est nécessaire. Cela se voit à leur air furtif et préoccupé. Vissarion souffre d'être obligé de vivre une partie du jour au milieu de cette humanité besogneuse. Servilité à tous les étages. Courbettes pour l'avancement. Les petits tournent autour des gros, telles des abeilles butineuses autour d'une fleur épanouie. Évidemment, l'emploi de Vissarion est une sinécure, aucune responsabilité ne pèse sur ses épaules et les dossiers importants passent à côté de sa plume. Mais il souhaiterait, parfois, plus de travail et plus d'élévation. Avec ennui, il regarde, droit devant lui, la longue enfilade des bureaux. Un immense cimetière de cartons, de registres, dort dans la lumière jaune des lampes. De même qu'il est impossible, pour un chrétien orthodoxe, de naître, de se marier et de mourir sans un pope, de même il est impossible, pour une affaire quelconque, en Russie, de surgir, de se développer et d'être enterrée sans un fonctionnaire. Que d'enquêtes, de projets, de rapports, de contre-rapports, de décisions préalables pour le moindre accroc! Le papier engendre le papier. Une question qui, au départ, tient sur une simple feuille se gonfle, peu à peu, en un dossier de la taille d'une borne. Et, chaque fois que ce dossier passe d'une table à l'autre, celui qui s'en dessaisit exige, de celui qui le prend, une signature de décharge. Hier encore, Vissarion s'est fâché contre Smirnoff, qui, ayant reçu de ses mains l'affaire Konovaloff, n'a pas voulu signer le bon de transmission. « Quoi? Vous n'avez pas confiance en moi? disait-il. En voilà des manières entre nous! » Vissarion a cédé. Par négligence, par faiblesse. Aujourd'hui il le regrette. Il revoit la figure décomposée d'un de ses collègues, le petit Popoff, attendant, le mois dernier, la décision du tribunal. On devait le juger parce qu'il avait égaré des papiers importants. Il répétait : « Je me rappelle pourtant, comme si c'était hier, que le secrétaire particulier a pris ces documents et les a rangés dans sa serviette pour les emporter chez lui! Maintenant il prétend que non! Et je n'ai pas de preuve! » Puis le petit Popoff a disparu. Changé de service, ou fourré en prison. Va donc savoir! Le secrétaire particulier, lui, a une tête de fieffé coquin. Il marche, le menton en avant, les cheveux en arrière, la face dégagée; son regard semble dire : « Eh bien! gifle-moi! Gifle-moi si tu l'oses! » Ce serait peut-être une solution, songe Vissarion. Gifler le secrétaire particulier et se laisser mettre à la porte. Il pourrait plus simplement démissionner. Mais démissionner suppose une froide décision dont il est incapable. Il préfère qu'un autre prenne la responsabilité de la rupture. À la suite d'une faute professionnelle ou d'un mouvement d'humeur de sa part. Comme si, lui aussi, pour l'acquit de sa conscience, avait besoin d'une signature de décharge. Et après? Que faire, une fois mis à pied? Chercher une autre place? Elles se valent toutes. Se marier? Il a trop le goût du changement. Certes, actuellement il est dans une période creuse, mais cette inaction sentimentale ne durera pas. En vérité, il est heureux d'avoir définitivement renoncé à Hélène. Une chichiteuse, tout en mines, en provocations et en dérobades. Si une telle femme pouvait lui suffire à une époque où il n'avait guère de préoccupations politiques, il ne saurait s'en contenter aujourd'hui où le problème de l'émancipation populaire est devenu son principal sujet de méditation. Il lui faudrait, pour répondre à sa soif de communion intellectuelle, une compagne dans le genre d'Ida. Plus belle évidemment, plus désirable... En tout cas, elle a beaucoup aimé son article. Et Stiopa aussi l'a aimé. Peut-être Herzen le publiera-t-il dans *La Cloche*? Vissarion l'a signé de ses trois initiales V.V.V. N'est-ce pas un peu transparent? Si on le soupçonne, si on l'arrête... Non, non, Stiopa lui a juré qu'il ne risquait rien. D'ailleurs il ne craint pas le danger. Il l'a bien prouvé en acceptant la provocation en duel de Constantin. Sans l'intervention de Stiopa et d'Ida, il serait allé, pistolet au poing, sur le pré. Par moments, il regrette d'avoir obéi à leur amicale pression. Le procès-verbal de réconciliation a été rédigé en termes très honorables. N'empêche que Constantin aurait mérité une leçon! L'égratigner, ou même, simplement, lui trouer le chapeau d'une balle... Maintenant, quand ils se croisent dans la rue, ils détournent la tête pour ne pas se voir. Il n'y a plus, dans l'existence de Vissarion, de ces plaisanteries énormes, de ces rires éclatants, de ces lourdes tapes dans le dos. Tout est devenu grave, secret, tendu et un peu ennuyeux. Va-t-il céder à la nostalgie de la facilité et de la bêtise? Il sent qu'en lui tout bouge, se déplace, tourbillonne... D'infimes particules d'idées s'assemblent en systèmes. Une éblouissante logique de kaléidoscope donne autant de force au oui qu'au non, à la droite qu'à la gauche. Comme s'il était possible de tout démontrer, de tout justifier, de tout approuver, de tout dénigrer, lorsqu'on a l'esprit vif et la mémoire courte!

Deux gardiens moustachus et taciturnes se mettent à balayer les locaux. Ce sont des sous-officiers à la retraite, la poitrine constellée de médailles. Parfois l'un d'eux souffle sur un dossier pour chasser la poussière. Ils baissent les mèches des lampes. Les salles s'obscurcissent. Les gardiens rentrent dans leur réduit, derrière un paravent de bois. Ils toussent, crachent. Puis Vissarion les entend qui cirent leurs bottes. « Il faut aimer les humbles! se répète-t-il. Il faut aimer les humbles! » Mais le cœur n'y est pas. Il taille une plume avec son canif. Bien sûr, il pourrait partir, écourter sa veillée. Et si un gros bonnet arrivait soudain? Cela s'est vu!... Pour passer le temps, il commence une lettre :

« Mon cher père, je t'écris du bureau où j'assure la permanence. Les dossiers attendront un peu. Certains sont marqués du mot : « urgent ». Ils me paraissent pourtant moins urgents que le désir que j'ai de bavarder avec toi... »

Satisfait de la formule, il s'arrête. Son regard quitte la feuille de papier et glisse, de table en table, dans la pénombre. De nouveau, il réfléchit à Hélène, à Klim, à Stiopa, aux moujiks, à l'avenir... Mais il n'a jamais su penser aux autres que par rapport à lui-même. Existe-t-il des gens qui parviennent à s'oublier totalement, à s'abstraire? Les saints, peut-être...

« Je crains, hélas! que mon travail ne m'empêche, cette année encore, d'aller t'embrasser pour Pâques, à Znamenskoïé. Et pourtant je rêve de notre belle campagne et de la vie calme qui s'y déroule. De quel œil vois-tu les changements qui se préparent? Ici, tous les milieux évolués sont dans l'enthousiasme... »

Le gardien Guérassime émerge de son réduit et passe en traînant un sac plein de paperasses. Il va le vider dans le poêle. Une souris effrayée court en zigzag sur le plancher peint en jaune. De la ville, monte un bourdonnement continu. Vissarion éprouve soudain le besoin passionné de descendre dans la rue, d'entrer dans un cabaret, de se lier avec des inconnus, de boire, de discuter jusqu'à l'enrouement. Puis il se dit que, dehors aussi, il s'ennuiera.

« Tu comprends, mon cher père, je voudrais me rendre indispensable ici, afin que mes chefs hâtent ma titularisation et mon avancement. Il me semble que j'aimerais travailler dans une grande administration pour le bien de la patrie... »

La souris, affolée, rebrousse chemin et rentre dans un trou du plancher. La porte s'ouvre. Vissarion dresse la tête et se demande s'il n'est pas le jouet d'une hallucination. Klim se tient sur le seuil, les bras ballants. Jamais encore il n'est venu au bureau. Comment a-t-il trouvé son chemin? Comment le portier, en bas, l'a-t-il laissé passer?...

– Qu'est-ce que tu fais là? balbutie Vissarion vaguement effrayé.

Klim s'avance dans le cercle lumineux. Sa figure resplendit, humble et triste. Il murmure :

– Guéorgui Gavrilovitch Anitchkoff vient de passer à la maison. Il arrive droit de Smolensk. Il voulait te parler au sujet de ton père. Seulement on l'attendait pour dîner, au club. Alors je me suis dit...

– Quoi? Que se passe-t-il avec mon père? demande Vissarion.

– Il va mal, Vissarion Vassiliévitch, soupire Klim. Guéorgui Gavrilovitch croit que tu devrais partir tout de suite...

Vissarion pense rageusement : « Comme l'autre fois. Un malaise. Il me réclame. C'est de l'égoïsme sénile. Et, quand j'arriverai, j'apprendrai qu'il est tiré d'affaire! »

– Partir tout de suite, c'est absurde! grogne-t-il. Je ne peux pas, comme ça, tout laisser...

– Guéorgui Gavrilovitch retourne chez lui après-demain. Il propose que tu profites de sa voiture...

Vissarion se bat contre des fumées. Dieu sait qu'il déteste la vie de bureau! Et pourtant l'obligation de quitter Moscou le contrarie. Il a de grandes idées en tête, des projets sociaux, son amitié pour Stiopa. Et voici qu'il faut tout abandonner pour courir là-bas! Comme toujours, il éprouve le besoin de décharger sa mauvaise humeur sur un autre. Puisqu'on le frappe, il répercutera le coup à l'étage inférieur.

– Eh bien! j'irai, dit-il. Mais seul!

– Seul? marmonne Klim. Tu ne me prendrais pas avec toi?

– Je ne peux pas, dit Vissarion, puisque je pars dans la voiture de Guéorgui Gavrilovitch.

Klim courbe la tête. D'avoir blessé son domestique soulage et attendrit Vissarion, qui ajoute :

– D'ailleurs tu n'as rien à faire à Znamenskoïé. Je serai de retour dans une semaine.

2

UN CHŒUR de paysans chante : *Apaise l'âme de ton serviteur décédé,* et Vissarion, incapable de se contenir plus longtemps, éternue dans son mouchoir. Il a dû s'enrhumer en route, dans la berline d'Anitchkoff. Quel temps exécrable pour la saison! Boue et pluie. Ils ont voyagé à grands cahots depuis Moscou, dans un univers liquide, plaqué, çà et là, de croûtes de neige. Tout compte fait, il préfère être arrivé trop tard. Ainsi, du moins, aura-t-il évité l'épreuve des dernières paroles inintelligibles, du petit miroir devant la bouche et de la mise en bière. Il n'a revu son père qu'exposé dans le cercueil. Correct et pâle, cravaté de blanc et vêtu de noir, comme pour une visite au gouverneur. Les bords de la caisse lui serraient un peu les épaules. Il portait sur le front un bandeau mortuaire de satin, orné de l'image du Sauveur. De l'attaque d'apoplexie qui, paraît-il, l'avait à demi paralysé, il ne restait aucune trace. Un air de mépris tranquille s'était même répandu sur ses traits. Comme s'il avait mieux à faire qu'à demeurer ici. Julie s'est occupée de tout. Pleine de larmes et d'autorité, elle fait fonction de veuve. Avant la levée du corps, les serfs ont défilé devant leur barine. Ils se signaient, baisaient la main du cadavre et se retiraient en pleurant. Dehors, des paysannes sanglotaient en récitant les mérites du défunt. Puis on est parti pour l'église. Une lente procession à travers les champs bruns et mouillés, avec le pope en tête, le cercueil découvert au milieu et la foule par-derrière. Le vent glacé jouait avec les franges de la bannière sainte, portée par un enfant. N'est-ce pas plutôt durant cette longue marche que Vissarion a pris froid? Pourtant, il a mis deux paires de chaussettes l'une sur l'autre, ce matin.

De nouveau il a envie d'éternuer. Un picotement dans les narines. Comme ce chant est beau! Quelle noble mélancolie il infuse au cœur de l'homme! En l'écoutant, Vissarion sent son âme s'alléger, s'élever... Il voudrait être plus triste. Et sans doute le serait-il, s'il n'avait déjà médité sur la mort de son père, la dernière fois qu'il était venu à Znamenskoïé. Cette fausse alerte a vidé ses réserves d'affliction. Il est, dans son chagrin, comme dans une habitude. Tout le voisinage s'est dérangé : les Katchaloff, les Anitchkoff, les Ouvaroff, le comte Chipoff, maréchal de la noblesse de Smolensk, des amis, des obligés, des fonctionnaires... L'église est trop petite pour les contenir. Une bonne trentaine doivent déambuler sur le parvis, en écoutant la messe, de loin, d'une oreille distraite. Aucun serf n'a pu entrer. Ils attendent au cimetière. Julie a donné ordre de préparer un grand repas de funérailles, avec une *koutia* [1]. On peut compter sur une quarantaine de convives. Le clergé sera là. On boira, on mangera, on parlera du défunt avec des soupirs, et, vers le soir, le ventre plein, chacun, *in petto,* remerciera Dieu de l'avoir laissé, lui, en vie.

Pourquoi le diacre balance-t-il si furieusement l'encensoir? Vissarion, qui n'a jamais pu supporter l'odeur douceâtre de l'encens, évite de respirer. Un chatouillement monte dans son nez. Il se mouche. Et on croit qu'il pleure. Voix caverneuse du diacre. Réponse angé-

1. Plat sucré, au riz, à l'hydromel et aux raisins secs, que l'on sert aux repas de funérailles.

lique du chœur. Le père Séraphin n'en finit plus d'aller, de venir, de bénir, de psalmodier, de saluer, dans sa chasuble noir et argent. Pour un moujik, il bâclerait l'affaire en dix minutes. Vissarion déplore cette différence de traitement. Tous sont égaux dans la mort. Bientôt, du reste, grâce à lui et à ses amis, tous le seront aussi dans la vie. Il s'agenouille, se signe, se relève, et pense à Klim qui aurait tant aimé partir avec lui! Peut-être aurait-il dû l'emmener? Guéorgui Gavrilovitch Anitchkoff n'aurait pas demandé mieux, puisqu'une télègue avec des bagages suivait la berline. Mais il ne faut jamais revenir sur ce qu'on a dit à un domestique. Sinon ces gens-là se figurent qu'ils peuvent amadouer leur maître par des plaintes et des momeries. Ce qui est à craindre, ce n'est pas la négation de l'autorité, c'est son effritement. Du reste, Klim, ici, se serait rendu insupportable par l'étalage de sa désolation. Rien de plus agaçant pour un fils dont le père vient de mourir, que de traîner après soi un valet au désespoir excessif, alors que lui-même s'efforce de contenir, par dignité, la peine qu'il éprouve.

Enfin le prêtre bénit le cercueil. Vissarion sort derrière la longue caisse qui tangue sur les épaules de six amis du défunt. Le cimetière est à côté, avec ses croix de bois à triple traverse, dont certaines sont coiffées de petits toits pointus. Que de monde, là-bas! Une bande gris et brun – la terre. Et, au-dessus, une autre bande gris et brun – les visages rapprochés des serfs. Têtes nues. Regards cloués. Vissarion passe entre ces deux haies d'hommes et de femmes, avec le sentiment que quelque chose a changé dans ses rapports avec eux. Pour trois cents êtres humains, il n'est plus le bartchouk, il est le barine. Quand il compare l'affectueux respect dont tout le monde l'entoure dans son domaine à la stupide indifférence que lui témoignent ses collègues de bureau, il doit convenir que sa vraie place est à Znamenskoïé et non à Moscou. Mais la campagne à longueur d'année, est-ce possible? L'ennui de tous ces champs à faire valoir. Ce mariage de raison avec le soleil et la pluie. Cette solitude de mouche prise sous un verre...

Une fois le cercueil fermé, on le descend dans la fosse. Quatre moujiks tiennent les cordes. Le père Séraphin élève la croix. Tous s'agenouillent. De nouveau, le chœur chante : *Apaise l'âme de ton serviteur décédé...* Vissarion raidit les épaules. Son père, là-dedans. Immobile, aveugle et muet. Pour toujours. Plus question pour lui de commander. D'après Julie, jusqu'à son dernier souffle il est resté lucide. À demi paralysé, la bouche morte du côté gauche, il réclamait encore son fils. Ses ultimes paroles, difficilement articulées, auraient été : « Mais qu'est-ce qu'il attend?... Ouvrez la fenêtre... Il entrera par la fenêtre!... » À ce qu'il paraît, Vassili Pétrovitch prévoyait sa mort. Avant de tomber malade, il avait mis ses affaires en ordre. Une enveloppe cachetée de cire noire attend Vissarion dans un tiroir du bureau. *À ouvrir après qu'on m'aura enseveli chrétiennement.* Julie dit qu'elle l'a vu écrire cette lettre à son fils et qu'il avait alors « un visage d'ange ». Vissarion ne peut imaginer son père avec un visage d'ange. Quand il ferme les yeux, il le revoit plutôt la moustache oblique et le sourcil mécontent. Cependant Vassili Pétrovitch a communié, a reçu l'extrême-onction et s'est éteint selon les règles. Julie a commandé à Smolensk un beau cercueil de chêne, garni aux quatre coins de glands de soie violette. Le moment est venu de jeter de la terre dessus. Le père Séraphin commence. Puis c'est le tour de Vissarion. Ses doigts brisent une motte de glaise froide et humide au-dessus du trou. Un tambourinement sourd. Vissarion s'éloigne. Katchaloff le rattrape et l'embrasse avec une vigueur pathétique. Il est venu avec ses filles. Elles n'ont pas embelli en deux ans. Aglaé pleurniche, pâle, douce, gonflée, le cou dans les épaules et le menton mollet.

– Vous restez pour le repas de funérailles, n'est-ce

pas? chuchote Vissarion, tandis que Katchaloff lui tapote la main.

– Non, non, nous ne voudrions pas...

– J'insiste, Ivan Ivanovitch. Vous savez combien mon père était homme de tradition...

La lettre posthume est décevante. Quatre pages écrites d'une main ferme pour adjurer Vissarion de ne pas laisser péricliter Znamenskoïé et lui dépeindre les joies que la culture de la terre réserve aux âmes de qualité. Mais, pour survivre, il importe de s'agrandir.

Je t'ai déjà parlé autrefois de mon désir de te voir épouser Aglaé Katchaloff. Outre qu'elle a un physique aimable et un cœur sans défaut, elle t'apporterait, ainsi qu'Ivan Ivanovitch me l'a laissé entendre, tous les champs de la Mouravéïnaïa, qui se trouvent, comme tu le sais, derrière l'étang. Cela constituerait pour vous deux un domaine d'une exceptionnelle harmonie. Et très agréable à mettre en valeur. Ayant plus de terre, tu pourrais passer de l'assolement triennal à l'assolement septennal. Surtout ne commets pas la même erreur que moi en semant du lin. Je me suis acharné là-dessus, et cette obstination a causé ma ruine. En revanche, la pomme de terre me paraît tout indiquée. Tu pourrais facilement en avoir sur soixante déciatines. Rien ne t'empêcherait ensuite d'installer une distillerie. Et, tout naturellement, tu achèterais du bétail pour le nourrir avec le malt trempé... Regarde comme tout s'arrange!... J'aurais voulu te dire cela de vive voix. Mais tu ne viens plus guère. Te verrai-je encore? J'en doute. Quoi qu'il arrive, mon fils, sois toujours généreux dans tes pensées, ferme dans tes décisions et honnête envers toi-même. Le peu que je te laisse... les dernières années, si dures pour les propriétaires fonciers de notre région... J'ai dû emprunter de grosses sommes à Ivan Ivanovitch Katchaloff... Il a tous les reçus... Il s'est toujours montré si bien disposé envers nous... Ta jeunesse, ton courage... le nom des Variaguine...

Vissarion referme la lettre dans ses plis et s'étonne de n'être pas davantage ému. Pourtant il s'agit là des dernières lignes écrites par son père. Un tel message est, par essence même, sacré. Serait-il un fils indigne? La supposition le fait sourire. Non, mais il n'aime pas qu'on dispose de son avenir sous cette forme testamentaire. D'ailleurs comment son père a-t-il pu parler dans sa lettre du *physique aimable* d'Aglaé? Est-ce l'âge qui a faussé l'acuité de son regard? Est-ce l'existence à la campagne qui a émoussé son goût? Sans doute, à force de ne voir que des chevaux, des oies, des moujiks, l'homme le plus raffiné perd-il toute notion de la beauté féminine! Ou plutôt : obsédé par le rendement du domaine, il ne pense qu'à la bonne affaire. Il demande à l'agriculture ce que l'amour ne peut plus lui donner. Et il voudrait que son fils le comprenne! Vissarion n'est pas de cette veine. En toute occasion, il a fait passer son plaisir avant ses intérêts. Aujourd'hui plus que jamais, il est fier de cette imprévoyance. La misère à Moscou, parmi quelques amis au ventre creux et aux idées larges, lui paraît cent fois plus attrayante que l'opulence à Znamenskoïé, auprès d'une fade brebis parée du titre d'épouse. En voulant lui jeter Aglaé dans les bras, son père l'a définitivement dégoûté de la province. Il promène un regard de défi sur le cabinet de travail vide, froid et bien rangé. Tout ici lui appartient désormais, et cependant rien n'est réellement à lui. Papiers, livres, bocaux, aucun de ces objets ne l'accepte pour maître. Chassé par eux, il sort dans le couloir. Une dure curiosité le pousse. Chaque porte qu'il ouvre donne sur un tombeau : le tombeau des repas en commun, avec la grande table nue et les chaises inutiles, le tombeau des soirées familiales, avec les fauteuils des absents et la lampe sans emploi, le tombeau des sommeils enfin. Dans la chambre de son père, Vissarion machinalement se signe. Au-delà des doubles vitres, le jardin s'étale, noir et gris, au clair de lune. Un fouillis d'encre et de brume, rayé, de place en place, par les troncs osseux des bouleaux. Quel paysage sinistre! Le contempler, c'est se convaincre de l'inanité des choses terrestres. Cette allée qui s'enfonce dans la nuit ne mène nulle part. L'épaisseur du silence, la notion vertigineuse de la solitude contraignent l'âme à se replier sur elle-même. Existe-t-il ailleurs des rues bruyantes, des théâtres pleins de musique, des restaurants illuminés, des chambres d'étudiants où règne le joyeux brouhaha des discussions amicales? Le vent siffle, le plancher craque. Comme il fait froid, soudain! On devrait chauffer davantage, pense Vissarion. Demain, il dira à Julie de pousser les feux. Elle est le seul point solide dans cette maison en désarroi. Et il déteste sa ronde face luisante de santé, sa corpulence alerte, son obséquiosité autoritaire et calculée. Grâce à elle, cependant, le repas de funérailles a été parfait, de bout en bout. Et les invités ont témoigné d'une louable discrétion de parole et d'appétit. Le plus ému de tous était Katchaloff. Chaque fois que ses yeux se posaient sur Vissarion, il soupirait et branlait du chef, comme étouffé par l'abondance de ses sentiments. En sortant de table, il a pris Vissarion par le bras et a murmuré : « Cette maison sans lui, quel désert! Mais vous la ferez revivre, n'est-ce pas? Nous vous y aiderons. Je voudrais être plus que votre voisin... » Vissarion a cru entendre dans l'air le sifflement d'un grappin. Mais le crochet est tombé dans le vide. Devant l'expression glaciale de son hôte, Katchaloff n'a plus insisté. « Liquider tout ça, décide Vissarion, vendre au plus offrant, partir... »

Il sort de la chambre en emportant la lampe et descend l'escalier. De marche en marche, son ombre l'accompagne sur le mur. Les taches d'humidité sont toujours là. Celle qui a la forme d'une botte et celle qui s'étale comme les dents d'un râteau. Il va prendre un livre – n'importe lequel! – dans le cabinet de travail de son père. S'il ne lit pas, il ne pourra jamais s'endormir. La porte du placard, sous l'escalier, est entrouverte. Il la referme machinalement. Et tout à coup il se dit que Klim, à Moscou, ne sait même pas que son barine est mort. Sans doute, en l'apprenant, aura-t-il un grand chagrin. « Mais quand l'apprendra-t-il? À mon retour? Les formalités de la succession et de la vente risquent de traîner des semaines. Je devrais lui écrire », pense Vissarion. Immédiatement il se rebiffe. On n'écrit pas à un serf! Attention, Klim n'est pas un serf ordinaire! Du reste, bientôt il n'y aura plus de serfs. Peut-on être pour l'égalité sociale et refuser de donner l'exemple? « Lorsque je dirai à Stiopa que j'ai envoyé une lettre à Klim, il me félicitera. » Cette idée lève les dernières hésitations de Vissarion. Dans le bureau, il oublie qu'il est descendu pour chercher un livre, pose la lampe sur la table de son père, s'assied, prend un papier, une plume, ouvre l'encrier en forme de crapaud et se demande par quelle formule commencer : « Mon cher Klim », ou Klim tout court? Allons, puisque la fraternité est de règle, il ne faut pas chicaner sur les mots : « Mon cher Klim. »

Vissarion forme bien ses lettres, comme s'il écrivait à un enfant :

« J'ai une triste nouvelle à t'apprendre : mon père a rendu son âme à Dieu. Il repose à présent dans notre cimetière, à côté de ma mère. Je suis sûr que tu associeras tes prières aux miennes, en ces jours de deuil. Évidemment, je ne puis savoir encore quand je reviendrai... »

Arrivé là, Vissarion hésite à poursuivre. Il ne va tout de même pas questionner Klim sur sa vie à Moscou ni lui raconter la sienne à Znamenskoïé! Après une minute de réflexion, il ajoute :

« Si tu as besoin de quoi que ce soit, demande à Stépan Alexandrovitch Plastounoff. Au revoir, mon cher Klim. Porte-toi bien. »

Et il signe. Reste l'adresse. Étant serf, Klim n'a qu'un seul prénom [1]. Mais quel est donc son nom de famille? Il est étrange de penser que les moujiks les plus arriérés en ont un. Ah! oui, il s'appelle Baranoff. « Kliment Baranoff, chez Vissarion Vassiliévitch Variaguine... » Pour fermer l'enveloppe, Vissarion prend le cachet de son père. La cire chaude goutte sur le papier et grésille. Les initiales entrelacées de l'empreinte se détachent nettement au milieu d'un losange. Que dirait Vassili Pétrovitch s'il savait que son fils vient d'écrire à un serf? Mais peut-être le sait-il? On n'est jamais sûr de rien avec les morts.

Au moment de remonter dans sa chambre, Vissarion se ravise, revient vers une petite bibliothèque d'acajou et élève la lampe pour déchiffrer les titres des livres. Certains l'étonnent : *Récits d'un chasseur,* de Tourguénieff, *Anton Gorémyka,* de Grigorovitch, *Les Âmes mortes,* de Gogol, *La Conquête du Mexique,* de Prescott... Est-il possible que son père ait lu ces ouvrages et les ait aimés? Jamais ils n'en ont parlé ensemble. Maintenant, il est trop tard. Que sait-on d'un être avant de l'avoir perdu? Vissarion prend *Mémoires d'un chasseur* que Stiopa Plastounoff admire tant. Lui-même n'en a gardé qu'un souvenir confus. C'est le moment où jamais de relire ces pages. S'il vend la maison, il emportera la bibliothèque. Ainsi que les papiers de son père, bien sûr, et quelques meubles. Mais où mettra-t-il tout cela? Il n'a pas assez de place, à Moscou. Sottise! Sa situation va

1. Les serfs n'avaient pas le droit, en principe, de faire suivre leur prénom du prénom de leur père, ainsi qu'il était de règle pour le reste de la population. Seuls les hommes et les femmes libres jouissaient de la double appellation : Ivan Borissovitch (Ivan, fils de Boris), ou Alexandre Vassiliévitch (Alexandre, fils de Vassili), ou Olga Serguéïevna (Olga, fille de Serge).

changer, grâce à l'argent de l'héritage. Il déménagera pour s'installer plus au large...

En songeant à cet avenir d'aisance et d'oisiveté, il oublie son deuil. Décidément, le sort de l'espèce humaine est atroce. Tout individu qui meurt libère une place pour un vivant. L'honneur de l'homme consiste à lutter contre les lois de la nature. C'est dans la mesure où il s'oppose aux lois de la nature, fondées sur la domination du plus fort, qu'il accomplit le plus dignement son destin d'être pensant. Et, comme les lois de la nature sont voulues par Dieu, c'est dans la mesure où il s'oppose à Dieu qu'il se justifie lui-même. Christ n'a pas fait autre chose que s'opposer aux lois de la nature et, par conséquent, à Dieu. Vissarion entrevoit cette vérité dans un éclair et en demeure ébranlé. Jamais encore son esprit ne s'est aventuré si loin. Est-ce la mort qui l'incite à de telles méditations? Un écran de protection a disparu. Il est seul, il est nu, il commence à vivre. Comme il aimerait parler de tout cela avec Stiopa Plastounoff!

Pensif, il remonte dans sa chambre, se déshabille, se glisse dans son lit et essaye de lire. La prose harmonieuse de Tourguénieff le charme un instant, puis l'agace. Il écoute la maison qui dort. Une horloge bat derrière la cloison. Le veilleur de nuit passe en heurtant ses bouts de bois l'un contre l'autre. Vissarion frissonne et souffle la lampe. Noir total. Repos des yeux et du cœur. Brusquement, il se rappelle une promenade qu'il a faite, avec des amis, l'été dernier, à Moscou, au-delà de la gare Nicolas, le long de la voie ferrée. Les rails parallèles coupaient le paysage et se perdaient, au loin, dans une vibration de chaleur et de lumière. Et, des deux côtés de ces rails droits, luisants et funèbres, sur le talus, dans les hautes herbes, dansaient au vent les corolles joyeuses et fragiles d'une nuée de coquelicots. Pourquoi ce souvenir lui revient-il aujourd'hui avec une telle insistance? Il ne peut penser à autre chose. Il revoit les rails noir et argent, un semis de taches rouges, et sa gorge se serre, et il a envie de pleurer. Un jour, le chemin de fer reliera Smolensk à Moscou. Mais lui, Vissarion, aura depuis longtemps quitté Znamenskoïé. Riche et considéré, il habitera un grand appartement dans le quartier de l'Arbat. Et il aura pris Hélène comme maîtresse. Oui, la meilleure façon de se venger d'elle, c'est encore de la séduire. Elle ne résistera pas à l'attrait de l'argent. Il l'habillera de robes somptueuses, il la couvrira de bijoux, il l'humiliera. La mettre nue et lui jeter une poignée de pièces de monnaie à la figure. Et s'il lui écrivait? Mais pour dire quoi? Que son père est mort? Qu'il va être riche? Qu'il compte renouer avec elle? Non. Il se retourne dans son lit, rallume la lampe, reprend son livre. Les heures sont lentes. N'a-t-on pas marché dans le corridor? Si. Un pas léger, un froissement d'étoffe. Xénia, Xénia revient le voir! Mais non, elle est morte! Depuis longtemps. Morte et enterrée, avec la fille qu'elle a eue de lui. Dieu a bien fait les choses. Pourtant Vissarion ne peut étouffer sa peur. La porte va s'ouvrir. Elle entrera comme autrefois, en chemise blanche. Et, dessous, tout ne sera que pourriture. Saisi d'horreur, il ferme les yeux et se signe. Le pas se rapproche.

– Tu n'as besoin de rien, Vissarion Vassiliévitch? demande la voix de Julie à travers la porte.

– Non, merci, dit Vissarion.

Et il retombe, les épaules rompues, sur son oreiller.

3

– VENDRE! s'écrie Grékoff. C'est facile à dire! Vendre! Vendre!...

Assis dans le fauteuil de son père, derrière la table de travail débarrassée de ses papiers, Vissarion considère avec surprise le bonhomme rondouillard et chauve qui se tortille devant lui, au bord d'une chaise. Un marchand de biens devrait être heureux, pense-t-il, quand on le convoque pour le charger d'une affaire. Pourquoi celui-ci rechigne-t-il devant sa proposition? En vérité, Grékoff n'est pas seulement un marchand de biens. Toutes les tractations, immobilières ou autres, dans la région, passent, on ne sait comment, entre ses mains. Expert en terrains, maquignon, usurier, conseiller juridique, il a la réputation de réussir les opérations les plus délicates en contournant la loi, sans jamais la violer.

– Excusez-moi, dit Vissarion, mais je ne comprends pas votre embarras!

– Ah non? Et l'époque, y avez-vous pensé? L'époque, Vissarion Vassiliévitch! Vous ne pouviez choisir un plus mauvais moment!

– N'exagérons pas!

– Je n'exagère pas, mon cher. Que vous le vouliez ou non, nous nous trouvons à la veille de la grande réforme.

Dans l'ignorance de ce que sera bientôt l'existence du propriétaire foncier, personne n'a plus envie d'acheter des terres. Encore moins d'acheter des serfs! Des serfs qui, demain, deviendront des hommes libres et revendiqueront une partie de ces mêmes terres comme entrant dans leur lot!

La justesse de ce raisonnement frappe Vissarion et le désarme. Un instant affolé, il se ressaisit et proteste :

– Vous savez bien que le gouvernement ne laissera pas dépouiller les propriétaires. Ils recevront des compensations en échange des parcelles qu'ils auront dû céder à leurs serfs.

– Des compensations fixées à l'amiable ou d'après des barèmes trop compliqués! Bref, sans la moindre garantie pour ceux qui se dessaisissent de leurs biens! Quand on met son doigt dans l'engrenage du libéralisme, tout le corps y passe!

Vissarion ne peut s'empêcher de sourire. Il aurait dû s'en douter : Grékoff est un de ces affreux réactionnaires qui s'opposent, de tout leur égoïsme, à l'émancipation du peuple opprimé. Comme la vieillesse est hideuse dans son immobilité, son scepticisme et sa crainte!

– Je crois, dit Vissarion, que vous vous faites un épouvantail d'une mesure qui, politiquement, socialement, était indispensable!

– Peut-être, peut-être! bafouille Grékoff. Après tout, si les victimes sont consentantes...

– Les victimes?

– Oui! Vous! Vous, les possédants, les nantis!... Mais nous ne sommes pas ici pour débattre de ce problème! Une chose est certaine : aujourd'hui, il faut être un naïf ou un original pour vouloir agrandir son domaine. Je connais dix, vingt propriétaires qui souhaiteraient vendre, pas un qui souhaiterait acheter. Vous seriez venu me trouver il y a deux ans...

– Il y a deux ans, mon père était encore en vie! dit Vissarion sèchement.

– Très juste! reconnaît Grékoff. Et lui, il n'avait nul désir de se séparer de Znamenskoïé. Quel homme merveilleux! Ah! il est parti au bon moment : il ne verra pas la ruine des traditions, la spoliation des grandes familles, l'agitation de la plèbe!... Vous savez que j'ai été son conseiller, presque son ami?... Il a passé par des moments si difficiles, le pauvre!... L'histoire du lin, le choléra... Il a dû emprunter...

– Je suis au courant.

Grékoff tire un mouchoir de sa poche, se tamponne le nez et les yeux comme pour se recomposer un visage après une forte émotion, et dit encore, d'une voix fluette :

– Je me revois assis dans ce même bureau, et Vassili Pétrovitch à la place que vous occupez. Je lui demandais : « Comment ça va, Vassili Pétrovitch? » Et il répondait, en hochant la tête : « Mal, mon cher! Mal! » Je voudrais tant pouvoir vous aider en souvenir de lui! Alors, voilà : à mon sens, il n'y a pour vous qu'un acquéreur possible : Ivan Ivanovitch Katchaloff. Il est votre voisin. Votre père lui devait, je le sais, des sommes considérables...

– C'est, en effet, à lui que j'ai d'abord pensé, dit Vissarion.

– Vous voyez bien!

Vissarion hésite une seconde : Grékoff lui répugne, mais il n'y a pas de meilleur courtier en terrains dans la région.

– Vous allez vous charger de cette affaire, dit-il. Passez voir Katchaloff, dès demain, pour sonder ses intentions.

– Moi? s'exclame Grékoff. Ah! non, mon cher, c'est impossible! Je suis au plus mal avec Katchaloff, depuis que j'ai été amené à le contredire au cours d'un procès où je déposais pour un de mes clients. Il suffirait que ce soit moi qui lui présente votre offre pour qu'il refuse de traiter. Reconnaissez que j'ai du mérite à vous recommander ce monsieur de préférence à tout autre!

– Oui, dit Vissarion, agacé. Un grand mérite!

– Allez le trouver vous-même.

– Je n'aime pas beaucoup ça!

– Pourquoi? Votre père n'hésitait pas à se déplacer, lui, lorsqu'il avait un service à demander.

– Je ne demande pas de service!

– Non, bien sûr... Mais vous êtes, comme il l'a été souvent, dans une position difficile, très difficile...

– Combien pensez-vous que vaille Znamenskoïé?

Les lèvres de Grékoff se ramassent en une sorte de rosette mauve et plissée, tandis que ses yeux se lèvent au plafond. Il réfléchit et déclare :

– En temps normal, j'aurais dit : cent quarante mille roubles.

– Et maintenant?

– La moitié.

– La moitié? s'écrie Vissarion.

– Oui. Et encore cela me paraît excessif! Il est vrai que Katchaloff possède pas mal de billets à ordre signés de votre père. Cette circonstance qui, évidemment, diminuera encore le chiffre total peut le décider...

– Non, non, balbutie Vissarion. La moitié, c'est impossible! Je vais essayer ailleurs!

– Vous auriez tort, estimé Vissarion Vassiliévitch, prononce Grékoff en souriant. Personne, je vous l'ai dit, ne s'intéressera à votre Znamenskoïé, hormis Katchaloff. Et, quand Katchaloff saura (car tout se sait en province!) que vous avez proposé en vain votre domaine à dix personnes avant de vous adresser à lui, il se sentira plus fort et vous imposera son prix. En revanche, si vous allez le trouver en lui disant qu'il est le premier sur votre liste, mais qu'en cas de refus vous relancerez aussitôt les autres, il craindra de se voir souffler une affaire avantageuse et se montrera, sans doute, plus conciliant.

Ébloui par la clarté de la démonstration, Vissarion marmonne :

– Je crois que vous avez raison. Je vais le voir d'abord.

– Surtout ne lui parlez pas de moi!

– Non, non. Mais précisément, en ce qui vous concerne, je voudrais...

Grékoff l'arrête en levant une petite main potelée. Sa manchette cylindrique glisse sur son poignet.

– Non, dit-il, je ne me fais jamais payer pour une affaire que je ne traite pas de bout en bout! Mon avis, en l'occurrence, est désintéressé. Ou plutôt, je suis rétribué de ma peine par le plaisir d'avoir obligé le fils d'un ami!

Tant de générosité confond Vissarion. Aurait-il mal jugé son visiteur? Brusquement, Grékoff lui apparaît comme une somme de science, de prudence et de sérénité.

– Et pour l'acte de vente? demande-t-il.

– Rien de plus simple, dit Grékoff. Vous irez trouver Swétchine, qui est le notaire de votre père, à Smolensk. Il se chargera des formalités. Comme vous êtes fils unique, le tribunal d'arrondissement ne fera aucune difficulté pour l'envoi en possession. Surtout si, en plus, vous avez la bonté de ne pas oublier, au passage, les auxiliaires de la justice...

Grékoff se lève sans grandir. On dirait que ses genoux lui rentrent dans les hanches. Rabougri et radieux, il parcourt le bureau d'un regard circulaire et dit encore :

– Rien n'a changé, ici! Et pourtant, quel vide! Que nous sommes peu de chose sous le regard du Très-Haut! Il souffle et l'herbe s'incline!...

Vissarion le raccompagne jusqu'au perron et demande soudain :

– Vous êtes sûr qu'à soixante-dix mille roubles je devrais signer?

– Même à soixante, mon cher! Même à cinquante! Vous êtes menacé d'un ouragan, d'un déluge! Si vous vous cramponnez, vous perdrez tout!

Grékoff parle sous le nez de Vissarion. Son haleine est épaisse. Vissarion lui serre la main avec un mélange de gratitude et de répulsion. Une vieille calèche, attelée d'un cheval blanc osseux, attend devant les marches. Lorsque le marchand de biens s'installe à l'intérieur, les ressorts ne s'affaissent même pas, tant il est léger. La calèche s'éloigne dans la bruine. Ses roues fendent les flaques jaunes. Sa capote oscille, bombée et noire, entre les haies de bouleaux au feuillage naissant.

Une charrette vient en sens inverse, chargée de longues pièces de bois. Sans doute les destine-t-on à la réparation de quelque hangar. Qui a ordonné ces travaux? Vissarion n'a même pas envie de le savoir. Il regarde le moujik conduisant l'attelage et pense qu'à cause de la prochaine réforme cet homme ne représente plus qu'une moitié d'âme. Et il en est ainsi de tous les moujiks du domaine. C'est comme si on leur avait tranché un bras et une jambe, comme si Znamenskoïé n'était plus peuplé que d'invalides à cinquante pour cent. En vérité, les serfs perdent en valeur marchande ce que les philosophes prétendent leur faire gagner en valeur morale!

La charrette passe en grinçant. Le moujik retire son bonnet. Vissarion le connaît, mais ne peut retrouver son nom dans sa mémoire. Peu importe : bientôt cet homme ne sera plus à lui! Il les vendra tous, sans regret! Oui, tous! Sauf Klim. Comment se passerait-il d'un domestique, à Moscou? Autant garder celui-là que d'en prendre un autre.

Lentement il rentre dans le cabinet de travail. Sa colère lui est retombée sur le cœur et il en éprouve un malaise. Comme les idées sont belles quand elles planent au-dessus de nos têtes! Mais, dès qu'elles dérangent un de nos cheveux, nous voici indignés! Il faut savoir, parfois, payer de sa personne pour le bien des autres. Seulement où se cache-t-il, ce bien? Est-ce aux hommes d'en décider? Si Stiopa Plastounoff était là, il expliquerait tout, il clarifierait tout... Pour lui et sa sœur, il n'existe ni obstacle ni demi-mesure. C'est vrai qu'ils n'ont jamais possédé de serfs; ils ne peuvent pas comprendre... Ils se figurent que les moujiks sont des êtres simples et doux, à l'âme pure et aux mains calleuses. Ah! oui, parlons-en! Des brutes, des ingrats, des fainéants, des sadiques! Dans son enfance déjà, Vissarion était horrifié par leur comportement. Il revoit Prokopytch tuant le chat Mourlyka parce qu'il boitait. Vlan! contre le mur, la tête éclatée. Et la chienne Poustychka! Chaque fois qu'elle avait des petits, le palefrenier les enfermait dans un sac et les noyait dans la rivière. Vissarion en a sauvé quelques-uns. Il les distribuait ensuite dans les villages. Il a toujours aimé les bêtes. Peut-être devrait-il avoir un chien, à Moscou? Un lévrier... Pauvre Poustychka! Que tout cela est loin! On frappe à la porte. Julie entre, la robe bruissante, les colliers cliquetant. Sur son visage plein, la tristesse compose déjà avec une mielleuse obédience. Mains croisées sur le ventre, tête penchée et regard coulant, elle demande ce que « le barine » souhaite pour son dîner.

Ivan Ivanovitch Katchaloff ouvre un dossier et aligne sur la table une dizaine de feuilles de papier timbré, couvertes d'une large écriture. *Je soussigné reconnais devoir...* Au bas de chaque document, Vissarion voit la signature de son père. Un froid le pénètre. Il relève la tête. Katchaloff sourit et pousse vers lui un petit verre de liqueur.

– C'est de la cerise. Goûtez!

Ils sont dans le bureau de Katchaloff, qui est décoré selon le style pompéien. Sur les boiseries, flottent des beautés romaines, peintes par quelque artisan moujik, d'après des gravures. Elles ont toutes l'air de paysannes russes, malgré leurs amphores et leurs péplums. Derrière la fenêtre, le parc verdoie. Les sons d'un piano traversent la porte. Dans le salon, les deux filles de Katchaloff doivent jouer à quatre mains.

– Ça fait combien, en tout? demande Vissarion.

– Quarante-cinq mille roubles, dont vingt mille sur créances hypothécaires.

Vissarion, abasourdi, s'efforce de cacher son désarroi.

– Je savais que mon père vous devait de l'argent, Ivan Ivanovitch, murmure-t-il, mais je ne m'attendais pas, je l'avoue, à ce chiffre!

– Eh oui! dit Katchaloff. Il espérait toujours se refaire, d'une manière ou d'une autre, et me rembourser. Entre nous, je n'y croyais guère. Je le voyais courir à sa ruine et mon cœur se serrait...

Une colère muette soulève Vissarion contre ce père imprévoyant. Tant de nobles paroles pour cacher un échec aussi lamentable! Dire qu'au moment où Vassili Pétrovitch titubait sous le poids de ses dettes il prétendait encore donner des conseils à son fils!

– Que comptez-vous faire, maintenant? demande Katchaloff.

– Je vous l'ai dit : vendre... Enfin... si nous nous entendons sur le prix...

– Bien sûr que nous nous entendrons! Mon plus cher désir est de vous être agréable...

– D'après mes renseignements, Znamenskoïé vaut cent mille roubles, dit Vissarion avec défi.

Et aussitôt il s'inquiète d'avoir forcé le chiffre. Ne va-t-il pas indisposer son interlocuteur au lieu de l'impressionner par son assurance? Katchaloff s'arrondit du menton, des joues et des prunelles.

– Mon cher, dit-il, on voit que vous venez de la grande ville. Sans doute, dans le gouvernement de Moscou, les prix se sont-ils plus ou moins maintenus. Mais chez nous, par suite des incertitudes politiques et autres, les propriétés foncières sont tombées très bas. Votre Znamenskoïé, même pour soixante mille roubles, j'hésiterais à le prendre!

– Soixante mille roubles? bredouille Vissarion.

– Eh oui!

– Vous plaisantez, Ivan Ivanovitch?

– Je suis au contraire très lucide et très grave.

– Il me resterait donc combien, après avoir réglé les dettes de mon père?

– Quinze mille roubles.

– Autant dire rien!

– Tout de même...

– Non, non, à ce prix-là, je ne peux pas...

– Qui vous oblige à vendre?

– Les dettes...

– Je vous accorderai des délais.

– Certaines sont hypothécaires, m'avez-vous dit?

– Oui.

– Alors, un jour ou l'autre...?

– Sans doute...

– Vous voyez bien qu'il faut que je me débarrasse de Znamenskoïé! D'ailleurs, même s'il n'y avait pas la question des dettes, je ne resterais pas ici! Cette terre a ruiné, a tué mon père!...

La voix de Vissarion tremble et se casse. Il regrette de n'être pas davantage maître de ses nerfs. Ce qu'il a dit là ne peut qu'affaiblir sa position. Katchaloff balance sa grosse tête et semble compatir à l'émoi de son visiteur. Les sons du piano se renforcent.

– Eh bien! dit Vissarion en se levant, je ne vous importunerai plus avec cette affaire. Je vais la proposer à d'autres personnes qu'elle intéresse. J'ai voulu vous voir en premier...

Il espère que Katchaloff se piquera au jeu après cette menace, mais l'autre sort lourdement de son fauteuil, développe ses épaules grasses et conclut :

– Vous avez raison, mon cher. Parlez-en autour de vous. Tenez, vous devriez demander à Somoff, à Philippoff...

« C'est raté! » pense Vissarion, et le découragement lui coupe les jambes. Il se rappelle les conseils de Grékoff, qui, malgré sa brouille avec Katchaloff, a reconnu honnêtement que personne d'autre ne pourrait acheter Znamenskoïé. En renonçant à traiter maintenant, il perd peut-être sa dernière chance de tirer quelque argent du domaine. Mais quinze mille roubles!... Non!... Il regarde, sur les murs, ces figurines grossièrement peintes à la détrempe, avec leurs visages brique et leurs robes blanches, et, au milieu, énorme, tout en sourire, Ivan Ivanovitch Katchaloff.

– Vous n'avez pas goûté ma liqueur, cher Vissarion Vassiliévitch.

Vissarion vide son verre. Katchaloff porte une redingote marron sur un gilet puce. Une chaîne en or lui barre le ventre.

– Excellente, votre cerise! dit Vissarion. Excellente! Pas trop sucrée. Juste comme je les aime...

La main de Katchaloff se pose sur son épaule.

– Vous m'en voulez?

– Mais non! balbutie Vissarion. Pourquoi?

– Parce que je vous ai déçu. Et pourtant, Dieu m'est témoin que je n'ai pour vous que de la sympathie! Vous avouerai-je que j'entrevoyais tout autrement la façon dont pourraient se régler entre nous ces vilaines questions d'argent? Nous en avions parlé avec le cher, le regretté Vassili Pétrovitch... Nous imaginions avec lui un arrangement plus amical, plus... plus familial... Des pères, qui ont le souci de leurs enfants, pèchent toujours par un excès de rêverie...

Vissarion laisse passer l'allusion qui tombe à plat. Le piano s'est tu. Dans le silence rétabli, la pensée d'Aglaé s'installe.

– Il faut vraiment que je parte, dit Vissarion.

– Réfléchissez encore.
– C'est ça... Je vais réfléchir... Je... je vais voir... Peut-être, comme vous dites, quelqu'un d'autre... Somoff... Philippoff...
Il marmotte n'importe quoi pour cacher sa déception. Sa main est déjà sur la poignée de la porte. Soudain Katchaloff s'interpose :
– Écoutez, dit-il avec émotion, je ne puis vous laisser partir ainsi... Votre jeunesse, votre chagrin... le fils de Vassili Pétrovitch... Je dois faire quelque chose... Voilà... Voulez-vous... voulez-vous soixante-dix mille roubles?
Vissarion tressaille de bonheur. Dix mille roubles de plus. C'est une faible augmentation. Mais Grékoff avait précisément indiqué ce chiffre. Donc, l'honneur est sauf. Ah! comme il a eu raison de marcher d'un pas résolu vers la porte! En affaires, il faut savoir, à point nommé, risquer le tout pour le tout. Hier encore, il ne se serait pas cru capable d'une telle fermeté. Certes, les dettes payées, il ne restera que vingt-cinq mille roubles. Peut-être même un peu moins. Cependant, quand la maison brûle, tout ce qu'on retire des flammes est un cadeau de Dieu.
– Je suis d'accord, dit-il.
– À la bonne heure! s'écrie Katchaloff.
Et il ajoute en riant :
– Eh bien! voilà! Je me sens tout bête! Je m'étais juré de ne plus acheter un pouce de terrain, et je me retrouve avec Znamenskoïé sur les bras! Si vous voulez bien reprendre place, nous allons tout de suite établir une promesse de vente sous seing privé.
– Ce n'est pas pressé, Ivan Ivanovitch, dit Vissarion. Votre parole me suffit...
– Non, non, mon cher! Je suis pour la légalité. Même entre amis de longue date. Bien entendu, lorsque vous aurez obtenu votre envoi en possession, nous signerons par-devant notaire!
Ils se rasseyent de part et d'autre du bureau, sous la

garde des figures pompéiennes. Derrière la porte, le piano s'est remis à jouer en sourdine. « Il cherchait à me caser sa fille, je cherchais à lui caser mon domaine, pense Vissarion. C'est moi qui ai gagné! » Katchaloff prend une feuille de papier dans le tiroir de la table, trempe sa plume dans l'encre et commence :

– Donc nous disons : « Entre les soussignés... »

4

Très honoré et très aimé Vissarion Vassiliévitch,

La mort de mon barine vénéré m'a frappé comme la foudre et je donnerais ma vie pour que ce ne soit pas vrai. C'était un saint homme, juste et généreux. Souvent je pense à tout ce qu'il a été pour moi, et je ne sais plus où finissent ses bienfaits et où commencent ceux de Dieu. Il m'a tiré de l'ignorance, il m'a ouvert les yeux et le cœur. J'imagine comme tu dois avoir du chagrin de te retrouver seul après avoir connu la douceur d'un tel père! Maintenant il faut que je te remercie beaucoup pour ta lettre. Quand j'ai vu mon nom en entier sur l'enveloppe, j'ai cru que je rêvais. Et puis j'ai lu. Et mon bonheur s'est changé en tristesse. Quel dommage que ce soit pour m'annoncer un tel malheur que tu aies pris la plume, cher Vissarion Vassiliévitch! S'il te plaît, écris-moi encore pour me donner d'autres nouvelles ou des ordres. Ton écriture me fait du bien. Si seulement je pouvais, en te répondant, soulager ta peine! Mais, de ma cervelle au papier, les mots se perdent. Ne sois pas trop triste! Te voilà le maître de Znamenskoïé. C'est une si belle terre, Znamenskoïé! Tout le monde, dans la région, nous l'envie! Et il y a tant de braves gens parmi tes serfs! Ils comptent sur toi. Tu es leur père. Tu sauras, comme le cher Vassili Pétrovitch, les conseiller et les faire travailler. Tu vivras d'un cœur large au milieu de ton bien. Moi, je t'aiderai de toutes mes forces. Si tu ne penses pas revenir, donne-moi tes instructions par lettre. J'arrangerai tout, ici, pour que tu n'aies pas à faire le voyage. On a sûrement plus besoin de toi à Znamenskoïé qu'à Moscou. Cher Vissarion Vassiliévitch, ne regrette pas la ville. Elle est dure, elle est triste. Lorsque je mets le nez dehors, je me demande ce qu'est devenu le monde de Dieu sous toutes ces pierres qui le couvrent. S'il n'y avait pas les coqs qui chantent et les cloches qui sonnent, ce serait un vrai tombeau. Même le printemps, ici, on le sent à peine. Chaque jour j'attendrai tes ordres. Si tu veux que je parte, je pourrais profiter de la charrette d'un roulier qui descendrait sur Smolensk. Ça coûterait moins cher. Dis-moi seulement quand tu veux que je vienne et ce qu'il faut faire ici pour finir. J'espère que ma lettre te trouvera en bonne santé, ainsi que tout l'entourage à qui j'envoie mon salut. Et je signe ton serviteur aimant et dévoué.

Klim Baranoff.

Une grande boucle prolonge la signature. « C'est un comble! pense Vissarion. Voilà qu'il me donne des conseils, à présent! On a toujours tort de se montrer trop aimable avec les domestiques. À la première occasion, ils sautent par-dessus la barrière... »

Il fourre rageusement les pages froissées dans la poche de sa redingote et sort dans la rue. Autour de lui, Smolensk brille et bourdonne au soleil. S'il est passé à la poste, ce matin, en quittant le notaire, c'est qu'il espérait un mot de Stiopa Plastounoff, à qui il a écrit, voici dix jours, pour lui apprendre son deuil. Quand le postier lui a tendu le pli, il a même cru qu'il s'agissait d'une réponse de son ami. Mais, au premier regard, il a déchanté : ce n'était que Klim. Impossible d'en vouloir à Stiopa Plastounoff : il doit être occupé par ses examens ou par des affaires politiques...

Les rues de Smolensk sont plus animées que de coutume. Sans doute y a-t-il la foire dans la ville neuve. Des charrettes, chargées à craquer, encombrent les carrefours. Les passants sont nombreux et endimanchés. Ils parlent fort, se bousculent et rient. Cette gaieté agace Vissarion, qui voudrait marcher plus vite, bien qu'il ne sache où aller. Sa conversation avec le notaire l'a déçu. Cet homme, habitué aux lenteurs de la justice, refuse de comprendre son impatience. Il trouve normal que, malgré toutes les démarches et tous les pots-de-vin, le tribunal d'arrondissement n'ait pas encore ordonné l'envoi en possession. L'affaire, dit-il, peut traîner des semaines, voire des mois. Pourvu qu'entre-temps Katchaloff ne reprenne pas sa parole! Mais non, la promesse de vente lie également les deux parties. Le notaire l'a encore répété tout à l'heure. Néanmoins il serait sage de montrer le contrat à Grékoff. Il habite à gauche du pont, de l'autre côté du Dniepr. On peut y être en dix minutes...

Vissarion retourne à l'auberge, près de la place Molokhovskaïa, où il a laissé son cabriolet et son cheval. Dans la cour, des voitures sont rangées côte à côte, les brancards levés. Des valets d'écurie vont et viennent avec des seaux et des brosses. Trois chevaux tendent l'encolure au-dessus de l'abreuvoir. En passant devant les fenêtres du restaurant, Vissarion, machinalement, jette un regard à l'intérieur. Il continue son chemin, le pas plus rapide que la pensée. Puis, se ravisant, il revient en arrière. Il ne s'est pas trompé : ces deux hommes, attablés près de la croisée centrale – il s'agit bien de Katchaloff et de Grékoff. Pour des adversaires irréductibles, ils devisent avec une singulière amitié! Le sentiment d'une honteuse duperie envahit Vissarion si rapidement et si violemment, que les joues lui cuisent. Sans doute est-ce pour mieux endormir sa méfiance que le marchand de biens s'est déclaré brouillé avec Katchaloff. Ses conseils, prétendus désintéressés, n'ont servi qu'à présenter le père d'Aglaé comme le seul acheteur possible, alors que d'autres, assurément, auraient accepté un meilleur prix. Entrer dans la salle d'un grand pas vengeur, taper du poing sur la table, injurier, gifler les deux compères... Vissarion s'accorde cette satisfaction par l'idée, mais ne bouge pas. Qu'aura-t-il de plus s'il provoque un scandale? Jamais il ne pourra prouver que sa bonne foi a été surprise. Aux yeux de la loi, sa signature l'engage définitivement. D'ailleurs, même s'il obtient, par la menace, que Katchaloff déchire la promesse de vente, vers qui d'autre se tournera-t-il? Les acheteurs éventuels, effrayés par sa virulence et soucieux de ne pas mécontenter un propriétaire foncier de leurs amis, se déroberont sous différents prétextes. Ainsi, lui, Vissarion, aura-t-il perdu sur tous les tableaux. Oui, oui, raisonnablement, il vaut mieux feindre d'ignorer la collusion de ces deux scélérats. Se retirer par dignité, avec vingt-cinq mille roubles. N'a-t-il pas toujours méprisé l'argent?

Il s'écarte de la fenêtre. Encore heureux que les autres ne l'aient pas vu! Sa colère évaporée le laisse faible et mélancolique. Il appelle un valet d'écurie et fait atteler son cabriolet. Tandis qu'il cherche dans ses poches de quoi donner un pourboire au garçon, sa main rencontre la lettre froissée. La jument secoue sa crinière et racle le pavé avec la pointe du sabot.

Durant la traversée de la ville, Vissarion ne pense à rien de précis, attentif à éviter les équipages qui roulent en tous sens et les piétons qui traversent à l'improviste. À chaque moment, il craint de rencontrer quelqu'un de connaissance. Dans l'état d'abattement où il se trouve, il serait incapable de soutenir une conversation. Sa hâte de quitter la ville est si forte, qu'il se surprend à rêver de Znamenskoïé comme d'un havre de paix. Enfin, les faubourgs, la campagne...

La route boueuse s'écrase sous les roues. Les champs ondulent jusqu'à l'horizon. Des corneilles criardes tournent dans le ciel. « Et Klim voudrait que je trouve du charme à ce paysage lugubre! » songe Vissarion. Il se rappelle la lettre. Gauche et irritante, elle part néanmoins d'un bon sentiment. Et elle n'est pas mal écrite. Klim a dû mettre des heures pour en venir à bout. Brouillon sur brouillon, à la lueur d'une chandelle. Vissarion l'imagine, les coudes sur la table, la plume à la main, réfléchissant, soupirant, tirant la langue. Comme autrefois, lorsque son père leur faisait faire une dictée à tous deux. Pour chaque faute d'orthographe, une chiquenaude sur la nuque. Et, au bout de dix fautes – à genoux, dans le coin, sur les petits pois ou les grains de sarrasin. Klim y allait souvent. Lui, Vissarion, un peu moins. Il était tout de même meilleur élève. Et leurs jeux... Des poursuites à perdre haleine dans le parc. Pas un arbre creux, pas un fourré qui ne leur ait servi de cachette. Un jour, l'orage les a surpris dans la forêt. Éblouissement de la foudre, tombant avec fracas sur un vieux chêne et embrasant les plus hautes branches. Klim s'est signé et a baisé sa croix de baptême. Ils sont partis en courant sous les flèches de la pluie. Comment tout cela s'est-il terminé? Par des taloches, sans doute, et une friction à l'eau de Cologne. Vissarion ne s'en souvient plus. En revanche, il se revoit levant la tête vers le lustre du petit salon. Qui l'avait cassé? Lui ou Klim? Pendant trois ans, ses parents ont vécu sous ces pendeloques de cristal, sans remarquer que l'une d'elles était ébréchée. N'en va-t-il pas ainsi pour tous les êtres, qui finissent par ne plus voir ce qui leur paraissait, au début, l'ornement principal de leur existence. Ah! le bel incendie, en pleine nuit!... Rouge et or, sur fond bleu. On se serait cru au théâtre. Avec le lustre au milieu. Des gerbes d'étincelles jaillissaient de la cheminée. Les paysans se passaient, de main en main, des seaux de bois dont l'eau débordait sur leurs pieds. Est-il exact que lui, Vissarion, ait aidé à éteindre le feu, qu'il se soit même aventuré au milieu des flammes pour rapporter un châle de sa mère? Ou bien a-t-il rêvé cet exploit si longtemps et si intensément qu'aujourd'hui l'illusion a pris force de vérité? Comme ils ont ri ensuite, avec Klim, de leurs peurs enfin sans objet. Rire avec Klim! L'idée ne lui en viendrait plus maintenant. Si l'enfance confond volontiers les titres et les rangs, l'âge assigne à chacun sa vraie place dans l'échelle sociale. Quel abîme entre un maître et son serviteur! Un abîme que l'instruction ne suffirait pas à combler. Un abîme congénital... « Comment serais-je, si j'étais né serf? se demande Vissarion. Obséquieux, fainéant, naïf... Et comment serait Klim, s'il était né barine? Sûr de lui, brillant, autoritaire, légèrement cruel... Non, non! » Il secoue le front, et ses divagations volent en éclats.

Le cheval trotte, la campagne danse, Vissarion se sent moins triste depuis qu'il pense à Klim. Sa colère contre Grékoff et Katchaloff s'est même imperceptiblement atténuée. Il ne va pas se rendre malade pour quelques milliers de roubles de plus ou de moins! L'essentiel, c'est d'en finir au plus vite avec Znamenskoïé. « Quand Klim saura que j'ai vendu!... » Cette idée le frappe au front tel un gros bourdon égaré.

Avec rage, il lève le fouet et cingle les flancs de la jument qui s'endormait. Le cheval tressaille et allonge le trot. L'avaloire ballotte sur sa croupe maigre. Vissarion tape encore. Ce geste le libère d'une sorte de contraction intérieure. Enfin il se fait obéir. C'est Klim qui trotte devant lui. « Je suis faible. Je pense trop aux autres. Je ne devrais pas. Jamais mon père, à ma place... »

L'entrée du domaine. Un fouillis de chênes et de bouleaux, encore à demi dénudés. Le hameau de Koustarnoïé somnole plus loin, dans les terres plates, au bord de la route. Une douzaine d'isbas, un étang, un puits à bascule, des gamins pieds nus, une oie qui détale en cacardant, un chien galeux qui se mordille l'entrecuisse – toute la misère du monde. Le staroste est sur la route, avec sa femme. Il enlève son chapeau. « Pourvu qu'il ne m'arrête pas, celui-là! »

– Barine! Notre barine!... Fais-moi la grâce de m'écouter une minute!

Vissarion tire sur les guides et écoute, avec ennui, une histoire d'isba croulante dont il faudrait étayer les murs. Mais le bois appartient au barine. Si le barine voulait bien...

– Oui, oui, grogne Vissarion, prends le bois dont tu as besoin. J'en ai tout un dépôt dans la cour. Trois ou quatre madriers suffiront?

– Cinq ou six, barine.

– Eh bien! cinq ou six.

Le staroste s'incline avec déférence, et Vissarion repart.

À la maison, d'autres moujiks l'attendent. Leur groupe s'ouvre en murmurant pour lui laisser gravir les marches. Debout sur le perron, il contemple, au-dessous de lui, ces rudes visages rangés en demi-cercle. Les hommes se consultent pour savoir lequel parlera le premier. Julie se montre sur le pas de la porte et observe la scène. Sans doute veut-elle voir comment le jeune barine s'en sortira. Vissarion souhaiterait la renvoyer à l'office et n'en a pas le courage.

– Alors? dit-il d'une voix tendue en s'adressant aux moujiks. Pourquoi êtes-vous là?

À ces mots, ils s'enhardissent et se mettent à parler tous ensemble, se coupant et haussant le ton. L'un gémit parce que sa femme est trop malade pour travailler, alors que sa fille, qui est employée comme brodeuse chez le barine, n'a pas grand-chose à faire, reste assise toute la journée et engraisse. Un deuxième se plaint de son fils, qui ne dessaoule pas depuis trois jours. Un troisième supplie qu'on intervienne auprès du pope, dont les deux chèvres, toujours en liberté, entrent dans son potager et le saccagent. Une paysanne, la face brouillée de larmes, la lèvre fendue et un œil à demi fermé, dénonce son mari qui la bat sans raison, chaque dimanche et chaque vendredi. Débordé par ces doléances, Vissarion promet de réfléchir, d'aviser, et se retire dans le bureau de son père avec le sentiment d'avoir déçu son auditoire. Pourquoi prendrait-il la peine de démêler les affaires de ses serfs puisque, dans quelques jours, ils appartiendront à un autre?

Le moment est venu d'envoyer sa lettre de démission au gouverneur civil de Moscou. Il l'a depuis longtemps préparée dans sa tête. Assis dans le fauteuil de son père, il couche sur le papier les belles formules administratives :

« J'ai l'honneur de... Votre haute bienveillance... En raison de la situation créée par le décès de mon père... »

Il se relit, signe, cachette le pli et savoure la netteté de la situation. Pour un homme de caractère, il est agréable de sentir que les amarres sont coupées, que le grand voyage peut commencer. Sur la table, traînent quelques journaux qu'il a rapportés de Smolensk. Il en prend un, au hasard, et le parcourt avec négligence : des nouvelles des comités provinciaux qui préparent la réforme, l'annonce de l'apparition prochaine d'une comète, un compte rendu des opérations militaires au Caucase contre les troupes de Chamyl, de nombreuses nominations de généraux et de hauts fonctionnaires... Il lui semble avoir déjà lu cela plus de cent fois. À demi soulevé sur son fauteuil, il jette un regard par la fenêtre : les moujiks se sont dispersés. Le kazatchok – successeur de Dimka – frappe à la porte pour annoncer que le déjeuner est servi.

Vissarion mange copieusement, boit sec et monte dans sa chambre pour faire la sieste. Son intention est de somnoler une petite heure. Mais, quand il se réveille, le soleil est déjà bas à l'horizon.

– Tu devrais aller te promener, lui dit Julie qu'il rencontre dans l'antichambre. Autrement tu n'auras pas d'appétit pour le dîner. Et j'ai préparé des *pelméni* [1]!

À cause des pelméni, dont il raffole, Vissarion se décide à sortir. Mais où aller? Il n'a pas de but. Et c'est peut-être mieux ainsi. Il suit d'abord l'allée, boueuse et plate, au bord de laquelle s'élèvent, sur des socles, trois bustes tristement identiques. La pierre taillée a légèrement verdi sous l'effet des intempéries. « Comment mon père a-t-il pu commettre une telle faute de goût? Est-ce par amour pour ma mère ou par souci de ne pas laisser sans emploi une œuvre d'art chèrement payée, qu'il a tiré de la remise ces têtes au sourire fade et au menton rond? » S'il osait, Vissarion les reléguerait de nouveau dans le débarras. « À quoi bon? Katchaloff se chargera de le faire. »

Il contourne l'étang et débouche au milieu des champs pauvres, labourés, hersés, préparés pour les semailles. Tout, ici, lui paraît à la fois lointain et familier, imprégné d'enfance et de mort. Quel accord singulier entre lui et l'espace! Jamais il ne l'a ressenti plus profondément. Il marche, il s'arrête, il repart, il ne pense à rien, et cependant il lui semble que quelque chose de très important se passe entre lui et la campagne environnante. Mains vides, front tendu, il n'est plus seul à force d'être seul. Soudain il tressaille. Une énorme masse noire bondit de dessous ses pieds avec un claquement d'étoffe secouée. Il recule et, le cœur glacé, voit s'envoler, pardessus les fourrés, un corbeau battant l'air de ses lourdes ailes funèbres. L'oiseau disparaît. Le calme revient. Au bout du monde, le soleil se couche derrière de longues nuées mauves en forme de quenouilles. Une voix de femme chante du côté de l'étang. Vissarion se dit que ce qu'il a vendu, ce n'est pas une terre, ce ne sont pas des serfs, c'est le bonheur de marcher, de respirer, d'être seul, d'être libre... En échange de quelques mil-

1. *Pelméni* : oreillettes farcies de viande.

liers de roubles. Quel marché de dupes! Une douleur aiguë le traverse. Le ciel chavire devant ses yeux. D'une manière absolument inattendue, il se retrouve à genoux, la face levée vers les nuages, songeant à son enfance perdue, à son père mort, à Klim, à l'inutilité de sa vie... Retourner voir Katchaloff. Le supplier de déchirer la promesse de vente. Au besoin, le dédommager avec de l'argent qu'il empruntera. Katchaloff ne refusera pas, il n'y tient pas tellement, à Znamenskoïé! « Mon Dieu, je t'en prie, fais qu'il en soit ainsi! » murmure Vissarion.

5

« TOUJOURS rien du bartchouk. Il faut que je m'habitue maintenant à l'appeler : barine. Mais j'ai du mal!... Ah! si je pouvais aller le retrouver à Znamenskoïé! Qu'est-ce qu'il attend pour m'appeler là-bas? Sans sa permission, je n'ose pas bouger. Peut-être qu'il est fâché contre moi à cause de la lettre que je lui ai écrite. Pourtant j'y ai mis tout mon cœur. C'est vrai que les mots n'ont pas le même sens en haut et en bas de l'escalier. Souvent, la dureté du maître ne blesse pas le serf, alors que la douceur du serf blesse le maître. Lui écrire encore? Non. Il le prendrait mal. Patience! Il finira bien par revenir. Et, après qu'il aura réglé ses affaires ici, nous repartirons ensemble pour Znamenskoïé.

Comme il ne m'a presque pas laissé d'argent, il faut que je travaille pour gagner de quoi manger jusqu'à son retour. Heureusement, en allant au marché Soukhareff, j'ai retrouvé mon ami Kouvalo, le roulier. Quel brave homme! Pendant une semaine, je l'ai aidé à vendre des cuillers en bois. Mais ça ne rapporte pas beaucoup, vu le temps qu'on y passe. Le lundi de Pâques, il est parti pour Toula. Alors le portier, Trophime, m'a recommandé à son cousin Zakhar Borissovitch, qui est employé chez le traiteur Myloff, spécialiste des noces et banquets. Justement, Myloff cherchait un aide-serveur. On m'a embauché à l'essai. On m'a fourni la tenue. On m'a envoyé ici et là. J'ai déjà fait quatre noces de marchands. Ça se passe toujours de la même façon. Les salles sont décorées de fleurs blanches. Vers huit heures du soir, les jeunes mariés arrivent dans une belle calèche de louage. Sur le dos des chevaux, pend une résille de soie, bleu pâle si l'épousée est blonde, rose si l'épousée est brune. Elle est tout en blanc, avec une couronne de fleurs d'oranger, lui porte le frac. Dix minutes après, voilà la foule des parents, des amis et des connaissances. Rien que des robes amples et des redingotes. Beaucoup d'hommes ont, sur la poitrine, une médaille *Pour le mérite.* On leur sert à tous du vin mousseux du Don, et, après en avoir bu une coupe, ils s'asseyent et gardent le silence. Puis vient le thé. Et, après le thé, la vodka. Lentement, les invités s'assemblent autour de la table où s'étalent les hors-d'œuvre : uniquement des spécialités de la maison Myloff. Un orchestre joue, les jeunes dansent, les moins jeunes se réfugient, les cartes à la main, dans un petit salon, et il faut leur apporter à manger et à boire, là-bas, sur un plateau. Il y a toujours, parmi eux, un général, invité d'honneur, avec toutes ses décorations. À dix heures, on sert le souper. Les toasts se succèdent. Le général fait un discours. Vers la fin, tout le monde est très gai. On se bombarde, pardessus la table, avec des boulettes de mie de pain, on chante *En descendant la Volga* et d'autres chansons populaires. Rien qu'en pourboires, j'ai rapporté, chaque fois, deux ou trois roubles. Mais je n'aime pas les façons des marchands moscovites. Ils sont bruyants et rudes.

Ce n'est pas comme messieurs les professeurs et les journalistes. J'ai eu l'occasion de les servir, la semaine dernière, lors d'un banquet en l'honneur de l'un d'eux qui devait aller en Allemagne et en France étudier l'acclimatation des animaux dans les parcs zoologiques. La table était dressée pour cent trente personnes. Sur chaque chaise, il y avait une feuille de papier avec le nom du convive écrit en ronde. Quand tout le monde a été assis, j'ai admiré cette réunion de grands cerveaux. Sur un signe de Zakhar Borissovitch, nous avons commencé à les servir. Ils mangeaient comme les autres hommes. Mais je ne pouvais m'empêcher de penser que, chez eux, la vodka, le *balyk,* les pirojki, le cochon de lait au raifort se transformaient en idées géniales. Au moment du champagne, quelqu'un a tapoté du couteau le bord d'un verre, et le professeur Zévakhine s'est levé, un papier à la main. Nous, les serveurs, nous nous sommes collés le dos au mur, immobiles et muets, telles des statues. Le professeur Zévakhine, qui ressemble un peu à un bouc, s'est mis à parler très fort. Il s'est d'abord félicité du projet de créer un parc zoologique à Moscou, dans le genre de celui de Paris. Puis il a dit que si bientôt, en Russie, quelques animaux allaient vivre en cage, les hommes, eux, connaîtraient enfin la liberté! Il a dit aussi que tous les êtres sont égaux à leur naissance, qu'il y a dans le moujik des trésors de bonté, de dévouement et de piété, et qu'un pays moderne a besoin de tous ses fils. Pendant qu'il parlait, je me sentais devenir plus grand, plus clair et plus fort. Comme si on m'avait hissé sur une table. Des larmes de gratitude me montaient aux yeux. Il a conclu en criant : "Messieurs, je vous propose de boire à la santé de notre monarque bien-aimé, l'empereur Alexandre Nicolaïévitch! Hourra!" Tous se sont levés et ont répondu en chœur : "Hourra!" On aurait dit un roulement de tonnerre. Puis ils ont bu et ont jeté leur coupe par-dessus leur épaule. C'était si beau, que j'avais envie d'applaudir, comme au théâtre. Zakhar Borissovitch m'a poussé du coude pour que je ramasse les débris de verre. Je me suis précipité avec un balai Pendant que je passais derrière le professeur Zévakhine, il m'a dit : "Tiens, il y a encore un morceau, là, près de mon pied."

J'ai été fier que le professeur Zévakhine m'adresse la parole.

Le soir, en rentrant, après tout ce bruit et toute cette foule, j'ai regretté plus encore de me retrouver seul, à la maison. Un domestique sans barine, c'est comme un chien sans maître. Il a cassé sa laisse. Il est perdu. »

« Étant donné que j'ai beaucoup de loisirs, je bavarde avec les autres domestiques de la maison. Comme à Znamenskoïé, on me respecte parce que je sais lire et écrire. J'explique aux uns et aux autres ce qu'il y a dans les journaux. Volodka, Stiopka et Akoulina m'en veulent encore parce que Rodion a été envoyé à l'armée par ma faute. Il paraît qu'il y est très malheureux. Mais pouvais-je faire autrement? Hier, Athanase, le cuisinier des Riabine, qui habitent au deuxième étage, s'est enivré et a dit des insolences à sa barynia. Le barine a ordonné de lui administrer les verges. À la campagne, ça se passe généralement à l'écurie. En ville, il faut se rendre au commissariat du quartier. Athanase y est allé, avec un billet de son maître indiquant le motif et le nombre de coups. Il n'est revenu que trois heures après, parce qu'il avait dû attendre : il y en avait deux avant lui. Je l'ai beaucoup plaint, mais il m'a dit en riant que ce n'était rien, que, si on raidissait bien le dos, ça ne faisait presque pas mal. Je pense qu'ici ils ont la main moins lourde qu'en province. Le soir, nous nous sommes réunis entre domestiques, dans la cour, pour discuter des bons barines et des mauvais. J'ai dit que le mien n'avait pas son pareil, j'ai dit qu'il ne battait pas ses serfs, j'ai dit qu'il m'avait écrit en mettant mon nom en entier sur l'enveloppe. Et tout le monde a été étonné. Puis on a parlé de la comète qu'on attend et de la guerre au Caucase et, bien sûr, de notre prochaine libération. Le portier a dit que ce sera peut-être intéressant pour les serfs attachés à la terre, qui recevront un lopin en propriété, mais pas pour les serfs attachés, comme nous, à la personne, puisque nous recevrons la liberté et rien avec. Moi, par exemple, je suis domestique et je resterai domestique. Libre ou pas libre, qu'est-ce que ça change? Je voudrais bien savoir si les domestiques français ou anglais sont tellement différents de moi. »

« Je viens de lire, dans un numéro des *Annales de la patrie,* qu'on prépare un nouveau recensement – le dixième depuis Pierre le Grand – de toute la population de l'Empire. Évidemment, avant de nous libérer, il faut savoir combien nous sommes. D'après le neuvième recensement, on comptait, dit le journal, soixante-huit millions d'habitants en Russie, dont vingt-deux millions de serfs. Est-ce possible? Vingt-deux millions! Et plus encore, sans doute, aujourd'hui! Je n'aurais jamais cru que nous étions si nombreux! Je ne sais pourquoi ça me fait peur. Que de gens à remuer, à secouer, à rendre heureux! J'ai lu aussi que le moujik russe, il y a très très longtemps, était un homme libre, que c'est seulement sous Boris Godounoff qu'il a été attaché à la glèbe, que Catherine la Grande a distribué beaucoup trop de terres à ses favoris et qu'alors la Russie est devenue le pays de l'esclavage.

Ainsi, écrit l'auteur de l'article, *notre paysan serf a été, par droit d'occupation, propriétaire de la terre qu'il cultive bien avant que cette terre ne devienne le patrimoine du seigneur... Il y a donc historiquement deux droits sur chaque parcelle, celui du seigneur et celui du paysan...* J'ai recopié mot à mot, pour être sûr de ne pas me tromper. Qu'est-ce que ça signifie? Que les serfs attachés à la glèbe sont, eux aussi, des propriétaires fonciers? Je ne comprends plus rien. Trop de hautes intelligences discutent de ce problème. Leurs avis se contredisent. On raconte, parmi les domestiques, que le manifeste sera écrit en lettres d'or et que des hérauts à cheval parcourront toutes les villes de Russie pour le lire. On raconte qu'après la proclamation le peuple aura la permission de boire gratis trois semaines de suite. Au fond, chacun l'attend avec impatience, cette réforme, le barine et le serf, et tous en ont un peu peur, parce que personne ne sait ce qu'il en sortira. Même pas ceux qui écrivent les lois, je suppose! Quand je réfléchis à toutes les nouveautés qui se préparent en Russie, mon cœur se serre d'admiration : on va libérer les serfs, on augmente le nombre des lanternes publiques, on construit des chemins de fer. Je suis retourné à la gare pour voir arriver le train de Saint-Pétersbourg. Cette grosse machine noire, pleine de fumée, roulant avec fracas sur les rails – j'ai cru qu'elle ne parviendrait pas à s'arrêter, qu'elle défoncerait tout. Mais elle a ralenti, elle s'est immobilisée, elle a soufflé; des portes se sont ouvertes; des voyageurs sont descendus; des parents, des amis ont couru à leur rencontre. Lorsque le dernier passager a quitté la gare, je me suis senti tout triste. Les jours coulent lentement. Si à la fin du mois le bartchouk n'est pas revenu, je lui écrirai encore. »

Il fait chaud, orageux. Klim range son journal dans le coffre à bois, entre deux bûches, et, ne sachant plus que faire, s'allonge sur sa paillasse, le regard au plafond. Des mouches bourdonnent autour de lui, dans un rayon de soleil poudreux. Quand l'une d'elles passe à sa portée, il tend le bras et la happe au vol. Il est devenu très fort à cet exercice. La mouche, emprisonnée dans sa main, vibre, siffle, se débat, le chatouille. Il resserre le piège sur elle, peu à peu. Puis il la jette par terre avec tant de force qu'elle en reste assommée. Rares sont celles qui, reprenant leurs esprits, défripent leurs ailes et s'envolent. Autour de la paillasse, le plancher est jonché de minuscules cadavres noirs. Klim les compte, les recompte et ferme à demi les yeux. Un engourdissement agréable monte de ses membres à sa tête. Le vide des minutes, l'immobilité des choses et la fade blancheur du jour l'invitent irrésistiblement à dormir. Il n'est que trois heures de l'après-midi. Sa puissance de sommeil est telle, qu'il pourrait s'assoupir n'importe où, n'importe quand, sur commande. Avec délectation, il se laisse aller dans le noir-rouge de ses paupières closes. Soudain une détonation. Non, c'est le bruit de la porte refermée. Il dresse le cou : le bartchouk!

– Eh bien! Klim! Tu dormais, espèce d'abruti?

La joie saisit Klim, comme le feu une brassée de paille. Il est debout, il tremble, il rayonne :

– Tu es revenu, Vissarion Vassiliévitch! Tu es revenu!

Il aide son maître à enlever son manteau, ses bottes, il lui apporte sa robe de chambre, ses pantoufles, sa pipe, il lui avance un fauteuil, et, tout en s'agitant, il observe, du coin de l'œil, avec inquiétude, ce visage pâle et préoccupé qui émerge d'un autre monde. Comme Vissarion Vassiliévitch a changé en quelques semaines! La mort de son père a creusé ses traits et approfondi son regard. Klim cherche une question anodine à lui poser, pour rompre le silence, et demande :

– Tu as fait bon voyage?

– Oui.

– Et là-bas, chez nous, tout va bien?

– Très bien, dit Vissarion en fronçant les sourcils.

Et, sans regarder Klim, il ajoute :

– J'ai vendu Znamenskoïé.

Sa voix est si basse, que Klim croit avoir mal entendu.

– Qu'est-ce que tu dis? murmure-t-il.

– J'ai vendu Znamenskoïé! répète Vissarion avec force.

Braquant sur lui des yeux effarés, incrédules, Klim balbutie :

– Vendu? Comment ça, vendu?

Le silence qui lui répond achève de l'épouvanter. Ses idées se dispersent, comme des aigrettes de pissenlit dans le vent. Il tremble, souffleté, dépouillé et craignant de comprendre.

– Qu'est-ce que tu as vendu? dit-il encore.

– Tout, dit Vissarion. Tout, sauf toi.

Klim respire. Du désastre, il retire, au moins, cette consolation d'appartenir encore au bartchouk. Mais le reste, comment a-t-il pu? En un clin d'œil, Klim revoit l'allée de bouleaux, la maison, le village, les champs brillants de rosée, le placard sous l'escalier, la tombe de Matriona, la tombe de Xénia, tout ce qui vient de passer en d'autres mains – et sa gorge se contracte amèrement. Qui dorénavant accrochera, pour Pâques, des œufs de bois et de porcelaine coloriés aux croix du cimetière?

– Il le fallait, reprend Vissarion. Mon père avait fait trop de dettes. Et moi, je... je n'ai pas le caractère à m'occuper du domaine...

Il parle d'une voix hachée, comme s'il se justifiait. Et, en effet, Klim se sent volé par son maître. À croire que cette terre leur appartenait à tous deux indivisiblement. À croire que le bartchouk n'avait pas le droit d'en disposer sans le prévenir. Une colère subite se coule en lui et l'envahit de son flot violent. Puis il se raisonne. Qui est-il pour oser relever la crête? Sa rancune tourne en pitié. Il ne peut supporter que Vissarion Vassiliévitch soit là, devant lui, en coupable. Leurs regards se rencontrent. Dans les yeux du bartchouk il y a un tel désarroi, une telle dispersion, que Klim dit :

– Je comprends, Vissarion Vassiliévitch, je comprends...

– Un moment, j'ai hésité, dit Vissarion. J'ai même proposé à l'acheteur de déchirer le contrat que nous venions de signer. Mais il n'a pas voulu!

– Qui est l'acheteur?

– Katchaloff.

– Ah! oui... Pour lui, bien sûr, c'est intéressant...

– Pas tant que ça!... J'ai dû insister, batailler... Tu sais, personne n'a plus envie d'acheter des terres depuis qu'il est question de libérer les serfs!

Il semble à Klim qu'il y a comme un reproche dans la voix de son maître. Tout en parlant, le bartchouk allume sa pipe et balance la pointe du pied. Klim ravive le feu dans le samovar en soufflant sur la braise, dispose un verre, du sucre, quelques biscuits sur un plateau et demande timidement :

– Alors, comme ça, nous resterons à Moscou?

– Bien sûr! Où veux-tu aller? Seulement, fini, le bureau! J'ai donné ma démission!

– Tu ne travailleras plus?

– Non.

– Qu'est-ce que tu feras à la place?

– Rien. Enfin, pour le moment! Après, je verrai. J'ai un peu d'argent devant moi. Nous commencerons par nous installer dans un appartement plus confortable. J'engagerai un cuisinier, un cocher, j'achèterai une calèche, une paire de chevaux...

– Un cuisinier, un cocher? marmonne Klim atterré. Pour quoi faire?

– Pour avoir une vie plus agréable.

– Je ne te suffis plus?

– Tu ne peux pas t'occuper de tout!

Un vent de disgrâce enveloppe Klim. D'avance il est jaloux de tous les étrangers qui vont s'interposer entre lui et le bartchouk. Il voudrait n'avoir à le partager avec personne.

– Le travail ne me fait pas peur, dit-il. Tout est propre, ici. Et tu manges bien. Alors pourquoi changer? Je n'ai pas besoin d'aide, je t'assure!...

– Bon, bon! grogne Vissarion, on verra...

Et ils restent face à face, embarrassés, indécis et silencieux, comme s'ils avaient quelque chose à se pardonner réciproquement.

Enfin Klim verse le thé concentré dans le verre, ajoute

l'eau bouillante et regarde le bartchouk laper l'infusion du bord des lèvres. Au bout d'un moment, n'y tenant plus, il demande :

– Julie aussi, tu l'as vendue?

– Évidemment! dit Vissarion en haussant les épaules.

– Et... et... Egor?...

– Tout le monde, je t'ai dit! Assez causé de ça! Tu vas immédiatement porter ce mot à Stépan Alexandrovitch Plastounoff. Je voudrais l'avoir à dîner, ce soir! En revenant, tu achèteras le nécessaire.

Tout en parlant, il griffonne un billet, sur le coin de la table :

Ignoble canaille! Pourquoi n'as-tu pas répondu à ma lettre de Znamenskoïé? Les examens ne sont pas une excuse suffisante. J'ai mille choses à te raconter. Je t'attends absolument *à la maison pour un festin dont tu me diras des nouvelles. Si ta sœur pouvait venir aussi, j'en serais très heureux et très honoré. À tout de suite, vieux lâcheur! Tu m'as beaucoup manqué.*

Ton fidèle : V. V. V.

Il cachette la lettre et la tend à Klim, avec un billet de cinq roubles.

– Pour le fiacre, dit-il. Tu garderas la monnaie.

Klim, étonné, lui saisit la main et la porte à ses lèvres.

– Non, dit Vissarion. Laisse...

Il a honte, sans savoir au juste de quoi, ses joues brûlent, ses yeux se mouillent. Il avale une gorgée de thé brûlant :

– Eh bien! Va! Qu'attends-tu?

Pourtant, comme Klim se précipite vers la porte, il le retient :

– Au fait, si Stépan Alexandrovitch te pose des questions sur moi, ne lui dis pas que j'ai vendu Znamenskoïé. Je préfère lui apprendre la chose moi-même.

Klim parti, Vissarion revient sur cette idée et son inquiétude augmente. Il s'est décidé trop vite, comme toujours. Sa joie de revoir Stiopa Plastounoff lui a fait oublier le caractère de l'homme. Quelle sera la réaction de cet idéaliste intransigeant, quand il apprendra que, tout en se déclarant l'ennemi juré du servage, Vissarion n'a pas hésité à vendre ses moujiks pour une bouchée de pain? Sans doute, monté sur ses grands chevaux, lui reprochera-t-il, au nom des sacro-saints principes du libéralisme, une opération qui, pourtant, dans l'état actuel des lois, est d'un usage courant. Peut-être même lui criera-t-il qu'il aurait dû émanciper ses serfs au lieu de monnayer leur peau! Fort bien! Mais avec quoi, dans ces conditions, Vissarion aurait-il remboursé Katchaloff? Une terre sans serfs n'intéresse personne. Il aurait pu aussi, purement et simplement, refuser l'héritage. Quel affront, alors, à la mémoire de son père! Non, non, la solution qu'il a adoptée est la seule honorable. Il ne se laissera pas faire la leçon par un ami qui ne possède aucune expérience de la vie. Et Ida, la laide, la bossue, sera là pour en rajouter. Ils lui tomberont à deux sur le dos. Ils lui casseront la tête à coups de grandes phrases. Les marchands d'idées ont toujours le beau rôle devant les marchands de pain. C'est intolérable! Des amis qui critiquent ne sont pas des amis. De quel droit?... Chacun est libre d'agir comme bon lui semble!... La paix, il ne demande rien d'autre! Il n'aurait pas dû inviter Stiopa et sa sœur. Au fait, pourquoi leur dirait-il aujourd'hui qu'il a vendu Znamenskoïé? Klim tiendra sa langue, et lui, il éludera les questions. Laisser croire qu'il est toujours propriétaire du domaine, que tout, là-bas, continue comme par le passé. Plus tard, si une occasion favorable se présente, il rétablira la vérité. Mais là, non, il est fatigué par le voyage et par les tracas, il voudrait boire, rire, échanger, avec des camarades insouciants, des propos légers qu'il oubliera demain. Évidemment ce n'est pas avec Stiopa qu'il pourra le faire. Ni avec Ida. Même quand ils sont gais, ces deux-là, on devine, derrière leur dos, une hotte pleine de lourde philosophie. Les bretelles du chargement leur scient les épaules et leur tirent le cou. Mieux vaudrait, pour se changer les idées, avoir affaire à un Constantin ou à un Nélinsky. Dommage que Vissarion soit brouillé avec eux. Non, non, tout est très bien ainsi. D'ailleurs il est en deuil de son père. Il n'a pas le droit de rire. Vêtements noirs et pensées assorties. Quel usage absurde! Tous les usages le sont. Il est contre les usages, avec l'immense majorité de la jeunesse intellectuelle russe. « Un héritier de l'avenir! » comme dit Stiopa. Vive Herzen! Vive Ogareff! Vive Bakounine! Pourquoi Klim n'est-il pas encore de retour? Après tout, ce dîner avec Stiopa et Ida sera peut-être merveilleux. Il faudrait s'approvisionner chez un traiteur. Du caviar. De la koulebiak... L'eau lui vient à la bouche. Peu importe la dépense! Qu'il est donc agréable de n'avoir pas à compter son argent! « Ça durera ce que ça durera! » décide Vissarion en s'étirant avec volupté. Et la porte s'ouvre. Klim paraît.

– Alors? demande Vissarion. La réponse? Ils viennent?

– Je ne les ai pas vus, dit Klim. Ils ont déménagé!

– Comment ça, déménagé?

– C'est le portier qui me l'a dit. Il paraît qu'ils sont partis avant-hier, sans laisser d'adresse.

Vissarion tressaille et se met sur ses gardes. Un froid prémonitoire le pénètre. Ce départ précipité ressemble fort à une fuite devant les gendarmes. En vérité, Stiopa et sa sœur s'y attendaient depuis longtemps. À l'heure qu'il est, ils doivent être en lieu sûr. Mais la police ne va-t-elle pas, maintenant, interroger leurs amis?

– Tu n'as pas laissé le billet au portier, au moins? s'écrie Vissarion.

– Non. Pourquoi? J'aurais dû?

– Surtout pas, imbécile! Et... et t'a-t-il demandé qui t'envoyait?

– Non, barine.

– N'a-t-il pas essayé de te retenir?

– Pas du tout. Quand je suis arrivé, il se disputait avec sa femme. Il n'avait qu'une envie, c'est que je m'en aille, pour pouvoir lui cogner dessus!

Vissarion se détend, se déploie. La police ne remontera pas jusqu'à lui. D'ailleurs il débarque de province. En deuil de son père. Qu'on respecte son chagrin, au moins! Oui, il a connu Plastounoff, comme il a connu d'autres étudiants. Mais qu'est-ce que cela prouve? Il est hors du coup. Inattaquable, invulnérable. Dix personnes peuvent témoigner de ses sentiments monarchiques. Soudain il éprouve un grand soulagement à l'idée que Stiopa et Ida ne viendront pas dîner chez lui. Ainsi n'aura-t-il pas à leur mentir, par omission, au sujet de Znamenskoïé. Il saisit la lettre que Klim lui a rapportée et la déchire.

– Dois-je quand même préparer quelque chose pour ce soir? demande Klim.

– Non, dit-il gaiement. Je vais aller au restaurant! Sors-moi mon habit.

Un coup de sonnette à la porte. Vissarion se réveille en sursaut et prend sa montre sur la table de chevet. Sept heures du matin. Une perquisition? Une arrestation? Tout est possible dans ce pays où les chiens de garde flairent le libéralisme à distance. Béant de peur, il s'assied au bord du lit, les jambes pendantes. Heureusement qu'il a rendu tous les numéros de *La Cloche* à Stiopa Plastounoff avant de partir pour Znamenskoïé! Pas un papier compromettant ne traîne dans sa chambre. Ses tiroirs sont aussi nets que sa conscience. Mais, quand des mouchards ont décidé la perte d'un innocent, le moindre grain de poussière se tourne en preuve accablante contre lui. Klim est allé ouvrir. Il revient :

– C'est un homme avec une lettre pour toi.
– Eh bien! donne-la!
– Il veut te la remettre en main propre.
À demi rassuré, Vissarion enfile sa robe de chambre et se dirige vers le vestibule. Un inconnu se tient là, jeune, maigre, en uniforme d'étudiant, avec des cheveux longs et des lunettes bleues. Sans dire un mot, il tend une enveloppe à Vissarion, tourne les talons et s'en va.
– Hé! dit Vissarion. Qu'est-ce que c'est que ça? Qui êtes-vous?
L'étudiant presse le pas et dévale l'escalier dans un bruit d'avalanche. Vissarion déchire l'enveloppe. L'écriture de Stiopa :

Mon cher Vissarion,

J'aurais voulu t'écrire plus tôt pour te dire que j'ai beaucoup pensé à toi en apprenant la mort de ton père. Mais il eût été imprudent de confier ma lettre à la poste. Tu comprends pourquoi. Décidément, l'air de Moscou ne me vaut rien. Le médecin m'a prescrit une petite cure de repos. Nous partons, ce soir, Ida et moi, pour la Finlande. C'est tout à fait le climat qu'il me faut. Dès que possible, je te communiquerai notre adresse. Tout va pour le mieux. Ne te soucie de rien. J'espère te revoir bientôt. Ton ami. – S.

Vissarion revient dans sa chambre et se recouche. Cette lettre le comble d'admiration. Ainsi ses craintes étaient justifiées. Fidèle à sa vocation de révolutionnaire, Stiopa a dû fuir la ville pour courir se cacher dans une cabane, au creux d'un fjord désert. Quelle noblesse dans cette vie d'abnégation, d'effort et de secret! Qu'il serait beau de suivre la même route! Il relit la lettre. Un vrai style de conspirateur, tout en allusions, en faux-fuyants, en réserves prudentes. Ah! comme Stiopa et Ida vont lui manquer! Mais ils reviendront vite. La police ne doit pas les considérer comme des suspects bien dangereux. Peut-être même se sont-ils affolés à tort. Si on coffrait tous les gens qui, en Russie, lisent des brochures subversives et critiquent le gouvernement!...

Il fait bon dans ce lit aux couvertures moelleuses. Pas un faux pli. Le soleil entre par l'ouverture des rideaux. Klim s'affaire dans la cuisine. La vaisselle tinte. Les cloches aussi. Un sentiment d'harmonie, de force et d'espoir printanier gonfle la poitrine de Vissarion. Le souper de la veille, au restaurant *Yar*, a été une réussite. Ainsi qu'il s'y attendait, il a vu Hélène, très entourée, à une grande table. Il l'a saluée, de loin. Elle a répondu. Comment peut-il penser à de telles futilités, alors que Stiopa, poursuivi, traqué, se cache dans les bois? Il s'attarde un instant à cette dernière image, dont la précision tragique le saisit. Puis il se lève et appelle Klim, qui accourt avec un broc d'eau chaude.

6

« HIER, j'ai encore porté une corbeille de roses, avec une lettre du bartchouk, au domicile d'Hélène Borissovna Schmidt, près de la porte Nikitskaïa. Comme les trois fois précédentes, la femme de chambre m'a pris la corbeille des mains pour la remettre à sa maîtresse et est revenue en disant : "Tu remercieras ton maître." Je lui ai dit : "C'est que mon maître attend une lettre d'Hélène Borissovna en réponse." Elle m'a répliqué d'un ton peu aimable : "Eh bien! Hélène Borissovna fait dire à ton maître que, de réponse, il n'y en a pas!" Quand j'ai répété ça au bartchouk, il s'est emporté contre moi et m'a traité de crétin. Il m'a dit que, sans doute, j'avais été maladroit. Je lui ai juré que non, que j'avais tout fait comme il me l'avait ordonné. Mais je n'ai pas osé lui dire qu'il y a souvent une calèche bleue, aux portières armoriées, arrêtée devant la maison d'Hélène Borissovna. Sûrement un grand seigneur s'occupe d'elle. Il n'y a rien à faire, ce sont les mœurs de la ville. Le bartchouk est très malheureux. S'il continue à rêver d'Hélène Borissovna sans la revoir, il finira par tomber malade. Ce n'était pas la peine de vendre Znamenskoïé, si cet argent ne lui procure pas plus de joie! Il n'a pas déménagé, il n'a pas acheté de calèche. Il n'a de goût à rien. Il se lève tous les jours à midi, perd deux heures à sa toilette, fait un tour en ville pour tuer le temps et, le soir, soupe avec de nouveaux amis ou joue aux cartes. Est-ce une existence convenable pour un barine? »

« Il fait très chaud. Les théâtres ont fermé leurs portes pour l'été. Les grandes familles partent pour leurs propriétés, aux environs de Moscou. Le bartchouk m'a encore fait porter une corbeille de roses à Hélène Borissovna. Cette fois, il n'y avait pas de calèche bleue devant la maison. La femme de chambre m'a reçu plus aimablement. Pourtant je suis de nouveau revenu bredouille. La comète approche de nous, paraît-il. Mais on ne la voit pas encore. Trophime, le portier, a peur qu'elle ne rencontre la terre. Alors tout exploserait. Ce serait la fin du monde. »

« Victoire! Ce matin, le bartchouk a reçu d'Hélène Borissovna une lettre de remerciement pour ses roses. Il m'a annoncé que nous sortirions avec elle dimanche prochain. Il veut m'acheter une livrée et louer une calèche avec un cocher à la semaine. Je suis bien content. Mais pourquoi Hélène Borissovna a-t-elle changé d'avis? Je me demande si elle me reconnaîtra. »

7

LA RUE poudroie dans la lumière blanche du mois d'août. Des rinceaux d'écume frissonnent sur la robe bai brun des chevaux qui trottent flanc à flanc. La calèche tangue sur ses ressorts. Assis, les bras croisés, le dos raide, à côté du cocher, Klim transpire de toute la figure. Le soleil pèse sur sa nuque comme une brique chaude. Sa livrée bleue, achetée d'occasion, lui comprime les épaules et la poitrine. À chaque aspiration, il craint de faire sauter un bouton de cuivre. Mais il ne bougerait pas pour un empire. Nul n'ignore que le premier signe de la réussite sociale, c'est un valet en livrée accompagnant son maître dans tous ses déplacements. Le cocher, Ignatii, est, lui aussi, fort imposant. Grand, massif, le front étroit et la barbe noire, il porte une boucle en or à l'oreille gauche, un bonnet rond orné d'une plume de paon et un cafetan vert, ceinturé d'une écharpe écarlate. Klim n'éprouve aucune sympathie à son égard. Il le trouve trop sûr de lui et trop silencieux. On voit tout de suite, pense-t-il, que ce n'est pas un serf, mais un travailleur libre. C'est leur troisième sortie, et ils n'ont pas échangé dix mots. Le cheval de droite lève la queue et lâche une bordée de crottin.

– Encore! crie le bartchouk. Qu'est-ce que tu lui as donné à manger?

– Comme d'habitude, barine, répond Ignatii. Mais elle a l'intestin délicat. Par grande chaleur, elle digère mal le fourrage.

– Tâche qu'elle ne nous empeste pas, tout à l'heure!

– On tâchera, on tâchera! Mais qui va contre la nature va contre Dieu!

La calèche s'arrête devant la maison d'Hélène Borissovna. Klim saute à terre et aide le bartchouk à descendre. Il est très élégant, aujourd'hui, le bartchouk : redingote noire et pantalon gris perle.

– Attends-moi là, dit-il au cocher en s'engouffrant sous le porche.

Klim se rassied sur le siège. Heureusement, la calèche est rangée à l'ombre. Les chevaux soufflent. Ignatii s'emplit la bouche de graines de tournesol et les mâchonne en recrachant les écales, de biais, sous sa moustache.

Soudain une clarté de nacre illumine la rue. Hélène Borissovna s'avance au bras du bartchouk, dans une robe blanc et rose aux balancements de fleur. De la dentelle bouillonne à son corsage. Des pampilles grenat tremblent en guirlande sur sa jupe gonflée par une crinoline. Une ombrelle de soie, gorge-de-pigeon, protège du soleil son fin visage couronné par un chapeau de paille et de feuillage. Klim dégringole de son perchoir, se précipite, s'incline. Va-t-elle le reconnaître? Non, elle le traverse du regard. C'est la faute de cette livrée! La seule fois qu'elle l'a vu, il était habillé en barine. Elle s'élance, légère, en prenant à peine appui sur le marchepied.

– Au parc Pétrovsky, dit Vissarion Vassiliévitch en montant à son tour dans la calèche.

Klim se retrouve, ignoré et contrit, à côté d'Ignatii. Derrière son dos, il devine les deux visages tendrement rapprochés. Mais le bruit des roues l'empêche d'entendre la conversation. Il imagine des mots d'amour. Comme pour Xénia. Hélène Borissovna est encore plus séduisante qu'à la scène. Elle n'a besoin ni de fard ni de travesti pour rayonner. Pourvu que le bartchouk soit prévenant avec elle! Blesser une telle femme par un mot, ce doit être comme de tuer un rossignol d'un coup de fronde.

À mesure qu'on approche de la porte Tverskaïa, le nombre des équipages augmente. À la barrière, comme toujours, c'est l'encombrement. Un sous-officier de gendarmerie vérifie les papiers des voyageurs arrivant à la ville et crie des ordres à l'invalide chargé de manœuvrer la poutre basculante. Les chaînes du contrepoids grincent, la lourde pièce de bois, rayée de noir et de blanc, s'élève, s'abaisse, les véhicules avancent un par un. Avant d'entrer dans Moscou, les cochers doivent attacher les clochettes de leurs chevaux, pour éviter qu'elles ne tintent dans les rues. Ceux qui sortent de Moscou, en revanche, les détachent pour jouir de leurs sonnailles sur la route. C'est ce que fait Ignatii, dès qu'il a franchi la limite de la cité. Lâché sur la chaussée plate et large de Saint-Pétersbourg, l'attelage s'élance, en tintinnabulant. Un nuage de poussière enveloppe Klim, qui sourit de plaisir et cligne des yeux. Des arbres hirsutes volent de droite et de gauche. Parfois une troïka dépasse la calèche en trombe, le cocher inconnu hurle quelque chose à travers le battement saccadé des sabots, un coup de vent emporte sa voix, et Ignatii grogne :

– Si je voulais, j'irais plus vite que toi, fils de truie! Mais je ne tiens pas à crever mes chevaux!...

Après trois quarts d'heure de course, la calèche tourne dans une allée de sable fin, roule mollement vers les sons amortis d'un orchestre, et s'arrête devant un restaurant en plein air. Les tables aux nappes blanches s'éparpillent entre des massifs de fleurs. Le bartchouk ordonne à Klim et à Ignatii d'aller manger un morceau au *traktir* [1] dépendant de l'établissement, et d'être prêts

1. *Traktir*, cabaret, taverne.

à repartir, dès neuf heures du soir. Lui-même, offrant le bras à Hélène, se dirige vers l'entrée principale, où un suisse galonné l'accueille avec cérémonie.

Le traktir, réservé aux cochers et aux valets de pied, est une bâtisse de bois où les voix résonnent fortement. Klim et Ignatii s'attablent près d'une fenêtre et commandent du thé, du sucre et une serviette pour deux. Pendant qu'ils boivent en silence, verre après verre, le crépuscule descend. Des lampions s'allument dans les bosquets. On entend, à travers des bruits de vaisselle, les accents langoureux des violons qui jouent, là-bas, pour les maîtres. Les domestiques ont déboutonné leurs livrées. Plus trace de respect sur ces faces rougeaudes. Ignatii appelle un serveur en blouse blanche et dit :

– Tu vas me donner une assiette de *stchi* [1], avec une tranche de lard, de la bouillie de sarrasin et du kwas.

Klim, alléché, commande la même chose. Ils mangent, face à face. La nourriture est bonne, grasse et copieuse. Le kwas pétille gaiement sur la langue. Pourtant Ignatii n'en devient pas plus loquace. Klim songe que maintenant, sans doute, le bartchouk et Hélène Borissovna boivent du champagne, les yeux dans les yeux.

Il se lève et sort à l'air libre. Quelle belle nuit! Il y a longtemps qu'il n'a vu autant d'arbres. C'est presque une vraie forêt. Il respire l'odeur de la terre chaude, des feuillages assoiffés, et un afflux de souvenirs lui tourne la tête. Pour la centième fois, il reprend le compte de ce qu'il a perdu. Les violons jouent, la vaisselle tinte. Près de l'entrée du restaurant, un groupe de cochers discute avec animation en attendant la sortie des maîtres :

– Je te dis que je ne la vois pas!

– Mais si... Au bout de la Grande Ourse! Là! Là! Tu y es maintenant?

Klim lève la tête. Un fourmillement d'étoiles emplit ses regards. Et, entre ces pointes d'épingles lumineuses,

1. *Stchi,* soupe aux choux aigres.

il discerne une traînée de feu. La comète! Une angoisse religieuse fige ses pensées. La voix d'Ignatii le fait sursauter :

– Dirait-on pas!... Le beau mystère!... On a vu plus étonnant!...

Klim s'adosse à une paroi de treillage. Il aurait envie de se confier à quelqu'un de simple et de bon. S'il ouvrait la bouche, il ne pourrait plus s'arrêter de parler jusqu'à l'aube. Ignatii bâille et se frotte le ventre avec le plat de la main.

– Il y a quelque temps, murmure Klim, mon barine a vendu la propriété familiale. Maintenant, nous n'avons plus de terre. Nous sommes comme des graines errantes...

– La terre n'est bonne qu'à ensevelir les morts, marmonne Ignatii d'un ton lugubre.

– Comment peux-tu dire ça?

– Je le dis parce que je le sais. Celui qui travaille la terre prépare sa tombe.

– Tu n'es pas de la campagne?

– Tout le monde est de la campagne. Mon père, vois-tu, était serf : il s'occupait de vente de bétail et payait une redevance au barine. Quand il a été trop vieux, je lui ai succédé. Nous habitions près d'Arzamas. Je partais dans les steppes, du côté d'Orenbourg ou de Simbirsk, pour acheter du bétail. J'avais une femme et une fille...

– Moi aussi, dit Klim avec élan, j'avais une femme et une fille! Elles sont mortes.

– De quoi?

– Du choléra.

– C'est bien!

– Comment, c'est bien?

– Eh! oui. Le choléra, c'est une fin chrétienne. Les miennes, je les avais emmenées avec moi, dans les steppes. Nous logions sous la tente. Je les laissais seules et j'allais voir les bergers kirghizes aux environs. Ils avaient tous des moutons à vendre. Un soir, je rentre, poussant un troupeau devant moi. Et je trouve ma femme et ma fille égorgées, mes coffres vides, mes chevaux de rechange volés...

Klim observe Ignatii avec stupéfaction. Son propre chagrin lui paraît soudain dérisoire.

– C'étaient... c'étaient des brigands? murmure-t-il.

– Des brigands, oui. Mais va donc retrouver des brigands dans les steppes! Les années ont passé. J'ai repris mes voyages. Et une nuit, dans une auberge d'Orenbourg, je vois un homme de grande taille, avec le crâne rasé et une moustache noire tombante, qui entre, qui s'assied à la table d'hôte et qui commande des harengs, des champignons et de la vodka. Je le regarde, et, je ne sais pourquoi, il me semble qu'un nuage rouge enveloppe tout devant moi. Mes mains tremblent comme si j'avais la fièvre. Je vais pour m'allonger sur un banc, et, en passant devant l'homme, je remarque qu'il porte des boucles d'oreilles en or. Ces boucles d'oreilles, c'étaient celles que j'avais offertes à ma femme pour le premier anniversaire de notre mariage. En voyant que j'ai l'œil sur lui, le bougre se lève et sort. Je le rejoins sur le perron de bois. C'était une belle nuit étoilée. Comme celle-ci. Je lui dis : « C'est toi qui as tué ma femme et ma fille à telle date, à tel endroit? » Et il me répond : « Non! – Et ça? » je lui demande en le saisissant par une boucle d'oreille. Il se dégage : « Je les ai trouvées! – Ah! oui? Répète un peu! » Nous nous battons. Il était fort. Mais j'avais pour moi la colère. Je lui écrase la bouche d'un coup de poing. Alors il cesse de se défendre et il dit : « Oui, j'ai ce crime sur la conscience. Mais j'étais jeune. J'avais faim. J'avais perdu Dieu! Fais de moi ce que tu voudras! »

– Tu l'as dénoncé à la police? demande Klim.

– Non. Trop de temps avait coulé. Je n'avais plus le goût de la vengeance. L'homme avait l'air aussi malheureux que moi. Nous avons pleuré ensemble. Puis il m'a proposé d'échanger nos croix de baptême pour devenir frères.

– Et tu l'as fait?

– Oui, je l'ai fait, dit Ignatii.

Il ouvre son cafetan, sa chemise, et montre, sur sa poitrine nue et velue, une croix de bois noirci.

– Et les boucles d'oreilles? interroge Klim.

– Je lui en ai laissé une et j'ai pris l'autre.

– Celle-ci?

– Oui.

– Il y a combien de temps que...?

– Douze ans.

– Et... et tu l'as revu?

– Jamais. Avec l'argent que j'avais amassé, j'ai racheté ma liberté à mon barine. Il a exigé le prix fort. Douze mille roubles! Tu te rends compte? Je l'ai réglé jusqu'au dernier kopeck. Et ensuite, je me suis payé ma voiture et deux chevaux pour faire le cocher de louage. Maintenant je suis mon propre maître, je ne travaille que pour moi, je ne crains personne!

Il rejette la tête en arrière et sa boucle d'oreille danse sur sa joue poilue. Klim pense à l'autre boucle d'oreille, qui brille pareillement sur la joue du meurtrier. Soudain Ignatii éclate d'un rire gras et fort.

– Ah! tu es bien de la campagne, toi! s'écrie-t-il.

– Pourquoi?

– Parce que tu crois tout ce qu'on te raconte!

– Ce n'est pas vrai, ce que tu m'as dit?

– Peut-être bien que oui, peut-être bien que non. Et si c'était moi, l'assassin?

Il rit toujours, les sourcils décalés, les dents blanches, la peau cuite et ridée. Klim le considère avec un mélange d'inquiétude et de répulsion. L'orchestre joue en sourdine, le vent fouille les feuillages. Un suisse galonné surgit au bout de l'allée et crie, les mains en porte-voix :

– La voiture de Vissarion Vassiliévitch Variaguine!

– Il faut y aller, dit Ignatii.

Cinq minutes plus tard, Klim roule dans la nuit, à côté d'Ignatii qui fredonne une chanson sibérienne. Le bartchouk et Hélène Borissovna sont blottis sous la capote relevée, à cause de la fraîcheur du soir. On fait halte devant un cabaret tzigane, enfoui au fond d'un jardin touffu. Klim et Ignatii se retrouvent parmi des domestiques qui attendent, à la porte. Par les fenêtres entrouvertes, s'échappent le bourdonnement passionné des guitares et les rauques éclats de voix des chanteuses. Entre cochers et valets de pied, on discute les mérites de la divine Nadia et de l'inimitable Mikhaïlesco. Ignatii écoute leurs commentaires et, penché vers Klim, dit d'un ton méprisant :

– S'ils avaient entendu comme moi les vrais Tziganes, ceux de Bessarabie!

– Tu as été en Bessarabie?

– Où n'ai-je pas été!

– Quel âge as-tu, Ignatii?

– Quarante-cinq ans. Et toi?

– Vingt-trois.

– Tu pourrais être mon fils!

Klim frémit à cette idée. Ignatii se caresse la barbe méditativement. Une heure passe. Enfin le bartchouk et Hélène ressortent. À la lueur du fanal qui éclaire la grille du jardin, Klim découvre le visage de la jeune femme. Elle a un sourire mécanique. Ses yeux brillent d'un faux éclat. Sans regarder ni à droite ni à gauche, elle remonte en voiture.

– Porte Nikitskaïa, dit le bartchouk.

À l'entrée de Moscou, l'invalide lève de nouveau la barrière. Sous le vaste ciel étoilé, les rues sont vides et sonores. La maison d'Hélène dort, comme les autres, toutes fenêtres éteintes. Klim saute à terre et ouvre la portière de la voiture. En descendant, Hélène Borissovna passe si près de lui que le renflement de sa crinoline le frôle à hauteur des genoux. Il respire son parfum qui rappelle celui du seringa. Elle tourne la tête imperceptiblement. Leurs regards se rencontrent. Le reconnaît-elle maintenant? Il se sent tout petit, au bout d'un long couloir. Elle lui sourit, comme à un inconnu, de ce même sourire mécanique, dont la tristesse l'a naguère frappé. Et déjà elle a disparu avec le bartchouk, sous le porche.

– Et voilà! dit Ignatii. Maintenant nous pouvons aller faire un tour!

– Faire un tour! s'écrie Klim. Tu n'y penses pas! Et si mon barine revenait en notre absence?

– Pas de danger! La poupée est trop bien disposée! Ils en ont pour deux heures! Je t'emmène chez Gavrilo!

– Qui est Gavrilo?

– Un ami. Viens!

Klim voudrait refuser. Mais le regard noir d'Ignatii le fascine. Il a l'impression d'avoir quitté le chemin de la vie et d'errer dans une région obscure, où sa volonté n'a plus ni force ni objet. Engourdi et irresponsable, il se retrouve bientôt dans une gargote où des marchands de chevaux, des portiers, des scribes aux uniformes défraîchis boivent du thé et discutent avec des voix enrouées. Ignatii passe devant eux et entraîne Klim dans un corridor, qui débouche, tout à coup, sur une salle basse, pleine de chaleur, de fumée et de bruit. Une trentaine de personnages hurleurs entourent une petite arène, délimitée par une toile blanche maculée de sang, que des piquets soutiennent aux quatre coins. Une lampe à pétrole descend du plafond. Sous la lumière crue, deux coqs se battent. L'un, haut sur pattes, le cou large, la queue en panache, porte des reflets de bronze et d'or sur son plumage. L'autre, plus petit, plus nerveux, est d'un noir de corbeau. Les parieurs les encouragent à grands cris :

– Vas-y, défonce-le, perce-le! Fainéant! Qu'est-ce que tu attends?

– Il dort, le poltron! Non, il revient! Comme ça, mon mignon, comme ça!...

Les coqs, qui se sont un instant séparés, retournent au combat. Leurs becs et leurs poitrines se choquent. D'un battement d'ailes, ils s'élèvent à quelques centimètres du sol, puis ils se heurtent et retombent dans un nuage de poussière. Des filets de sang coulent sur leurs plumes hérissées. Ignatii parie trente roubles sur le noir et invite Klim à le suivre. Klim, écœuré, fait non de la tête. Pour exciter les deux champions, les parieurs courent autour de l'arène en brandissant des chandelles allumées. Enfin, sous les coups d'éperon du coq noir, le coq bronze défaille, les ailes traînant à terre, la crête ensanglantée. Une immense clameur salue la dernière blessure. L'œil arraché, la grande volaille rousse s'effondre, pantelante. Ignatii a gagné.

– Il faut partir, dit Klim.

– Encore un combat!

– Non, non, je t'en supplie! Si le barine nous cherchait...

Ignatii cède à contrecœur. Ils reviennent à la porte Nikitskaïa. Tout est calme. Au deuxième étage, une fenêtre laisse filtrer un pinceau de lumière entre ses rideaux mal joints. La chambre d'Hélène, peut-être.

– Je n'aime pas les combats de coqs, dit Klim.

– Les coqs, eux, aiment ça! Sais-tu combien j'ai ramassé? Douze roubles! En dix minutes!...

Ils marchent de long en large devant la maison. Une lueur grise salit la base du ciel, à l'est.

– Tu devrais jouer, toi aussi, reprend Ignatii, mettre de l'argent de côté.

– Je suis bien comme ça.

– Mais, quand tu seras libéré, que feras-tu si tu n'as pas d'argent de côté?

– Je continuerai à servir mon barine.

– Tu ne préférerais pas devenir commerçant ou cocher comme moi... enfin ne plus avoir de maître?

– Comment peut-on vivre sans maître? dit Klim.

Ignatii hausse les épaules. Un grondement se rapproche. Dans la pénombre, se traîne le long convoi des tinettes, hautes sur roues, et tirées par des rosses au ventre ballonné et aux membres squelettiques. Les tonneaux, mal bouchés, tressautent sur le pavé, clapotent et dégagent une odeur nauséabonde. Entre chaque barrique et chaque cheval, un vidangeur est assis en équilibre sur une nacelle de cordes tressées. L'un somnole, l'autre mange du pain et du lard, en se laissant bercer par le pas de l'attelage. Klim compte une quinzaine de ces voitures pestilentielles.

– Il suffit de regarder ça, dit Ignatii, pour comprendre qu'il n'y a pas grande différence entre un barine et un serf!

Au loin, un coq lance son cri sec. Un autre lui répond. Et un autre encore. Ne se donnent-ils pas des nouvelles de leur camarade poignardé, la nuit?

Les chevaux dorment debout, tête basse. Ignatii remonte sur son siège. Klim, épuisé, s'adosse à la voiture et ferme les paupières. Immédiatement sa tête s'emplit de battements d'ailes et de coups de bec. Il écarquille les yeux. Le monde, autour de lui, pâlit et s'éclaire. Une fraîcheur de source descend du ciel et renouvelle tout. Des cloches sonnent, discrètement d'abord, puis à la volée. Le portail s'ouvre, livrant passage au bartchouk. Son visage blafard, sali d'une barbe naissante, ne trahit rien de ses sentiments.

– À la maison, dit-il.

« Le bartchouk continue à voir Hélène Borissovna régulièrement. Mais ils ne sortent plus jamais ensemble. Ignatii et moi le conduisons chez elle à neuf heures du soir et l'attendons à la porte jusqu'à deux heures du matin. Il devrait être heureux. Et pourtant il a toujours un visage mécontent. Pour un rien, il m'attrape. Serait-elle dure avec lui? Ne l'aimerait-elle pas? La saison s'avance. Les gens rentrent à Moscou. J'ai peur qu'un de ces jours la calèche bleue ne reparaisse devant la maison d'Hélène Borissovna. »

« Ça y est! la calèche bleue est là. Nous n'allons plus chez Hélène Borissovna que le jeudi soir. »

8

ÉVIDEMMENT on ne devrait pas utiliser du fil noir pour raccommoder des chaussettes bleues. Mais on ne peut, non plus, assortir toujours les couleurs. Ou bien il faudrait s'entourer de vingt bobines! En clignant des yeux, Klim a l'impression que ce ravaudage est un motif de broderie! Il lisse la partie reprisée avec le dos de l'ongle, et prend une autre chaussette. Le bartchouk use beaucoup, et toujours à l'endroit du gros orteil. Quel costume mettra-t-il aujourd'hui? Klim les a brossés tous les trois. Chemise, chaussures, cravate, mouchoir, tout est en ordre. Le bartchouk n'a plus qu'à se réveiller. Mais on est rentré, ce matin, à trois heures. Sans doute Vissarion Vassiliévitch ne se lèvera-t-il pas avant midi. Hier, Ignatii était furieux. Il a osé dire au bartchouk que, d'après leurs conventions, il n'avait pas à l'attendre si tard. Alors le bartchouk l'a regardé durement et a prononcé entre ses dents : « Encore une réflexion de ce genre, et je te flanque à la porte! » Son air était si terrible, que le cocher a rentré la tête dans les épaules et n'a plus pipé mot. Klim donne entièrement raison au bartchouk. Ne dirait-on pas qu'Ignatii se fatigue à veiller? Comme tous les cochers, il somnole, assis sur son siège, jusqu'à l'arrivée du maître. Et Klim en fait autant. C'est le secret des bons domestiques de savoir dormir n'importe où! Si tu ne veux pas le faire, cherche un autre métier! L'aiguille est à bout de course. Il faut la renfiler. Assis en tailleur sur sa paillasse, Klim mouille le brin, le mordille, l'écrase entre ses dents pour l'amincir, et le présente devant le chas, à la lumière de la fenêtre.

La chaussette suivante est à peine décousue au talon. Tout en piquant l'aiguille dans la laine, Klim déplore que son maître n'emploie pas mieux l'argent provenant de la vente de Znamenskoïé. S'il n'était pas le valet mais l'ami du bartchouk, il lui suggérerait d'acheter à tempérament une terre de rapport aux environs de Moscou ou de Toula. Chaque jour, il relève des annonces de propriétés à vendre, dans les journaux. *Avec un premier versement de trois mille roubles, magnifique maison de campagne...* Klim soupire et balance le front au-dessus de la chaussette déchirée. Qu'est-ce qui retient le bartchouk ici? Hélène Borissovna? Il la voit si rarement! Et chaque fois, en sortant de chez elle, il semble plus désemparé et plus haineux. Non, il doit y avoir autre chose. L'eau bout dans le samovar. La pluie s'est arrêtée. Un froid humide suinte des murs. Trois mille roubles pour une maison de campagne, ce n'est rien! La sonnette de la porte tinte violemment. Klim décroise ses jambes, se lève et va ouvrir. Ignatii paraît, grand et dur : une vraie pièce de bois! D'habitude il ne vient qu'à trois heures.

– Le barine est là? dit-il.

– Oui, il dort.

– Va le réveiller.

Klim paraît si étonné, qu'Ignatii répète en forçant la voix :

– Va le réveiller, je te dis!

– Et pourquoi?

– J'ai à lui parler.

– Non, mais!... Pour qui te prends-tu? Attends un peu! Tu lui parleras tout à l'heure!...

– Il n'y aura pas de tout à l'heure! Je quitte son service! Il me doit deux mois de gages!

– Eh bien! Il te les payera!

– Avec quoi? J'ai interrogé le portier! Il dit que ton barine a des dettes partout!

– S'il n'en avait pas, il ne serait pas un barine, dit Klim avec superbe.

– Oui, mais moi je n'aime pas qu'on me doive de l'argent!

– Tu n'aimes pas! Tu n'aimes pas! grogne Klim. Qui est-ce qui commande ici? Le cocher ou le barine? Que dirais-tu si ton cheval te demandait des comptes?

Ignatii le considère de près. Ses yeux ont rapetissé de méfiance. Des gouttes de pluie tremblent dans sa barbe. Il dit :

– Écoute, Klim, il y a une chose qu'il faut que tu comprennes : toi et moi, nous sommes du même bord. Tu n'as pas le droit de me rouler. Tu me jures qu'il n'est pas à sec, ton barine?

– Bien sûr que je te le jure! dit Klim au comble de l'indignation. Nous avons hérité! Tu sais ce que ça signifie? Et maintenant, va-t'en!

– Je ne m'en irai pas. J'attendrai ici qu'il se réveille.

– Non, Ignatii!

– Pourquoi? Ça te dérange?

Klim hausse les épaules et Ignatii éclate de rire. Mais soudain son rire se décompose en une grimace de colère. Il crie :

– Tu m'as menti, hein, espèce d'ordure? Tu as voulu que je débarrasse le plancher, pour que ton barine ne me trouve pas devant sa porte quand il se lèverait! Et, lorsque je serais revenu, il n'y aurait plus eu personne à la maison! Comment n'as-tu pas honte d'aider ton maître à me voler mon argent? L'argent que j'ai gagné à la sueur de mon front! Il me doit quarante roubles! Je ne partirai pas d'ici sans avoir été payé!...

Ignatii se dirige vers la porte de la chambre, mais

Klim bondit et lui coupe le chemin. Le cocher s'arrête, jambes écartées. Les muscles de son cou sont contractés. Ses yeux saillent sous la barre sombre et basse des sourcils. Sa boucle d'oreille, à demi enfouie dans les poils de sa barbe, luit comme un croissant de lune.

– Ôte-toi de là! dit-il d'une voix menaçante.

– Non, dit Klim.

Et il se rappelle les terribles aventures d'Ignatii dans les steppes kirghizes. Victime ou assassin? En tout cas, c'est un homme de sang.

– Ôte-toi de là! répète Ignatii en serrant les poings.

Il domine Klim du regard, de la barbe, des épaules. Son cafetan vert couvre tout l'horizon. Pourtant Klim ne bouge pas. Il se sent très calme. Comme jadis devant Kouzma. Il est dans son rôle de valet. Par conséquent, il n'a ni questions à se poser ni craintes à avoir. Tout ce qui lui arrivera est dans la logique des faits. Qu'on le frappe, et il répondra. La porte, derrière lui, s'ouvre largement. Il se retourne : le bartchouk. En robe de chambre, pas rasé, les cheveux bouffant au sommet du crâne.

– Tiens, les voilà, tes quarante roubles, canaille! dit Vissarion d'une voix seigneuriale.

Et il jette le papier-monnaie à la figure du cocher. Instantanément, toute trace de morgue disparaît du visage d'Ignatii. Comme si la seule vue de l'argent le renfonçait dans sa servilité naturelle. Il se baisse, ramasse les coupures, remercie, s'excuse. Vissarion l'interrompt :

– File! Et que je ne te revoie plus!

Plié en deux, le cocher bat en retraite. Klim, triomphant, referme la porte sur lui. Ce qui le réjouit le plus, c'est l'autorité dont a fait preuve le bartchouk.

– Il aurait mérité que tu ne le payes pas! dit-il.

– Oui, dit Vissarion. Mais, au point où j'en suis, ces quelque quarante roubles de plus ou de moins, qu'est-ce que ça change?

Klim l'observe avec appréhension et murmure :

– Pourquoi dis-tu ça, barine? Tu as des ennuis?
– Évidemment!
– Des... des ennuis d'argent?
Le bartchouk ne répond pas et allume sa pipe. Klim gémit :
– Aïe! aïe! aïe!... Comment est-ce possible?... Je croyais...
– Qu'est-ce que tu croyais? lâche Vissarion dans un nuage de fumée. Que j'étais millionnaire?
– Non, mais je me disais qu'après la vente de Znamenskoïé...
– Parlons-en, de Znamenskoïé! En le vendant, j'ai à peine couvert les dettes de mon père!...
Klim, atterré, baisse la tête. Il lui semble qu'un grand arbre, entaillé à la base, craque, s'incline et tombe lentement, tragiquement, avec tout son feuillage, toute son histoire et tous ses nids d'oiseaux.
– Qu'allons-nous devenir? balbutie-t-il.
– Ça me regarde!
– Tu n'aurais peut-être pas dû céder toute la terre... Si tu en avais gardé un petit morceau...
Klim prononce cette phrase comme se parlant à lui-même, et, immédiatement, il mesure son impudence. Donner son avis au bartchouk! Jamais, jusqu'à cette minute, il n'a osé le faire. Vissarion lui décoche un regard de feu. Et brusquement sa figure éclate. Il jette sa pipe sur la table et hurle :
– Tu m'embêtes avec ta terre! Je n'ai de conseils à recevoir de personne! Surtout pas d'un serf prétentieux comme toi! Qu'as-tu à me regarder avec des yeux ronds? Insolent!... Je te mettrai au pas!... Qu'est-ce que tu dis?
– Rien, barine!...
– Bien sûr! C'est facile! Tu te tais et tu penses!... Tu as la prétention de penser!... L'air de Moscou te monte à la tête!... Vermine de placard! Punaise de soupente!...
Le silence et l'immobilité de Klim, loin de calmer Vissarion, l'excitent au point qu'il ne peut plus maîtriser

le tremblement de son menton. Ses narines se gonflent. Il lève le bras. La gifle ébranle Klim jusqu'aux os. À peine a-t-il recouvré ses esprits, qu'une deuxième gifle l'atteint, puis une troisième et une quatrième. Sa tête pivote de quelques degrés à chaque coup et revient à sa position première. Les joues brûlantes, il essaye de comprendre ce qui lui arrive. C'est la première fois que le bartchouk le frappe depuis leur enfance. Pourtant le poids de cette main sur sa figure ne le révolte pas. Il a même l'impression d'une remise en place nécessaire. Enfin le bartchouk laisse retomber son bras. Il est blême, haletant, comme s'il sortait d'un violent corps à corps. Est-il possible que quatre ou cinq petits gestes de la main l'aient à ce point essoufflé? Il bégaye :

– À la cuisine! À la cuisine!... Immédiatement!...

Klim retourne à sa paillasse et laisse la porte entrebâillée, dans l'espoir que le bartchouk l'appellera au moment de sa toilette. Mais les minutes passent, le bartchouk se lave, se rase et s'habille tout seul. Et le silence du maître semble plus grave à Klim que les gifles qu'il a reçues.

9

LE POÊLE de faïence dégage une telle chaleur, que tous les laquais réunis au vestiaire ont déboutonné leur livrée. Ils sont bien une vingtaine qui attendent leurs maîtres, en bâillant, bavardant et croquant des graines. Klim les connaît presque tous. Le plus imposant est, sans conteste, Polycarpe Mironoff, le vieux valet de chambre du comte Akhmatoff. De haute taille, les favoris blancs, la peau parcheminée et l'œil vif, il est une autorité en matière domestique. Chacun sait, dans la profession, que le comte Akhmatoff l'a acheté jadis au prince Korsanoff pour trois mille cinq cents roubles. Ce chiffre, à lui seul, impose le respect. Polycarpe parle lentement et regarde toujours par-dessus la tête de ses interlocuteurs. Ses jugements sont sans appel. Il n'a pas son pareil pour démêler une généalogie ou évaluer le prix d'un objet.

– Et cette pelisse doublée de zibeline, Polycarpe, combien vaut-elle, d'après toi? demande Vannka, un jeune valet au nez en trompette.

– D'abord ce n'est pas de la zibeline, dit Polycarpe, mais de la martre.

– À quoi vois-tu ça?

– La zibeline a un poil plus long, plus lustré.

Tous se sont rapprochés de la longue table du vestiaire, sur laquelle sont alignés, côte à côte, les manteaux des visiteurs. Klim, à son tour, se penche sur l'étalage.

– Celle-ci, oui, est doublée de zibeline! dit Polycarpe en soulevant une pelisse par le col et en la secouant pour éveiller des reflets dans la fourrure.

– C'est celle de mon maître! s'écrie fièrement Onésime, un grand gaillard à livrée gris tourterelle, soutachée de galons verts.

– Il a dû la payer dans les deux mille roubles, dit Polycarpe.

– Tout juste!

Un murmure de surprise salue l'exactitude magique de l'évaluation. Klim n'en croit pas ses oreilles. Deux mille roubles pour un manteau! Alors que le bartchouk paye deux cents roubles de loyer par an!

– Et celle de mon maître à moi, qu'en penses-tu? demande le gros Maxime en jetant une pelisse sur ses épaules.

Il se dandine, grimace, pirouette, feint de baiser la main d'une dame, se redresse, claque des talons. Autour de lui, ses camarades s'étranglent de rire. Seul Polycarpe garde son sérieux.

– Renard noir, dit-il. Bonne qualité. Mille à mille deux cents roubles.

– Nous l'avons payée mille cinq cents!

– C'est trop cher.

Saisis d'émulation, d'autres valets empoignent sur le tas les manteaux de leurs barines et les offrent à l'appréciation de Polycarpe. Klim est gêné parce que son barine à lui ne possède qu'un manteau doublé de raton. Il s'écarte du groupe, l'air blasé et somnolent, et retourne s'asseoir sur le banc, près de la fenêtre. Dommage que le bartchouk n'ait pas profité de l'argent que lui a rapporté la vente de Znamenskoïé pour mieux monter sa garde-robe! C'est très gentil de faire des cadeaux à une actrice, mais à quoi cette générosité l'a-t-elle conduit en six mois? Hélène Borissovna vient de rompre avec lui, sans doute à cause de l'homme à la calèche bleue, et, pour se consoler, il joue aux cartes, tous les soirs. En vérité, son infortune amoureuse semble lui porter chance. Depuis le début de la semaine, il dit lui-même qu'il est en gain. C'est encore ici, dans le cercle privé de Savély Arkhipovitch Kozloff, qu'il paraît le moins triste. La maison est belle, les invités riches et de grand renom. À la tombée de la nuit, une file de voitures encombre la rue. Klim aimerait bien voir le bartchouk assis à la table verte. Mais de doubles portes, à moulures dorées, défendent le sanctuaire des joueurs. Le dos appuyé au mur, les jambes allongées, Klim s'abandonne à une douce torpeur. Pour se persuader de son bien-être, il songe aux cochers qui battent la semelle dehors, sous la neige, autour d'un brasero. Puis il se dit que, si le bartchouk gagne beaucoup d'argent, il lui demandera une livrée neuve. Celle-ci est usée aux coudes et au col, les galons en sont ternes comme des tresses de chanvre. Cela n'aurait aucune importance s'il n'avait pas à rencontrer d'autres valets, tous plus ou moins infatués du rang de leurs maîtres. Comme par un fait exprès, après avoir expertisé les pelisses, les voici qui comparent l'organisation intérieure des différentes maisons.

– Chez nous, dit Maxime, nous ne sommes que six pour le service du barine, mais dix-huit pour celui de la barynia. Et jamais, jamais un domestique de la barynia ne lèvera le petit doigt pour servir le barine, ni un domestique du barine pour servir la barynia!

– C'est bien, dit Polycarpe gravement. Il faut une discipline pour les maîtres comme pour les domestiques.

– Et chez toi, combien êtes-vous? demande à Klim le valet au nez en trompette.

Pris au dépourvu, Klim hésite, rougit et bredouille :

– Neuf.

– Qui est-ce qui dirige tout ce monde?

– Moi!

– Ouais! Je parierais plutôt que tu es à la fois valet

de chambre, cuisinier, cocher et que, le reste du temps, tu reprises des chaussettes!

Piqué dans son honneur, Klim se rebiffe :

– Pas du tout!... C'est comme je t'ai dit...

– Il n'y a pas de honte à repriser les chaussettes de son maître! dit Polycarpe. Moi-même, je l'ai fait autrefois.

Klim, qui s'est dressé d'un bond, se rassied.

– Je me demande comment ils se débrouilleront sans nous! soupire Makar, un géant congestionné au visage marqué par la petite vérole.

– Sans nous? demande Onésime.

– Eh oui! Quand nous serons libres, nous les quitterons!

– Pour aller où, espèce d'imbécile? Nous, les domestiques, nous n'aurons ni terre ni argent. Alors, il nous faudra bien continuer à gagner notre vie en servant les autres. Maîtres pour maîtres, autant rester chez ceux que nous connaissons!

– Tout de même, ce ne sera plus la même chose! Comme domestiques serfs, nous travaillons pour rien. Juste trois ou quatre roubles de gratification à Pâques! Mais, à partir du moment où nous serons des citoyens indépendants, nous toucherons des gages!

– Les gages qu'ils voudront bien nous donner!

– Chez nous, il y a un maître d'hôtel anglais : il est payé cent roubles par an, et il ne sait rien faire!

– Notre cuisinier, qui est libre, en gagne cinquante.

– Moi, je dis qu'un valet libre, sachant raser, coiffer, et ne buvant pas, peut demander quarante-cinq!

– Tu es fou?

– Je te le jure! J'ai un cousin...

– Il te raconte des craques, ton cousin!

– Les paysans ont plus de chance que nous! Eux, ils deviendront propriétaires!

– Si les nobles sont d'accord! Il paraît que c'est le maréchal de la noblesse qui, dans chaque province, distribuera les terres! Forcément, il servira mieux ses frères que les nôtres!

– Oui, mais si les choses ne se passent pas honnêtement, les Français feront une révolution!

– Chez eux?

– Non, chez nous! C'était dans le journal! Et les Turcs les aideront!

– Moi, j'ai entendu dire que chaque serf – domestique ou paysan – recevra cent roubles en pièces d'or, dans une bourse, avec le portrait du tsar...

– On dit que nous serions libres depuis longtemps, mais que les Anglais retardent tout.

– Pourquoi les Anglais?

– Parce que le tsar veut marier je ne sais plus quel grand-duc avec une princesse de la maison d'Angleterre et qu'il a promis de donner cent trente jeunes filles serves en dot. On fera épouser ces cent trente jeunes filles serves par des Anglais pour qu'elles les convertissent à la foi orthodoxe. Et après seulement, on nous affranchira, nous autres, comme convenu!

– Et, une fois affranchis, est-ce qu'on aura encore le droit de nous battre? demande Vannka.

– Ça n'a aucun rapport, dit Polycarpe. Même le fils du tsar mérite le fouet, s'il agit mal!

– Un fouet en lanières de velours! ricane Onésime.

– Tu as souvent été battu, toi?

– Non. Et toi?

– Non plus!

– Paraît qu'il va y avoir un bal, samedi, chez les Korsanoff.

– Je sais, c'est notre cuisinier qui doit préparer les glaces. Il a demandé vingt livres de sucre, rien que pour les ornements...

Soudain tous se taisent. Un suisse, chamarré comme un amiral, apparaît dans l'encadrement de la porte et crie :

– Le valet de pied de Vissarion Vassiliévitch Variaguine!

« Tiens, on part plus tôt, aujourd'hui », se dit Klim.

Il prend la pelisse et le chapeau du bartchouk, salue les autres domestiques et se rend, derrière le suisse, dans le grand vestibule circulaire, à colonnes blanches, qui précède la salle de jeu.

– Attends là! dit le suisse.

Planté au milieu de la rotonde, Klim lève les yeux et contemple les nuages, peints en blanc crème sur le fond bleu azur de la coupole. C'est si bien imité, qu'il en éprouve un peu de vertige, comme devant un vrai ciel. Les doubles portes à moulures dorées s'ouvrent enfin, livrant passage au bartchouk. Il a un visage pâle, aux traits tirés. Ses prunelles fixes expriment la tristesse, ou peut-être seulement la fatigue. Il marche sur Klim comme s'il ne le voyait pas.

– On s'en va, barine? demande Klim en lui présentant son manteau.

– Moi, je m'en vais, dit Vissarion d'un ton sec. Toi, tu restes.

Klim le considère avec surprise et marmonne :

– Je reste?... Pour quoi faire?

Vissarion lui jette un regard furieux, comme si cette question le dérangeait, et grogne :

– Tu connais Lev Serguéïévitch Sorokine?

– Je l'ai vu plusieurs fois ici, avec toi...

– Eh bien! attends-le... C'est lui maintenant que tu vas suivre... Tu... tu n'as plus rien à faire avec moi...

La tête vide, Klim voudrait demander une explication et n'ose ouvrir la bouche. Déjà le bartchouk a enfilé son manteau, coiffé son chapeau, et se dirige, d'un pas résolu, vers la sortie. Le suisse pousse la porte devant lui. Une bouffée d'air froid. Le bruit sourd du battant qui se referme. La rue a saisi le bartchouk. Klim se retrouve seul entre des colonnes blanches, sous un dôme de faux nuages. Le suisse va et vient, dans un scintillement de galons. Il a du ventre, un menton rasé et des favoris grisonnants, légers comme de la fumée. Chaque fois qu'il pivote sur ses talons, ses chaussures crissent.

– Qu'est-ce qu'il a voulu dire? soupire Klim.
– T'as pas compris? ricane le suisse en s'arrêtant de marcher.
– Non.
– Il t'a perdu au jeu. Ça arrive...
Klim tressaille. Un froid de glace l'envahit. Tout tremble, tout s'effondre, la comète a rencontré la terre. « Perdu au jeu! Ce n'est pas vrai! Mais si! Autrement il ne m'aurait pas interdit de le suivre... » Un instant, il pense à fuir. Rattraper le bartchouk. Se pendre à ses basques. Le supplier à genoux de le reprendre. Plutôt mourir que servir un autre barine! Trop tard! Le nouveau barine s'avance. Il est grand, gras et rose, avec, sur le visage, un air de calme et de bonté. On ne peut dire non à un homme de cette importance.
– Ah! s'exclame-t-il, te voilà, Klim!
Klim baisse la tête. Ne pas résister, ne pas se crisper, ce ne sera rien...
– Ton maître t'a dit? reprend Lev Serguéïévitch Sorokine.
Il porte un œillet à la boutonnière.
– Oui, barine, dit Klim.
– J'ai proposé de lui remettre sa dette. Mais il est fier. Il s'est entêté. Il a voulu que je te prenne en paiement. Une question d'honneur. C'est très beau, l'honneur! Tu ne peux pas comprendre!
– Oui, oui, évidemment, balbutie Klim.
Et, après une hésitation, il demande :
– Mais c'est... c'est sûr, barine?
– Tout à fait! Tu sais lire, paraît-il? Eh bien, lis!
Et Lev Serguéïévitch lui tend un papier.

Je soussigné, Vissarion Vassiliévitch Variaguine, reconnais avoir cédé à Lev Serguéïévitch Sorokine un domestique serf, de sexe mâle, Kliment Baranoff, pour la valeur de deux mille roubles assignats, en règlement d'une dette qui, de la sorte, est éteinte. Ce serf m'appartenait en toute propriété par héri-

tage en ligne directe. Il n'a été ni vendu précédemment ni donné en gage, et il n'est inscrit sur aucun autre registre que le mien.

Klim rend le papier à son nouveau maître et pense : « Deux mille roubles, je n'aurais pas cru que je valais si cher ! » Puis le sentiment de son infortune le reprend et il bredouille :

– Alors je ne reverrai plus Vissarion Vassiliévitch?

– Non.

– Et... et mes affaires qui sont restées chez lui?

– J'enverrai quelqu'un pour les prendre.

Klim songe à son cahier et s'affole :

– Non, barine... Permets... Il faut que j'y aille moi-même... J'ai... j'ai des choses personnelles là-bas...

Lev Serguéïévitch fronce les sourcils, et son visage bonasse et potelé se raidit dans une expression sévère :

– Que signifient toutes ces histoires? Vissarion Vassiliévitch a demandé que tu ne te représentes à ses yeux sous aucun prétexte. Tu vas donc me faire le plaisir de te tenir tranquille. Onésime ira les chercher demain matin, tes choses personnelles!...

Et, tourné vers le suisse, il ajoute :

– Prévenez Onésime que nous partons.

L'instant d'après, Onésime accourt vers son maître et lui présente une pelisse. Celle qui est doublée de zibeline. Quand Lev Serguéïévitch l'a sur les épaules, il paraît deux fois plus grand et plus fort.

– Désormais, Klim fait partie de notre maison, dit-il à Onésime en enfilant des gants beurre frais.

Il sort, suivi des deux serviteurs. Sa voiture, un confortable traîneau fermé, l'attend devant le perron. Mais il y a déjà un groom assis à côté du cocher. Onésime et Klim s'installent à l'arrière, sur le siège extérieur. La neige tombe dru. Les chevaux s'ébranlent.

– Tu verras, tu seras bien, chez nous! dit Onésime.

La gorge serrée, Klim hoche la tête sans répondre.

Des flocons de neige fondent sur ses joues. Le cahier. Tous ses souvenirs. Son secret. Le bartchouk, le bartchouk, le bartchouk... Son épaule cogne celle d'Onésime à chaque cahot. Ils dominent de la tête la caisse noire de la voiture. Autour d'eux, la ville dort, blanc et gris. Çà et là, brille une lanterne aux vitres brouillées de givre. Pour rentrer à la maison, il aurait fallu tourner à droite. On tourne à gauche.

– Écoute, Onésime, dit Klim. Demain, le barine t'enverra chercher mes affaires. Alors, voilà... Dans le coffre à bois, entre deux bûches, tout au fond, il y a des choses écrites... Un cahier... C'est à moi... Il faut que tu me le rapportes...

10

UNE MAIN s'abat sur l'épaule de Klim et le secoue. Le bartchouk penche sur lui un visage furieux, aux prunelles de flamme verte. De même qu'autrefois, lorsqu'ils jouaient à cache-cache dans le jardin de Znamenskoïé, il crie :

« Pourquoi dors-tu au lieu de me chercher? Tu n'as pas le droit! Tu n'as pas le droit! »

Le bonheur entre dans le cœur de Klim comme le soleil dans la chambre d'un malade. Il ouvre les yeux et s'éveille. Plus de bartchouk. La soupente baigne dans une vague clarté lunaire qui tombe de la lucarne. Onésime dort sur la paillasse voisine. Des rats se poursuivent sous les combles. C'est la dixième fois au moins que Klim fait ce rêve depuis que le bartchouk l'a perdu au jeu. Sans doute est-ce un bon présage. Le bartchouk ne l'a pas oublié, le bartchouk le rachètera, l'emmènera... Il faut être calme, il faut attendre. Trois semaines déjà. Et il est aussi désorienté que le premier jour. Dire qu'il s'en est fallu de si peu qu'il revoie son maître! Après qu'Onésime lui eut rapporté le cahier, il n'a plus tenu en place. Malgré la promesse faite à Lev Serguéïévitch Sorokine, il est retourné à l'appartement, en cachette. Mais le bartchouk n'était déjà plus là. Parti sans laisser d'adresse, a dit le portier. Comme

Stépan Alexandrovitch Plastounoff! « Mon Dieu! Mon Dieu! que faire quand toutes les cordes cassent? » soupire Klim en se passant la main sur la figure. Il sent qu'il ne pourra plus dormir de la nuit. C'est comme si le bartchouk l'appelait. Il faut qu'il se lève, qu'il s'habille, qu'il aille... Où? Il l'ignore et n'éprouve même pas le besoin d'être fixé. Bâillant et geignant, il rajuste ses vêtements et chausse ses bottes, sans qu'Onésime, à côté de lui, ouvre l'œil. Tant qu'un domestique n'a pas perdu son maître, pourquoi aurait-il des insomnies?

Klim soulève la trappe et descend par l'échelle raide qui donne accès au couloir du deuxième étage. Là, se trouvent les chambres du majordome, du cuisinier et du cocher; à l'étage au-dessous – les chambres des enfants et des maîtres; à l'entresol – les pièces de réception; au sous-sol – l'office, la lingerie, la cuisine, le dortoir des domestiques secondaires. Klim avance à petits pas aveugles dans l'obscurité. Sur une console de marbre, sa main tâtonnante rencontre un chandelier, des allumettes. Une flamme jaillit. Les marches de l'escalier d'honneur sont tendues d'un tapis pourpre. Une haute glace murale accueille, dans son cadre d'or, un laquais en tenue gris tourterelle, soutachée de galons verts, l'air somnolent et un candélabre allumé au poing. Il l'a enfin, sa livrée neuve! Mais elle ne lui vient pas du bartchouk. Comment s'en réjouirait-il? La flamme tremble. Il descend les marches. Aux murs pendent de grands tableaux qui représentent des navires en perdition au milieu des vagues, des scènes de chasse et des personnages pensifs. Dans les deux salons, il n'y a pas une table sans bibelots, pas un vase sans fleurs, pas un fauteuil sans appui-tête. Tout est luxueux, calme et douillet dans ce royaume de la mesure. Les domestiques sont nombreux, les maîtres aimables, les fonctions de chacun bien définies. Klim aide Onésime à raser le barine, à l'habiller, à ranger ses affaires; il fait des courses pour lui; et, le reste du temps, il se prélasse à l'office. Lev Serguéïévitch l'autorise à prendre les journaux après qu'il les a parcourus. Mais Klim a perdu le goût de la lecture. Même les nouvelles relatives à la prochaine émancipation des serfs l'intéressent moins qu'autrefois. Dès que son cerveau se met en mouvement, c'est pour évoquer Znamenskoïé, le barine plein de sévérité et de sagesse, le bartchouk lançant une balle, sautant par-dessus un ruisseau... Il a essayé d'ajouter quelques lignes dans le cahier que lui a rapporté Onésime. Mais cela aussi lui est impossible. Sa vie s'est arrêtée, une nuit, dans le vestibule à colonnes blanches d'une maison de jeu. Depuis, il avance parmi les êtres à la façon d'un somnambule. Les autres le voient, lui parlent, mais, en vérité, il n'existe pas.

La porte du bureau est entrebâillée. Des livres reliés. Un grand fauteuil de cuir. Quelques papiers, sans doute très importants, sur une longue table. Si le bartchouk avait eu un bureau pareil, peut-être aurait-il davantage travaillé? On peut sortir, sans éveiller l'attention du portier, en passant par la petite porte de derrière.

Une fois dans la rue, Klim se demande ce qu'il fait dehors. Sur la chaussée, la neige a fondu en boue. La nuit est encore sombre. De rares lanternes surmontent, çà et là, des porches profonds. Ce piéton, au loin, qui rase les murs, n'est-ce pas le bartchouk? Jeune comme lui, avec, comme lui, une tête fine et de longues jambes. Klim presse l'allure, devance le passant, se retourne et voit un inconnu au regard inquiet qui serre la main sur le pommeau de sa canne.

Il s'excuse, il s'efface, il tourne dans une rue transversale et – il ne sait comment – le voici devant la maison où il habitait autrefois avec le bartchouk. C'est l'heure où, d'habitude, Vissarion Vassiliévitch rentrait chez lui après avoir courtisé Hélène Borissovna. Où est-il maintenant? Évanoui comme une fumée dans l'air. Perdu comme un caillou dans une mare.

Longtemps Klim reste là, immobile, devant la façade grise. Puis il revient sur ses pas et se glisse par la porte de derrière, qu'il a laissée ouverte. La demeure des Sorokine, tout ensommeillée, le reçoit. Il ne s'habituera jamais à cette solennelle bâtisse. Le plancher ne craque même pas sous son poids. Brandissant son candélabre, il traverse les grandes pièces silencieuses et gravit le nuage rouge de l'escalier. Lorsqu'il reprend pied dans la soupente, Onésime s'assied sur sa paillasse et demande :

– Tu es encore allé te balader?

– Oui, murmure Klim.

– C'est drôle comme ça te travaille! Ce serait un parent, je ne dis pas! Mais un barine...

– Ce n'est pas un barine, grogne Klim en se recouchant. C'est mon bartchouk...

Fin du Cahier, *premier volume de la trilogie romanesque* Les Héritiers de l'avenir. *Deuxième volume :* Cent un coups de canon. *Troisième volume :* L'Éléphant blanc.

UNE VIE, UNE ŒUVRE

1911-1916

Naissance de Lev Tarassov – qui prendra plus tard le nom français d'Henri Troyat – à Moscou le 1er novembre 1911, soit pour notre calendrier grégorien le 14 novembre. Cadet de trois enfants, sa sœur aînée, Olga, a neuf ans de plus que lui, son frère, Alexandre, quatre ans. Le père, Aslan Tarassov, Arménien russe originaire du nord du Caucase, est un important négociant en drap. La mère, née Lydie Abessolomoff, a du sang allemand et géorgien. Famille aisée, très unie, où les enfants, dès le plus jeune âge, parlent le russe avec leur nourrice et le français avec leur gouvernante. Pour le régime tsariste, l'époque « de faste angoissé, de fallacieuse insouciance » tire à sa fin.

1917-1920

Quand éclate la révolution d'Octobre, Lev (Léon en français) va avoir six ans. L'ouragan de la guerre civile bouleverse la vie sociale et familiale des Tarassov. Départ du père pour Kharkov, suivi en 1918 de celui de la mère, des trois enfants, de la grand-mère et de la gouvernante suisse. Difficile et dangereux exode vers le sud de la Russie, et regroupement de la famille à Kharkov. Acculés à la mer Noire à Yalta (Crimée), tous réussissent presque miraculeusement, en 1919, à monter dans un bateau pour Novorossisk, puis, prenant le train, à se rendre à Kislovodsk, dans le Caucase. C'est alors que, devant l'avancée des troupes rouges, les parents de Lev comprennent qu'il leur faut, au moins pour un temps, quitter la Russie. Après l'obtention *in extremis* d'un passeport le 14 janvier 1920, les voici embarqués pour Constantinople; de là, toujours par mer, en route vers Venise. Par le train, ils arrivent enfin à Paris au mois d'avril 1920. Sains et saufs, comment pourraient-ils imaginer que ce long et torturant voyage est un aller sans retour? Pourtant, le XVIe arrondissement à peine découvert, Lev, enfant joueur et curieux de tout, entre, comme son frère, au lycée Janson-de-Sailly.

1921-1933

En 1921, les espérances professionnelles du père déplacent encore la famille à Wiesbaden en Allemagne. Séjour infructueux qui ne tarde pas à la ramener en France. Installé à présent à Neuilly-sur-Seine avec les siens (la sœur se prépare à la danse classique, le frère se concentre sur les sciences), Lev fait toutes ses études secondaires au lycée Pasteur. Loin de se sentir dépaysé, lui, qui a appris le français en même temps que le russe, aime parler, lire et écrire notre langue. Français au lycée, il redevient russe à la maison, où cependant la nostalgie est grande, les privations nombreuses et humiliantes pour les parents. Et les années passent, que soutiennent les résultats scolaires, les camarades de lycée, d'excellents professeurs. C'est ainsi que le jeune homme obtient le baccalauréat de philosophie en 1930, qui ne sera pas suivi d'une formation en lettres mais par des études de droit, jugées plus sûres et plus courtes (à la clef, une licence en 1933). Mais il doit déménager avec ses parents, meurtris et comme dévalisés par une saisie publique à Neuilly, dans un deux-pièces de la Ville de Paris. Tant bien que mal, il s'efforce d'aider financièrement son père et sa mère. Il prend aussi la décision de se faire naturaliser français. Enfin, il cède de plus en plus à l'envie, au goût, au besoin d'écrire. Ne lui a-t-on pas confié, en 1931, le livret de l'opéra bouffe, *La Contrebasse,* tiré d'une nouvelle de Tchékhov et dont la musique est l'œuvre d'Henri Sauguet?

1934-1939

Passionné depuis l'enfance par la littérature, la peinture et le théâtre (ne dit-il pas regretter aujourd'hui de ne pas peindre et de ne plus écrire pour la scène?), encouragé par ses amis de jeunesse Michelle Maurois, Jean Bassan et, bientôt, Jean Davray, Claude Mauriac, Henri Poydenot, il ne tarde guère, sous le pseudonyme d'Henri Troyat (nom choisi presque au hasard sur les instances de son éditeur Plon, qui craint que son patronyme ne le fasse passer pour un auteur étranger traduit dans notre langue), à publier un premier livre. Il s'agit de *Faux jour,* qui, très bien accueilli par la critique, obtient, en 1935, le prix du Roman populiste. Troyat est alors en garnison à Metz; devenu français et âgé de vingt-quatre ans, il y accomplit ses obligations militaires. L'année précédente, il a réussi un concours faisant de lui un rédacteur à la préfecture de la Seine, au grand contentement de ses parents. Déjà, sa régularité de travail fait merveille. Civil, conscrit ou fonctionnaire, ne donne-t-il pas au public, en peu d'années, les romans *Le Vivier* (1935), *Grandeur nature* (1936), *L'Araigne* (1938), les recueils de nouvelles *La Clef de voûte* (1937), *La Fosse commune* (1939)? On sait qu'à *L'Araigne,* à la surprise de l'auteur et de son éditeur, fut décerné le prix Goncourt 1938 : la célébrité rejoignait Henri Troyat et faisait bel et bien de lui un écrivain à part entière. Déjà reconnue, son œuvre allait être lue, de plus en plus lue. L'année suivante, l'écrivain se marie et, les événements internationaux se précipitant dramatiquement, se retrouve mobilisé à Tulle dans l'Intendance.

1940-1944

L'armistice signé en juin 1940, Henri Troyat, démobilisé, rentre avec sa famille à Paris et reprend son emploi administratif à l'Hôtel de Ville. Poste dont il démissionnera en 1943, désireux qu'il est maintenant de se consacrer à plein temps à son travail et à ses projets littéraires. Les années qui avaient suivi l'attribution du prix Goncourt l'avaient amené à élargir le champ de sa palette. En persévérant dans la même manière, il eût craint de se répéter et de s'enliser. Ne dit-on pas que les plus glorieuses récompenses peuvent être « mortelles » aux jeunes auteurs? Un éditeur, qui connaissait bien sûr ses origines russes, avait proposé à Henri Troyat d'écrire une vie de Dostoïevski. D'abord surpris et inquiet, il s'était attelé à la tâche, loin des tourments romanesques, et, début 1940, paraissait chez Fayard sa première biographie. Date malheureuse s'il en fut, le pays subissant l'invasion allemande. En revanche, inspiré par les riches et émouvants souvenirs de ses parents, soutenu par la lecture des grands historiens et romanciers russes de la fin du XIXe siècle, il s'engageait déjà – renouvelant son genre pour la plus imposante de ses réalisations littéraires – dans la préparation et la rédaction de *Tant que la terre durera.* Aussi, pendant l'Occupation, il ne publie que deux livres : en 1941, *Le Jugement de Dieu,* un recueil de nouvelles qui frayent avec un étrange fantastique; en 1942, *Le mort saisit le vif,* un roman « isolé » qui se présente comme le journal d'un plagiaire prenant le risque de publier sous son nom l'œuvre manuscrite et inconnue du premier mari de son épouse... Les Français vivaient alors le temps, combien ingrat, du ravitaillement et des informations : « Manger et espérer », devait dire plus tard Henri Troyat. En écoutant religieusement l'heure de la BBC, on rêvait à la victoire finale des Alliés. Il la vivra cette victoire, l'esprit en liesse, quand, en 1944, les Alliés débarquent en Normandie et libèrent Paris. D'autant qu'en 1943 était né, quasiment sous les bombardements, son fils Jean-Daniel.

1945-1950

Écrivain déjà fécond, Henri Troyat donne un nouveau roman : *Le Signe du Taureau,* en 1945. Cette même année, il divorce. En 1946, « l'homme d'ombre, de travail et de solitude » s'essaie non sans joie au journalisme, assumant, aux côtés de Maurice Druon, la direction littéraire de l'hebdomadaire *Cavalcade.* C'est alors qu'il fait paraître *Les Ponts de Paris* (Flammarion), un ouvrage illustré d'aquarelles, qu'il publie une deuxième biographie, vouée au père de la littérature russe, *Pouchkine* (Perrin), et qu'il voit sa première pièce, *Les Vivants* (André Bonne), être montée par Raymond Rouleau au théâtre du Vieux-Colombier. Va débuter par ailleurs la publication de *Tant que la terre durera,* immense fresque russe en trois parties que beaucoup tiennent pour le chef-d'œuvre d'Henri Troyat, et qui est en effet comme un miracle de détails précis, vrais et vivants : *Tant que la terre durera* (1947), *Le Sac et la Cendre* (1948), *Étrangers sur la terre* (1950). En 1947, l'écrivain se rend aux États-Unis pour donner une série de conférences, y rencontre Darius Milhaud en Californie et rapporte de son séjour un insolite reportage, *La Case de l'Oncle Sam* (La Table Ronde, 1948). Le 23 septembre 1948, Henri Troyat épouse Marguerite Saintagne, veuve du docteur Henri Gerbier, de Chamonix, tué lors des combats de la Libération. Elle est mère d'une fille, Michèle, très chère au cœur de l'écrivain (ne sera-t-elle pas pour beaucoup dans la réussite et le bonheur des portraits de *La Grive* et de *Viou*?). Et c'est la création, en 1949, d'une comédie, *Sébastien,* au théâtre des Bouffes-Parisiens.

1951-1958

Cette décennie sera française sur le plan romanesque, l'auteur déplaçant chez nous terrain d'investigation et approche des hommes. Sortie, en 1951, d'un roman *La Tête sur les épaules,* portrait d'un jeune apprenti philosophe « en perte d'équilibre »; en 1952, d'une biographie *L'Étrange Destin de Lermontov* (Perrin), puis d'un récit *La Neige en deuil,* dramatique et tout ensemble féerique, lu bien souvent comme un roman de montagne (image entretenue par le film « discutable » qu'en a tiré Edward Dmytryck, avec le comédien Spencer Tracy). Cette même année 1952, Henri Troyat reçoit le grand prix littéraire du Prince de Monaco, fait, émerveillé, la connaissance de Colette, est nommé membre du conseil littéraire de la Principauté. Sa troisième pièce, *Madame d'Arches a dit peut-être* (adaptée de son roman *Le Vivier,* elle est sa préférée), est aussi représentée en Belgique et en France. Commence alors à paraître le plus important des cycles français de l'écrivain, *Les Semailles et les Moissons,* fort de cinq tomes : *Les Semailles et les Moissons* (1953), *Amélie* (1955), *La Grive* (1956), *Tendre et violente Élisabeth* (1957), *La Rencontre* (1958). Cette somme romanesque, inspirée par la famille de sa femme, peut être considérée comme le pendant de *Tant que la terre durera.* Voyage en Amérique latine au cours de 1954, d'où Henri Troyat rapporte encore un reportage, publié en 1955 : *De gratte-ciel en cocotier* (Plon). En 1956, il donne enfin une suite de réflexions et de souvenirs personnels, qu'il intitule *Sainte-Russie* (Grasset).

1959-1964

Le 21 mai 1959, Henri Troyat, qui n'a pas encore quarante-huit ans, est élu, à la quasi-unanimité des votants, à l'Académie française au fauteuil de Claude Farrère. Ses maîtres et amis, François Mauriac et André Maurois, eux-mêmes académiciens, ont été pour beaucoup dans cette précoce et flatteuse élection. Reçu selon l'usage par le président de la République, l'écrivain confie au général de Gaulle « son intention de décrire, dans une série de romans, le lent cheminement de l'idée de liberté, transportée de France en Russie, dès 1814, par des officiers du tsar, et son mûrissement, de conspiration en conspiration, d'émeute en émeute, jusqu'à la révolution d'octobre 1917 ». Cette année-là, toujours sous la forme d'un récit de voyage (imaginaire, bien sûr – à ce propos, il est révélateur de noter que, soucieux de préserver sa « Russie intérieure », Henri Troyat n'est jamais revenu dans son pays natal), il publie chez Hachette *La Vie quotidienne en Russie au temps du dernier tsar.* Et, en Provence, près de Grasse, ou à Paris, il travaille à une autre grande fresque russe, *La Lumière des justes,* qui évoque l'aventure noble et malheureuse des décembristes (elle sera adaptée à la télévision en un feuilleton de quatorze épisodes) : *Les Compagnons du Coquelicot* (1959), *La Barynia* (1960), *La Gloire des vaincus* (1961), *Les Dames de Sibérie* (1962), *Sophie ou la Fin des combats* (1963). Ironie du sort, Henri Troyat, qui ne conduit pas, « sortit » en 1960 *Naissance d'une Dauphine* (Gallimard), un reportage aux usines Renault. En 1963, *Une extrême amitié,* roman qui se déroule en partie dans le midi de la France et sur la Côte d'Azur, paraît en librairie. Et, en 1964, le recueil de nouvelles *Le Geste d'Ève.* Un an auparavant, Henri Troyat avait connu l'épreuve de perdre sa mère, décès qui succédait à celui de la mère de sa femme, survenu quelques années plus tôt.

1965-1970

En 1965, Henri Troyat relance la série des grandes biographies en publiant une vie magistrale de *Tolstoï* (Fayard). La fin de cette décennie soixante signe la sortie de deux cycles romanesques, l'un français *Les Eygletière*

(*Les Eygletière,* 1965; *La Faim des lionceaux,* 1966; *La Malandre,* 1967); l'autre russe, *Les Héritiers de l'avenir* (*Le Cahier,* 1968; *Cent un coups de canon,* 1969; *L'Éléphant blanc,* 1970). Le premier peint les soubresauts d'une belle et riche famille parisienne, peu d'années avant Mai 68. Le deuxième déroule ses combats dans la seconde moitié du XIXe siècle, au cœur d'une Russie déchirée par l'abolition du servage et l'apparition du terrorisme. Publication aussi, en 1966, des *Ailes du diable,* anthologie des meilleures nouvelles produites jusque-là par l'auteur. Période douloureuse encore pour Troyat que cette année 1967, qui voit son père, vieil homme perdu dans ses rêves, compagnon de route déraciné et tant aimé, le quitter à jamais.

1971-1979

Après avoir mené à bien une vie du génial et extravagant écrivain russe *Gogol,* biographie publiée en 1971 chez Flammarion, Henri Troyat, plus que jamais en quête de personnages aux caractères contrastés, fait paraître en 1972 *La Pierre, la Feuille et les Ciseaux.* L'histoire du héros, un homosexuel, n'est pas sans choquer, l'époque restant prude, nombre de lecteurs. Quoi, même Troyat cédait à la mode de l'ambiguïté de la nature humaine! Écho brouillé qui ne l'empêche pas, lui qui aime découvrir la faille et l'étincelle d'un caractère entier, qui pense être, comme tout romancier, « un pilleur d'épaves et un marchand de masques », de donner vie, en 1979, à un personnage féminin, tout ensemble altruiste et tyrannique, *Anne Prédaille.* Nouveau changement de décor : *Le Moscovite,* cycle romanesque en trois volumes (*Le Moscovite,* 1974; *Les Désordres secrets,* 1974; *Les Feux du matin,* 1975), entraîne les lecteurs dans la Russie de 1812, envahie par la Grande Armée de Napoléon. Continuant à cheminer sur les vieilles routes de la terre russe, Troyat fait ensuite paraître un roman, *Grimbosq* (1976); une biographie, *Catherine la Grande* (1977, Flammarion), qui reçoit l'année suivante le prix des Ambassadeurs; un roman, *Le Prisonnier n° 1* (1978); une biographie, *Pierre le Grand* (1979, Flammarion). Entre-temps, comme pour se délasser, retour à la France contemporaine et au roman psychologique avec la sortie, en 1977, du récit *Le Front dans les nuages.* 1976 a même vu Henri Troyat, peu enclin aux révélations, donner un très attachant livre de souvenirs, sous forme de conversations avec Maurice Chavardès, *Un si long chemin* (Stock), qu'il rééditera, augmenté à chaque fois du trésor des ans, en 1987 et en 1993.

1980-1984

De 1980 date la sortie en librairie, et avec quel succès de vente, du roman *Viou,* qui, suivi de *À demain, Sylvie* (1986), et du *Troisième Bonheur* (1987), prendra la figure d'un cycle romanesque et familial, le dernier de l'auteur à ce jour. Il écrit sans entrave ni panne, tantôt à Paris, dans son quartier de la Rive gauche, « territoire, dit-il, des vieilles pierres et des pensées jeunes », « musée grouillant de monde », tantôt dans sa retraite campagnarde du Loiret. Ainsi se succèdent, en 1981, *Alexandre Ier* (biographie, Flammarion); en 1982, une autre biographie historique, *Ivan le Terrible* (Flammarion), et un roman *Le Pain de l'étranger*; en 1983, encore un roman, *La Dérision* (le titre, le drame frappent comme du Maupassant); en 1984, la biographie d'un auteur russe qui lui est cher, sorte de frère d'élection, l'homme comme l'écrivain, *Tchékhov* (Flammarion), et un nouveau roman de là-bas, terre décidément envoûtante, *Marie Karpovna.* Est-ce l'impérieux besoin de se libérer de ses fantasmes qui force Henri Troyat à écrire sans discontinuité?

1985-1989

Publication, en 1985, d'un des romans les plus personnels et les plus émouvants d'Henri Troyat : *Le Bruit solitaire du cœur,* récit de la fin d'un vieil émigré russe de quatre-vingt-treize ans; toutes de piété filiale, ces pages sont dédiées à la mémoire de son père. Cette année-là, disparaît, victime d'une longue et douloureuse maladie, son éditeur et ami Henri Flammarion. Troyat donne alors la biographie de *Tourgueniev,* auteur franco-russe s'il en est, « déraciné, tolérant et chaleureux ». Puis, en 1986, celle de *Gorki,* « lien vivant entre deux époques de la Russie », la Blanche et la Rouge. Enfin, en 1988, celle qu'il consacre pour la première fois à un Français, écrivain de surcroît (un de ses maîtres), *Flaubert*; suivie, un an plus tard, d'une vie de *Maupassant,* autre grand réaliste qui, attaché à l'humble vérité, souhaitait dans ses tableaux de mœurs « montrer et non pas démontrer » (toutes ces biographies sont parues chez Flammarion). Paraissent aussi, en 1988, le roman *Toute ma vie sera mensonge* et, en 1989, *La Gouvernante française,* roman russe qui, dirait-on, réveille, autour de l'année terrible et obsédante de 1917, les images de l'enfance éclatée, de l'exode bouleversant. Bientôt, libres métamorphoses du souvenir, naîtront à sa suite *Aliocha, Youri.* Et l'alternance romans/biographies se poursuit dans un mouvement de balancier. Henri Troyat passe ainsi, sans effort visible, de l'étude à l'imaginaire, de l'histoire à la fiction. Ne serait-ce pas le même monde, visité un jour de l'extérieur, un autre de l'intérieur?

1990-1993

L'âge ne ralentit en rien l'élaboration et l'écriture d'ouvrages nouveaux (la seule chose qui ait changé avec les ans, c'est qu'il n'écrit plus debout à son pupitre). Tel un Antonio Stradivarius, Henri Troyat, dans son bureau-atelier, passe ses matinées et ses après-midi à travailler aux œuvres en chantier. Sortent ainsi, toujours patiemment et puissamment forgés, en 1990, *La Femme de David* (roman-biographie sur fond d'histoire) et *Alexandre II* (biographie, Flammarion); en 1991, *Aliocha* (roman) et *Nicolas II* (biographie, Flammarion); en 1992, *Youri* (roman) et un pénétrant *Zola* (biographie, Flammarion). L'année 1993 commence à peine qu'Henri Troyat fait paraître un beau roman russe, *Le Chant des insensés*, et met la dernière main à une biographie de *Verlaine* (Flammarion), la première à évoquer un grand poète français. Henri Troyat penserait-il, comme le génial luthier de Crémone, que, « à deux pas de l'établi, l'ennui commence »? Et puis, être « doyen d'élection » de l'Académie, est-ce là un titre vraiment réconfortant? Quelle que soit la longueur du bail arraché aux jours, ainsi que l'auteur de *Tant que la terre durera* le dit lui-même : « On n'est jamais que le locataire de sa vie. » L'œuvre à faire demeure pour Henri Troyat une victoire sur le temps, sa fuite, son poids, ses vicissitudes, une conquête qui témoigne simplement de l'humaine condition.

Ainsi s'est déroulé, sans cesse enrichi d'alluvions venant de très loin, le long fleuve apparemment tranquille d'une destinée d'écrivain. À côté des tapages et des éclats de « la foire sur la place », elle a su rencontrer un fidèle et large public, épouser ses attentes, partager ses angoisses, le distraire aussi en lui livrant – qui sait? – des armes secrètes de compréhension et de résistance. Rares aujourd'hui sont les auteurs qui, comme Henri Troyat, dans le silence, en accord, construisent, selon le mot de Georges Braque : « Au jour le jour, chemin faisant », une vie et une œuvre.

GEORGES BELLE

CHRONOLOGIE DES TITRES ROMANESQUES

Faux jour, roman, 1935 (Plon)

Le Vivier, roman, 1935 (Plon)

Grandeur nature, roman, 1936 (Plon)

La Clef de voûte, nouvelles, 1937 (Plon)

L'Araigne, roman, 1938 (Plon)

La Fosse commune, nouvelles, 1939 (Plon)

Le Jugement de Dieu, nouvelles, 1941 (Plon)

Le mort saisit le vif, roman, 1942 (Plon)

Le Signe du Taureau, roman, 1945 (Plon)

Tant que la terre durera, cycle romanesque (La Table Ronde)
I – *Tant que la terre durera* (1947)
II – *Le Sac et la Cendre* (1948)
III – *Étrangers sur la terre* (1950)

La Tête sur les épaules, roman, 1951 (Plon)

La Neige en deuil, roman, 1952 (Flammarion)

Les Semailles et les Moissons, cycle romanesque (Plon)
I – *Les Semailles et les Moissons* (1953)
II – *Amélie* (1955)
III – *La Grive* (1956)
IV – *Tendre et violente Élisabeth* (1957)
V – *La Rencontre* (1958)

La Lumière des justes, cycle romanesque (Flammarion)
I – *Les Compagnons du Coquelicot* (1959)
II – *La Barynia* (1960)

III – La Gloire des vaincus (1961)
IV – Les Dames de Sibérie (1962)
V – Sophie ou la Fin des combats (1963)

Une extrême amitié, roman, 1963 (La Table Ronde)

Le Geste d'Ève, nouvelles, 1964 (Flammarion)

Les Eygletière, cycle romanesque (Flammarion)
I – Les Eygletière (1965)
II – La Faim des lionceaux (1966)
III – La Malandre (1967)

Les Ailes du diable, nouvelles, 1966 (Flammarion)

Les Héritiers de l'avenir, cycle romanesque (Flammarion)
I – Le Cahier (1968)
II – Cent un coups de canon (1969)
III – L'Éléphant blanc (1970)

La Pierre, la Feuille et les Ciseaux, roman, 1972 (Flammarion)

Anne Prédaille, roman, 1973 (Flammarion)

Le Moscovite, cycle romanesque (Flammarion)
I – Le Moscovite (1974)
II – Les Désordres secrets (1974)
III – Les Feux du matin (1975)

Grimbosq, roman, 1976 (Flammarion)

Le Front dans les nuages, roman, 1977 (Flammarion)

Le Prisonnier nº 1, roman, 1978 (Flammarion)

Viou, cycle romanesque (Flammarion)
I – Viou (1980)
II – À demain, Sylvie (1986)
III – Le Troisième Bonheur (1987)

Le Pain de l'étranger, roman, 1982 (Flammarion)

La Dérision, roman, 1983 (Flammarion)

Marie Karpovna, roman, 1984 (Flammarion)

Le Bruit solitaire du cœur, roman, 1985 (Flammarion)

Toute ma vie sera mensonge, roman, 1988 (Flammarion)

La Gouvernante française, roman, 1989 (Flammarion)

La Femme de David, roman, 1990 (Flammarion)

Aliocha, roman, 1991 (Flammarion)

Youri, roman, 1992 (Flammarion)

Le Chant des insensés, roman, 1993 (Flammarion)

TABLE DES MATIÈRES

Ont participé à la fabrication :

Composition	Baskerville – Photocomposition Imprimerie Floch à Mayenne.
Papier	Bouffant Lac 2000. Papeterie Salzer, fourni par l'agence Philippe Fargeas.
Impression	Sur Roto-Page par l'Imprimerie Floch à Mayenne.
Reliure	Nouvelle Reliure Industrielle à Auxerre.
Toile	Toile du marais. Winter couvrure.
Fers à dorer	Michel Vincent.

CET OUVRAGE
A ÉTÉ ACHEVÉ D'IMPRIMER
SUR ROTO-PAGE
PAR L'IMPRIMERIE FLOCH À MAYENNE
POUR LE COMPTE DE FRANCE LOISIRS
EN JUIN 1994

N° d'édition : 24112. N° d'impression : 35781.
Dépôt légal : septembre 1994.